조화로운 삶

헬렌과 스콧 니어링이 버몬트 숲속에서 산 스무 해의 기록

조화로운 삶

헬렌 니어링, 스콧 니어링 씀
류시화 옮김

보리

시골로 가니 희망이 있었다

　이 책은 뉴잉글랜드 지방에서 있었던 20세기의 선구자 같은 모험을 기록한 것이다. 여기 실린 이야기는 우리가 버몬트 산골짝에 살면서 스무 해 동안 겪은 일들이다. 우리는 우리가 하려고 했던 일, 그 일을 해낸 방법, 목표를 제대로 이루었나 이루지 못했나를 기술, 경제, 사회, 심리의 면에서 써 내려가려 했다.

　대공황이 최악으로 치닫고 있던 1932년에 우리는 뉴욕에서 버몬트 시골로 이사했다. 처음에 우리의 모험은 그저 땅에 뿌리를 내리고 단순하고 만족스러운 삶을 사는 것이었다. 자연 속에서 서로 돕고 기대며, 자유로운 시간을 실컷 누리면서 저마다 좋은 것을 생산하고 창조하는 삶을 머릿속에 그리고 있었다. 시간이 흐르고 경험이 쌓이면서 버몬트 골짜기는 실험실이 되어 갔다. 우리가 지켜야 할 원칙을 세워 갔고 더욱 관심을 가져야 할 문제가 무엇인지 몸으로 겪어 냈다.

　우리는, 불황과 실업의 늪에 빠져서 파시즘의 먹이가 되어 버린 사회를 떠나 버몬트주로 이사했다. 이것은 시대의 특별한 요구를 받아들이는 과정이었다. 전 세계를 휘저어 놓을 또 다른 군사 무법자가 판치기 바로 전

일이었다. 우리가 들어간 곳은 산업사회가 되기 전 사회 곧, 농촌사회였다. 우리의 평화주의, 채식주의, 집산주의를 원칙에서나 실제로나 거부하는 사회에서는 떠날 수밖에 없었다. 우리를 거부하는 힘이 워낙 완강해서 우리가 신념을 지키며 교직에 계속 머물기가 힘들었다. 언론에 글을 쓸 수도, 라디오방송에 발표를 할 수도 없었다. 우리는 공교육에서 외면당했다. 이런 처지에서 우리는 어디로 가야 했을까? 스러져 가는 사회체제에서 쫓겨난 사람들이 소박하고 평온하게 살 수 있는 곳은 어디인가? 사회가 붕괴로 치달아 해체 속도가 점점 빨라지는 때에, 올바른 사회체제를 만드는 데 도움을 줄 수 있는 시간과 힘을 얻을 곳은 어디인가?

다른 많은 사람들처럼 파리나 멕시코, 파라과이로 갈 수도 있었다. 미국은 정해진 대로 파국의 길을 가도록 내버려 두면 그만이었다. 하지만 다른 나라로 가는 대안을 선택할 수가 없었다. 교사로서, 인류의 구성원으로서 책임을 피할 수 없었다. 우리가 할 수 있는 일은 첫째, 빠르게 변해 가는 복잡한 형편을 미국인들이 깨닫도록 도움을 주는 일. 둘째, 북아메리카에서 꾸준히 권력을 확장하고 있는 금권 무력 독재 세력에 마음으로부터 저항하고, 정치적으로 저항하는 일. 셋째, 거의 거덜난 북아메리카와 서유럽의 사회질서 속에서 그나마 보존해야 할 것을 가려 내어 지키는 일. 넷째, 사회체제의 대안이 될 원칙과 실제를 세우고 다듬어 공식으로 만드는 일. 이와 함께 다섯째, 심각한 문제를 안고 있는 세계 안에서나마 올바르게 살아가는 본보기를 보여 주는 일 들이었다.

문제를 해결할 수 있는 가장 좋은 방법은 처음에 돈을 아주 조금만 준비해도 되고, 그 뒤로도 적은 돈으로 잘 꾸려 갈 수 있는 독립된 경제라고 생각했다. 노동시간을 반으로 줄이고, 대신 조화로운 삶을 얻을 수 있는 방법이었다. 나머지 절반의 시간에는 연구를 하거나 책 읽기, 글쓰기, 대화를 할 수 있으니까. 이런 계획을 실천하는 데는 대도시나 미국을 벗어난 어떤 곳보다 버몬트 골짜기가 어울렸다. 그리고 실제로도 우리가 도시에 살았다면 먹고살기 위해 괴로운 노동을 하며 다 써 버렸을 시간과 힘을 보존할 수 있었다. 우리 버몬트 실험에 함께했던 사람들은 보잘것없는 힘이나마 성인교육과 여론 형성에 바람직한 구실을 했다. 우리는 자존심을 지키며 평온하고 단순한 삶, 마음에 그리고 있던 삶을 살았다.

우리는 국내외 도시 몇 군데서 산 적이 있다. 그때마다 정도는 다르지만 단순하고 고요한 삶을 방해하는 요소들인 복잡함, 긴장, 압박감, 부자연스러움, 만만치 않은 생활비와 맞닥뜨렸다. 생활비는 모두 현금으로 치러야 했다. 도시가 개인에게 강요하는 조건, 도시의 이익을 우선해야 한다는 조건 아래서 벌어들인 돈이었기 때문이다. 수입이 현금으로 들어오든지 말든지 그것은 우리에게 중요하지 않았다. 하지만 오랫동안 도시에서 살다 가는, 사회가 주는 압력을 이기고 몸의 건강과 정신의 안정, 사회 속에서의 건전함을 지켜 낼 수 없다는 게 점점 뚜렷해졌다. 고민에 고민을 거듭한 끝에 우리는 더 올바르고, 더 조용하고, 더 가치 있는 삶을 살 수 있을 것이라는 결론에 이르렀다. 도시를 벗어나 시골로 가면 희망이 있었다.

도시를 떠날 때 세 가지 목표를 품고 있었다. 첫 번째는 독립된 경제를 꾸리는 것이었다. 우리는 불황을 타지 않는 삶을 살기로 했다. 할 수 있는 한 생필품이나 노동력을 시장에서 사고팔지 않는 독립된 경제를 계획했다. 그러면 고용주든 자본가든 정치가든 교육행정가든 우리에게 간섭할 수가 없을 것이었다. 두 번째 목표는 건강이었다. 우리는 건강을 지킬 뿐 아니라 더 건강해지고 싶었다. 도시 생활은 여러 가지로 우리를 조이고 억눌렀다. 건강한 삶의 토대는 단순했다. 땅에 발붙이고 살고, 먹을거리를 유기농법으로 손수 길러 먹는 것만으로도 충분했다. 세 번째 목표는 사회를 생각하며 바르게 사는 것이었다. 우리는 되도록 많은 자유와 해방을 원했다. 여러 가지 끔찍한 착취로부터 벗어나고 싶었다. 지구의 약탈자로부터, 사람과 짐승을 노예로 만드는 것으로부터, 전쟁을 일으켜 사람을 죽이고, 먹기 위해 짐승을 죽이는 것으로부터 말이다.

우리는 생산하지 않는 사람들이 이익과 불로소득을 축적하는 데 반대했다. 우리는 땀 흘려 일해서 먹고살고자 했다. 하지만 여가와 휴식을 갖는 즐거움은 빼놓을 수 없었다. 삶이 틀에 갇히고 강제되는 것 대신 삶이 존중되는 모습을 추구하고 싶었다. 잉여가 생겨 착취하는 일이 없이, 필요한 만큼만 이루어지는 경제를 원했다. 다양함과 복잡함, 혼란 따위 말고 단순함을 추구하고자 했다. 병처럼 미친 듯이 서두르고 속도를 내는 것에서 벗어나 평온한 속도로 나아가고 싶었다. 물음을 던지고, 곰곰이 생각하고, 깊이 들여다볼 시간이 필요했다. 걱정과 두려움, 증오가 차지했던 자리에 평정과 뚜렷한 목표, 화해를 심고 싶었다.

스무 해의 체험 속에서, 이 가운데 어떤 것은 만족스러웠지만 어떤 것은 전혀 그렇지 않았다. 이를 간단히 정리하면 다음과 같다.

하나, 쓸모없고 거칠기만 하던 산골짝의 땅뙈기를 개간해 기름진 밭으로 가꾸어 풍성하게 거두었다. 좋은 채소, 과일, 꽃이 다 거기서 났다.

둘, 집짐승이나 집짐승의 똥오줌, 화학비료를 전혀 쓰지 않고도 농사일을 만족스럽게 해냈다.

셋, 몸을 누이고 쉴 집을 손수 지었고, 아무에게도 빚지지 않고 살았다. 넘치지도 모자라지도 않을 만큼의 잉여농산물도 있었다. 우리가 쓴 것들 가운데 4분의 3은 우리가 스스로 땀 흘려서 얻은 열매들이었다. 이처럼 우리는 노동시장으로부터 독립해 갔고, 생필품도 거의 시장에 의존하지 않았다. 한마디로 우리는 불황이 거의 영향을 미치지 못하는, 그리하여 미국 경제가 점점 해체되어 가는 가운데서도 살아남을 수 있는 경제 단위였다.

넷, 작은 사업을 시작하여 임금이 나올 만큼 제법 훌륭하게 꾸렸다.

다섯, 스무 해 동안 전혀 의사를 만나거나 찾아가지 않았을 만큼 건강을 지켰다.

여섯, 도시의 삶이 요구하는 복잡함 대신에 몹시 단순한 생활양식이 자리잡았다.

일곱, 해마다 먹고살기 위해 일하는 시간을 여섯 달로 줄이고 나머지 여섯 달은 여가 시간으로 정했다. 여가는 연구, 여행, 글쓰기, 대화, 가르치기 들로 보냈다.

여덟, 우리 집은 늘 열려 있어서 누구나 찾아와 함께 먹고 잘 수 있었다. 사람들은 며칠 동안 묵기도 했고, 몇 주 또는 그보다 더 오래 머물기도 했다.

우리는 삶의 문제를 해결하지 못했다. 해결이라니 어림도 없는 말이다. 하지만 오랜 세월을 경험하고 보니 분명하게 드는 생각이 있다. 활기차고 힘이 넘치며, 목표 의식과 상상력과 결단력을 갖춘 보통의 집이라면, 경쟁을 일삼고 탐욕스러우며 남의 것을 빼앗는 문화의 멍에를 언제까지나 지고 있을 필요가 없다는 것이다. 자경단이나 경찰의 간섭만 없다면, 그 집은 자연과 더불어 살림을 꾸려 갈 수 있다. 능률을 잃지 않고 오히려 높여 가면서 여가도 누릴 수 있다. 그리고 여가 시간은 세계를 더 나은 곳으로 만들기 위해 일하는 시간이 될 수도 있다.

버몬트를 찾아온 수많은 친구들이나 아는 사람들, 또 낯선 이들 가운데 많은 사람들이 우리가 계획을 진행하는 것을 보고 무척 감명을 받았다. 그리고 자기들도 그 비슷한 일을 시작할 수 있을지 고민했다. 어떤 이들은 우리와 함께 토론을 했고, 버몬트 얘기만 들었지 눈으로 본 적이 없는 사람들은 편지를 보내 왔다. 잡지 너덧 군데에서 우리가 사는 이야기를 기사로 싣자 사람들의 관심이 더 높아졌다. 우리의 현금 수입원이었던 '단풍 설탕' 일을 시작하게 된 계기와 그 진행 과정을 정리한 《단풍 설탕 이야기 The Maple Sugar Book》가 1950년에 출판된 것도 사람들의 눈과 귀를 끌었다. 단풍 시럽과 단풍 설탕을 생산한 것은 우리가 한 실험 과정들 가운데 하나일 뿐이었다. 우리 실험에는 그보다 더 중요한 일들이 많았다. 지금 이 책은 전체 버몬트 사업에 대한 보고서나 마찬가지기 때문에 단풍 설탕 얘기는 자세하게 하지 않고 우리가 해 온 일 전체를 적었다.

이 책을 읽고 나서 전혀 경험이 없는 초보자라도, 우리가 그랬듯이 건강을 지키고, 해롭지 않으며, 자기를 잃지 않는 경제를 일궈 나가기 바란다. 조화로운 삶을 꿈만 꾸는 데 머물지 않고 그 꿈을 실현하고자 간절히 바라는 사람들에게는 이 책과 같은 길잡이가 필요하다. 이런 사람들이 용기를 내서 우리처럼 모험을 시작하게 된다면 좋겠다. 우리가 그랬듯이 그 모험을 즐거워하고 거기서 많은 것을 얻을 수 있다면 좋겠다.

1954년
헬렌 니어링과 스콧 니어링

차례

"친구여, 뚜렷한 근거가 떠오르거든, 어리석음이 더 커져서 행동을 방해하기 전에, 그대를 묶어 놓고 있는 것들로부터 멀어지라. 시골이라면 그대와 잘 어울릴 것이다. 나무와 물에게 그대가 필요하게 하라. 곡식이 영그는 땅에 그대의 보금자리를 만들면, 땅과 풀이 그대를 먹여 살리리. 벌판의 바람이 그대를 둘러싸리. 그대를 시기하는 사람들의 질투를 마음에 두지 말고 흘러가게 하라. 신에게 감사하고 축복하는 마음을 가질 것. 그리고 자네, 이제 앉아서 쉬게나."

토마스 투서, 《좋은 농부가 되는 오백 가지 방법 Five Hundred Pointes of Good Husbandrie》, 1573년

———— ℀ ————

"내 목표는 독자들에게, 농촌을 삶의 터전으로 삼고 밭을 일구어 먹고사는 방법을 보여 주는 것이다. 아마 살림을 꾸려 가기에 넉넉할 만큼 거두게 될 것이다. 그리하여 내가 참으로 바라는 목표는, 뛰어나고 부지런한 농사꾼과 집안이 늘어나게 하는 것이다."

저베이스 마크햄, 《시골 농장 The Countrey Farme》, 1616년

———— ℀ ————

"일어나 오라, 서둘러 오라, 우리가 도시를 내주겠다. 상인들에게, 변호사들에게, 중개인들에게, 고리대금업자들에게, 세리들에게, 공증인들에게, 의사들에게, 향수 상인들에게, 정육점 주인들에게, 요리사들에게, 빵집 주인들에게, 재단사들에게, 연금술사들에게, 화가들에게, 배우들에게, 무용수들에게, 류트 연주자들에게, 야바위꾼들에게, 포주들에게, 도둑들에게, 범죄자들에게, 바람 피우는 남자들에게, 남에게 빌붙어 사는 사람들에게, 이방인들에게, 사기꾼들에게, 어릿광대들에게, 대식가들에게. 이 사람들은 눈에 불을 켜고 시장 냄새를 귀신같이 알아챈다. 시장만이 이 사람들의 하나뿐인 즐거움. 시장만 다가오면 입을 쩍 벌린다."

프란체스코 페트라르카, 《고독한 삶 De Vita Solitaria》, 1356년

조화로운 삶을 찾아서

많은 이들이 월급에 기대어 먹고살며 도시의 아파트나 사람들이 북적대는 곳에서 하루하루를 살아간다. 식구를 먹여 살리는 일뿐 아니라 여러 가지 복잡한 문제들이 사람들을 살기 힘들게 한다. 그래서 자기를 옭아매고 있는 이 답답하기 짝이 없는 데서 벗어나, 한적한 시골로 내려가 소박하고 단순한 생활을 하기를 꿈꾼다. 삶을 자기 것으로 만들고 싶은 것이다. 하지만 식구들과 친구들의 걱정 어린 충고와 알 수 없는 앞날에 대한 막연한 두려움이 발길을 가로막는다. 그러기에 결정을 내리지 못한 채 많은 세월을 보내고, 아직도 망설이고 있다.

정말로 시골 생활에 잘 적응할 수 있을까? 땅을 일궈서 먹고 입고 자는 문제를 해결할 수가 있을까? 힘든 농사일을 몸이 감당할 수 있을까? 새로운 삶을 시작하기에는 너무 나이를 먹은 게 아닐까? 시골에서 살아가는 데 필요한 것들은 누구한테서 배워야 할까? 내가 살 집을 과연 내 손으로 지어 올릴 수 있을까? 밭뙈기를 일구어서 밥상에 먹을거리를 올려놓을 수 있을까? 집짐승들도 길러야 하지 않을까? 농사일에 얼마나 얽매여 살게 될까? 시골 일은 내 허리를 휘게 만드는 또 다른 중노동이 되지 않을까? 도시 생활과 결별하기를 꿈꾸는 이들에게는 몇 백 가지가 넘는 이런 의문들이 머리를 채우기 마련이다.

이 책은 바로 그런 이들을 위해 우리 두 사람이 쓴 것이다. 나이가 스무 살에서 쉰 살 사이이고, 건강과 지혜와 돈을 아주 조금밖에 못 가진 부부라 해도 누구든 충분히 시골 생활에 적응할 수 있다고 우리 두 사람은 믿는다. 얼마든지 필요한 기술을 배워 나갈 수 있으며, 자기 앞에 닥쳐오는 어려움을 헤쳐 나갈 수 있다. 또 자기뿐 아니라 남들을 위해서도 새로운 것을 만들어 낼 수 있고 세상에 보탬이 되는 사람이 될 수 있으며, 소박하고 단순하면서도 넉넉한 삶을 꾸려 나갈 수가 있다.

1910년부터 스무 해 동안 일어난 갑작스런 사회 변화 속에서 우리 두 사람은 직장과 생계 수단을 잃었다. 세계대전과 러시아혁명과 불황이 서구 세계에 가져다준 새로운 형편에 싫든 좋든 적응할 수밖에 없었다. 우리는 점점 나이를 먹어 가고 있었고(그때 우리는 오십을 눈앞에 두고 있었다), 지금까지 흘려보낸 많은 세월 덕분에도 눈이 뜨이고 삶을 바라보는 새로운 눈을 가질 수가 있었다.

물론 우리의 생각을 바꾸는 데 크게 작용한 것은 너무나 빠르게 돌아가는 세상의 변화였다. 그렇다고 해서 사회 환경이나 세상의 압력이 무엇보다도 중요한 것은 아니었다. 두말할 필요도 없이 선택은 우리 스스로에게 달려 있었다. 그리고 선택의 결과 또한 당연히 우리 머리 위에 떨어질 것이었다. 우리는 계속해서 도시에서 바쁘게 오가며 살아갈 수도 있었다. 우리가 마음속 깊이 불만스럽게 여기는 이 삶의 환경을 죽을 때까지 참고 견딜 수도 있었다. 아니면 이런 슬프고 야만스러운 방식을 버리고 몇몇 사람들만이 걸어간 길, 완전히 방식이 다른 삶으로 발길을 돌릴 수도 있었다.

우리는 북미 지역뿐 아니라 유럽과 아시아 여러 나라가 걸어온 과정을 자세히 살펴보았다. 그리하여 이 서양 문명이라는 것이 자기 지시에 충실히 복종하는 사람들에게조차도 안정되고 조화로운 삶을 가져다줄 능력이 없다는 사실을 깨닫기에 이르렀다. 만일 부자와 권력자들의 호주머니에만 돈이 쌓여 가 공황이 더 심각해지고 경제가 파국으로 치닫는다면 어떻게 될 것인가? 또 만일 이 잘못된 사회구조는 그대로 놔둔 채 경제 불황만을 해결하기 위해 더 끔찍한 전쟁 무기들을 만들고 그것들을 쓰려 든다면 어떻게 될 것인가? 그렇게 되면 이 사회체제에 생존과 안전을 맡기고 있는 사람들이 집 밖으로 나앉게 되거나, 사회로부터 버림받는 것은 시간문제였다.

우리는 사람의 탐욕으로 움직여 가며, 남을 착취하여 얻은 모든 것을 자기 것으로 만들고 부를 쌓으려고만 드는 이런 사회구조를 인정할 수 없었다. 실제로도 그런 사회의 미래는 영 가망 없어 보였다. 식민주의자들의 민족주의 정서가 나날이 심해졌으며, 집산주의자들의 땅이 점점 늘어 가고 있기 때문이다. 게다가 시간이 흐를수록 서구인들을 미치광이로 만드는 문제들이 현대 문명의 한가운데서 더욱 심각하고 복잡해져 갔다.

이런 형편에서 우리는 더 이상 서구 문명 속에 남아 있기를 거부할 수밖에 없었다. 그리고 이 문명을 대신할 확실한 대안을 찾지 않고서는 우리가 바라는 '조화로운 삶'을 살 수 없다고 판단했다.

그럼 대안이 무엇일까? 우리는 다음 세 가지 방향에서 그 해답을 찾아 나갔다.

첫 번째로, 우리를 점점 더 참을 수 없게 만드는 이 사회에서 탈출해 다른 나라로 망명해 살아갈 가능성을 진지하게 생각해 보았다. 그러나 우리는 그 생각을 곧 마음속에서 지워 버렸다. 1930년대 초만 해도 사회운동을 하기는 오늘날보다 훨씬 나았다. 말 그대로 세계가 우리 앞에 펼쳐져 있었다. 조화로운 삶을 찾아 어디로 가면 좋을 것인가? 우리는 삶으로부터 도피해 어딘가로 멀찌감치 달아나기를 꿈꾸는 것이 결코 아니었다. 그와 정반대로 삶에 더 열중할 수 있고, 삶에서 더 많은 것을 얻을 수 있는 길을 찾으려 하고 있었다. 우리는 의무를 피해 달아나려는 것이 아니었다. 오히려 더 가치 있는 의무를 찾고 있었다. 우리가 생각하기에 남을 돕고, 삶을 더 나은 것으로 만들고, 세상을 다시 설계하는 것은 고르고 말고 할 수 있는 문제가 아니었다. 사회의 구성원으로서 우리는 그것을 마땅히 지켜야 할, 사회와 맺은 약속이라고 여겼다. 그래서 다른 나라에 가서는 살지 않기로 마음먹었다.

두 번째 대안은 이 도시 문명 속에서 그냥 살아가는 일이었다. 도시에서 협동 공동체나 계획 공동체를 이루어 살 수 있을지 우리는 진지하게 따져 보았다. 하지만 그때엔 그런 일이 눈앞에 펼쳐질 가능성이 거의 없었다. 할 수만 있다면 당연히 이런 서로 돕는 공동체를 대안으로 골랐을 것이다. 하지만 우리 자신의 경험을 되짚어 보고 또 여러 가지 조사를 해 보니 우리가 들어가 행복하게 살 수 있는 공동체는 없었다.

결국 우리는 세 번째 대안을 선택했다. 그것은 시골에 내려가, 자급자족하며 사는 삶이었다. 우리 스스로 자급 능력을 갖추어, 더 넉넉하고 더 만족스러운 삶을 시도해 보기로 했다. 이런 결정을 내리자 그다음으로 할 일은 시골 생활의 목표를 정해, 그 목표가 우리 형편에 맞는지 꼽아 보는 일이었다.

우리는 어중간한 것이 아니라, 그야말로 분명한 대안을 찾고 있었다. 우리가 조화로운 삶을 사는 데 기본이 될 만한 것이라고 여기는 최소한의 몇 가지 가치들이 있었다. 바로 그것들을 마련해 줄 수 있는 환경과 일을 찾고 있었다. 그 기본 가치란 이를테면 다음과 같은 것들이었다.

단순한 생활,
긴장과 불안에서 벗어난 자유,
무엇이든지 쓸모 있는 일을 할 기회,
그리고 조화롭게 살아갈 기회.

단순함, 고요한 생활, 가치 있는 일, 조화로움은 단순히 삶의 가치만이 아니다. 그러나 그것은 조화로운 삶을 살려는 사람이라면 만족스러운 자연 환경과 사회 환경에서 당연히 추구해야 할 중요한 이상이고 목표이다. 현대 문명의 중심지인 도시에서 살아가는 사람들을 지배하는 것은 그러한 가치들이 아니다. 오히려 정반대의 것, 다시 말해 복잡함, 불안, 낭비, 추함, 소란 따위가 삶의 자리를 차지한다. 이것이 사람들이 서양 문명의 도시 한복판에 들여놓은 것들이다.

우리의 두 번째 목표는, 일을 해서 삶의 기쁨을 키워 나갈 수 있는 환경을 찾는 일이었다. 허리를 굽혀 일을 함으로써 자기가 성장해 가는 것을 느끼고, 그것을 통해 스스로를 가치 있고 소중하게 여기는 일이었다. 스스로 땅을 일궈 먹고살 수 있게 된다면, 사람을 가만 놔두지 않는 이 거대한 현대 문명의 손길로부터 벗어날 수 있으리라 믿었다.

세 번째 목표는 날마다, 달마다, 해마다 많은 부분을 자유 시간으로 갖는 것이었다. 단지 먹고사는 일에서 벗어나 우리가 진정으로 바라는 일에 몰두하고, 이웃들과도 결실이 있는 진정한 관계를 맺게 되기를 바라고 있었다. 그리고 홀로 또는 집단의 한 사람으로 사회를 개선하는 일에 열정을 쏟을 수 있기를 꿈꾸었다.

우리 두 사람은 조화로운 삶을 찾기로 마음먹으면서 곧바로 몇 가지 문제와 마주치게 되었다. 조화로운 삶을 살 곳으로 어디가 좋은가? 우리가 하려는 일에 필요한 돈은 어디서 구할 것인가? 하지만 살 만한 곳을 찾고 돈을 마련한다 할지라도, 마침내 가장 중요한 문제는 어떻게 하면 조화로운 삶을 살 수 있는가 하는 것이었다.

먼저 어디로 가야만 할까? 갈 곳은 너무 많았다. 많은 사람들이 햇빛이 풍부한 남쪽 지방으로, 캐롤라이나주, 플로리다주, 애리조나주, 뉴멕시코주, 캘리포니아주 따위로 몰려들고 있었다. 북서쪽으로 가는 사람들도 있었다. 우리는 여러 가지 이유로 북동쪽이 마음에 들었다.

우리는 철이 여러 가지로 바뀌는 것을 좋아한다. 만일 다른 지방으로 갔다면, 뉴잉글랜드*의 기후가 내려 주는 끝없는 놀라움과 기쁨을 누리지 못했을 것이다. 그곳에서는 겨울이면 눈이 무릎까지 푹푹 빠지고, 12월부터 3월까지는 세상이 온통 흰색과 검은색의 조화로 뒤덮인다. 봄은 하염없이 느릿느릿 다가와서는 아까운 듯이 여린 새잎을 터뜨린다. 그런가 하면 여름은 눈부시도록 아름답고, 저녁이면 시원한 바람

---

* 뉴잉글랜드: 미국 북동부 대서양 연안에 있는 코네티컷, 매사추세츠, 로드아일랜드, 버몬트, 뉴햄프셔, 메인 주를 통틀어 일컫는 말

이 땅의 열기를 식혀 준다. 그리고는 갑자기 가을이 건너와 모든 철 가운데서도 가장 아름다운 빛깔로 산과 나무를 물들인다.

사계절이 뚜렷한 땅은 한순간도 아름다움을 잃지 않는다. 그곳에서는 결코 단조롭거나 지루할 수가 없다. 철에 따라 순환하는 것이 건강에도 좋고 삶에도 자극제가 된다고 우리는 믿는다. 우리 두 사람은 살을 에는 겨울 날씨에 맞서 싸우는 것도 좋아한다. 지리상으로도 뉴잉글랜드가 문명의 세계가 아닌 옛날의 세계와 더 가까이 있다는 것을 알게 되었고, 우리도 그 세계로부터 떨어지고 싶지 않았다.

시간을 내어 여러 달 동안 북동부에 있는 주들을 살피고 다닌 끝에, 우리는 마침내 버몬트에 살기로 결정했다. 그린 마운틴(버몬트주의 별명)을 이루고 있는 산들은 나무들이 빽빽이 우거져 노래하는 듯했는데 그곳 산들이 마음에 들었다. 골짜기는 마냥 편안한 느낌을 주었고, 사람들은 꾸밈이 없었다. 버몬트주 대부분이 자연 그대로여서, 도시 근교 같은 느낌이나 여름 휴양지 같은 분위기는 거의 없었다.

그것 말고도 우리가 버몬트로 정한 데는 돈 문제도 있었다. 우리가 처음에 돌아본 뉴욕, 뉴저지주, 동부 펜실베이니아주는 대공황기인데도 땅값이 턱없이 비쌌다. 그곳과 견주어 보면 버몬트 땅값은 우리가 가진 돈에 딱 맞았다.

그렇다면 버몬트 어디로 갈 것인가? 지도에서 보면 버몬트주는 이웃에 있는 다른 큰 주들에 견주어 볼 때 훨씬 작아 보인다. 주 전체를 샅샅이 뒤져 살 만한 장소를 찾는 일이 그다지 어려워 보이지 않았다. 하지만 우리가 그린 마운틴에 도착해서 보니 길은 깎아지른 듯하고 구불구불했으며, 샛길들도 미로처럼 엉켜 있었다. 골짜기에서 골짜기로 오솔

길과 샛길들을 따라 걸어가다 보면 나무가 빽빽이 들어찬 숲속에서 길을 잃어버리기 일쑤였다. 버몬트는 그야말로 크고 넓게만 다가왔다.

막막해진 우리는 누군가의 도움이 필요하다고 판단했다. 그래서 팔려고 내놓은 농장을 찾느라 광고물들을 열심히 읽기 시작했고, 그곳 사람들이 들려주는 하찮은 사실들까지 고맙게 받아들였다. 그러다가 마침내, 한때 농사를 짓다가 지금은 부동산 중개인으로 변신한 버몬트 뉴페인에 사는 루크 마틴 씨의 그럴 듯한 말솜씨에 걸려들고 말았다.

루크 마틴 씨가 예전에 훌륭한 농사꾼이었는지는 알 길이 없지만, 땅을 파는 재주는 타고난 사람이었다. 그 사람은 상대방이 머리가 어지러울 때까지 온갖 설명을 늘어놓았다. 그리고는 쉴 새 없는 수다와 허풍이 뒤따랐다. 그 사람이 연출하는 기가 막힌 속임수들을 보면 미국 부동산 중개업자 가운데 단연 으뜸가는 사람이라고 할 만하다. 루크 씨는 자기가 두 아들과 함께 판 버몬트의 농장 넓이가 그 지역의 다른 모든 중개업자들이 판 것을 다 합친 것보다 많을 것이라고 자랑을 늘어놓았다.

두 아들이 번갈아 차를 운전하는 동안 루크 씨는 잠시도 입을 가만두지 않고 떠들었다. 우리를 데리고 사흘에 걸쳐 버몬트 남쪽 지역을 돌아다닌 끝에 마침내 우리에게 윈홀 마을에 있는 농장을 팔았다.

사실 우리는 그 사람들이 우리에게 첫 번째로 보여 준 농장을 산 셈이 되었다. 하지만 처음 그 땅을 보고 그곳을 사기로 결정을 내리기까지 우리는 다른 장소를 수십 군데도 넘게 보았다. 그 어느 곳도 파이크스 폴스 골짜기에 있는 엘로넨 씨 농장만큼 우리 마음을 잡아 끄는 곳은 없었다. 그래서 1932년 어느 추운 가을날 그곳으로 다시 가서, 그 농장을 사는 계약서에 서명을 했다.

농장의 위치와 주변 풍경은 더할 나위 없이 훌륭했다. 북쪽의 경사진 땅을 등지고 아늑하게 자리 잡은 엘로넨 농장은 앞쪽으로 스트래턴 산과 '야생 지대'를 바라보고 있었다. 야생 지대란 종이 회사들이 갖고 있는 3천만 평이나 되는 펄프 보존 지역을 일컫는 말이었다.

우리가 새로 들어가 살 곳은 말 그대로 다 쓰러져 가는 황량한 농장이었다. 수리를 하지 않아 삐걱거리는 나무 집과, 지붕에서는 비가 새고 창틀은 다 망가진 채로 덩치만 커다란 헛간과 핀란드식 목욕탕, 쓸만한 나무는 모조리 잘려 나간 8만 평쯤 되는 땅이 있었다. 농장에 딸린 '편의 시설'이라고는 펌프와, 무쇠로 만든 부엌 싱크대, 장작을 쌓아두는 헛간 끄트머리에 있는 오래된 바깥 변소가 고작이었다. 물은 넉넉했다. 샘이 하나 있는데 물맛이 아주 좋았다. 그곳에는 또 풀밭과 한두 군데의 습지, 남쪽으로 나 있는 조금 거친 땅이 있었다.

농장은 자메이카 우체국에서 11킬로미터, 그리고 본드빌의 작은 마을로부터는 3킬로미터쯤 떨어진, 먼지가 풀풀 날리는 길가에 있었다. 두 마을을 다 합쳐 600명도 채 안 되는 주민이 살고 있었다. 비포장도로를 따라 한참을 걸어가 봐도 열두어 채의 집만이 드문드문 서 있었다.

농장의 전 주인 엘로넨 씨는 핀란드 사람으로 방앗간에서 일하다 목숨을 잃었다고 했다. 자식들은 거의 다 결혼해서 농장을 떠났다. 결국 피터 부인과 아들 우노만 농장에 남게 되었는데, 농장은 이미 황폐한 언덕이 되어 잡목 숲으로 변해 가고 있었다. 농장에서 벗어나기를 간절히 바라던 이 사람들은 300달러는 현금으로 받고 연방 토지은행에 빚진 800달러는 떠넘기는 조건으로 우리에게 농장을 팔았다.

계약이 끝나 새 주인 이름으로 토지대장에 등기를 마치고 나서야 우리는 비로소 우리가 얼마나 무모한 일을 저질렀는가를 깨닫기 시작했다. 뉴욕에서 그 시골까지 거리는 얼마 되지 않았지만, 생활환경은 그야말로 아득히 멀리 떨어져 있었다. 우리는 복잡하고 세련된 도시에서 살다가 바로 이웃에 있는 작은 시골 마을로 건너갔을 뿐인데, 그곳에서는 어른이고 아이고 큰 도시를 구경해 본 사람이 거의 없었다. 집들은 모두가 나무를 때서 난방을 하고, 기름등잔으로 어둠을 밝히고 있었다. 수세식 화장실을 갖춘 집은 단 한 곳도 없었다.

버몬트에 살기 시작한 첫해에 우리는 트럭 뒤에 이웃집 아이들을 태우고 가서 처음으로 바다를 보여 주고, 처음으로 기차를 보여 주고, 처음으로 영화를 구경시켜 주고, 처음으로 아이스크림을 맛보게 해 주었다. 아이들은 석탄이 무엇인지도 전혀 모르고 있었다. 신기한 듯이 석탄 덩어리를 만졌지만, 그것에 어떻게 불이 붙는지 이해하지 못했다. 아이들은 멀고 먼 알프스 산골짝에서 태어난 것처럼 현대 문명과 동떨어져 있었다. 뉴욕 중심가에서 이 외딴곳으로 옮겨 왔을 때, 우리는 넓디넓은 강을 건너온 것이나 마찬가지였다.

처음에 우리는 버몬트에서 '여름 손님'으로 생활을 시작했다. 여름에만 찾아오는 손님들은 대개 그곳의 토박이들에게는 귀찮은 존재일 뿐이다. 어울려 지내기에는 거북하고, 농사일에는 방해만 되기 때문이다. 이 '이방인'들은 많든 적든 돈을 들고 와서는 그곳에 오래 머물려 하지 않았고 땀 흘려 일하려고도 하지 않는다.

여름철만 살다 가는 사람들이 농사가 안 되는 버려진 땅이나 황무지 같은 쓸모 없는 땅을 차지하고 있다면 그것은 큰 해가 안 된다. 대개 그 사람들은 농사라고 지어 봐야 손바닥만 한 텃밭에 채소를 심어 먹거나 꽃을 심는 정도이다. 그 사람들의 목초지는 얼마 안 가 나무가 자라 숲이 돼 버리지만, 나무가 크게 자라도 잘라 팔 생각을 하지 않는다. 굳이 땅에서 소득을 얻을 필요가 없거나, 아니면 땅값이 오르기를 기다리고 있는 것이다.

그런데 만일 여름 손님들이 기름진 땅을 차지하고서 농사도 짓지 않고 잡목 숲이 되게 땅을 내버려 둔다면, 그것은 버몬트의 농업을 망치는 일이나 다름없다. 더욱이 그 땅이 기름진 골짜기에 자리 잡고 있다면 손해가 막심한 것은 말할 필요도 없다.

또 여름에만 머물다 가는 이 외지인들이 가게의 물건들을 비싸게 팔아 주는 것도 버몬트의 농사에 커다란 해를 끼친다. 이 물건들은 대부분 다른 주의 공장에서 만든 소모품들이다. 이런 물건을 가게에 들여놓고 이윤을 남겨 팔게 되면, 버몬트 사람들은 손에 흙 하나 묻히지 않고 손쉽게 돈 버는 일에 익숙해진다. 그리고 그렇게 해서 번 돈을 다시 가게에 통조림 제품을 채우는 데 써 버린다. 그러는 사이에 오랫동안 가꿔 왔던 논밭은 잡초가 우거진 거친 땅이 되어 버린다. 결국 버몬트는 점점 농사일을 팽개치고, 현금 잡기에 더욱 매달리게 될 것이며, 이 돈은 대부분 다른 주의 물건을 사들이는 데 쓰일 것이다.

만일 이런 일이 계속된다면, 버몬트는 도시 근교 휴양지로서 수입을 올리게 될 것이고, 다른 곳에서 돈을 벌어 여름의 몇 주나 몇 달 동안만 버몬트에 놀러 와 주머니를 푸는 사람들의 돈에 기대서만 먹고살게될 것이다. 생산이 없다는 점에서 이런 경제는 완전히 남에게 기생하는것이다. 버는 것과 쓰는 것이 균형을 이룬다고 해도 사정은 마찬가지이다. 논리대로 따져 본다면, 결국 버몬트 사람들은 여름 방문객들을 위해 잔디를 깎거나 빨래를 해 주면서 날품을 팔게 될 것이고, 경제의 자립성은 몹시 떨어질 것이다. 이런 경제 방식은 더 많은 돈을 손쉽게 버몬트주로 끌어들일지 몰라도 사람들의 자립성을 키우지는 못한다.

여름 손님들이 끼치는 피해는 버몬트의 경제를 망치는 것에서 그치지 않는다. 이 사람들이 여름 한철만 살고 한 해 내내 집을 닫아 놓기 때문에 버몬트 이곳저곳에 유령 마을이 생긴다. 정말로 이웃이라면 계속 옆에서 더불어 살아야 한다. 한 해 가운데 잠깐 동안만 북적대는 마을은 기생하는 죽은 마을이다. 토마스 투서는 말했다.

"사람이 살지 않는 집이 무슨 쓸모가 있는가? 사람의 손길이 닿지 않는 논밭이 무엇을 베풀어 주겠는가?"

시골 마을이 휴양지로 바뀌면서 그 사회에 미치는 악영향은 경제 문제만이 아니다. 모든 공동체에는 날이 바뀌고 해가 바뀌어도 서로 돕고 어울려 사는 사람, 집, 주민 들이 있어야 한다. 쓸모 있고 좋은 생산물을 충분히 거둬서 그것으로 다른 것을 사고 남을 만큼이 되어야 한다. 이렇게 자급 능력을 가진 사회가 가장 훌륭한 사회이다. 한 해 내내 굴러가는 공동체가 아니고서는 이런 자급 능력을 갖기가 어렵거나 아예 가질 수가 없다.

우리는 먹고살 길을 될 수 있는 대로 빨리 마련하기로 결심했다. 먹고살 수만 있다면 사철 내내 버몬트에 머물면서 일할 수 있으리라. 한동안은 두어 달에 한 번씩 뉴욕과 뉴저지를 떠나 버몬트 윈홀의 농장에 들렀다 돌아오는 일을 되풀이했다. 그런데 그해에 350킬로미터나 되는 길을 열 번쯤 오가다 보니 아무래도 힘이 들었다. 마침내 우리는 이제 연습 기간은 끝났고, 온몸으로 뛰어들 시기가 되었다고 스스로 결론 내렸다. 우리는 작은 트럭에 얼마 안 되는 이삿짐을 싣고 이사를 했다. 그리하여 여름 손님에서 그곳에 완전히 눌러 사는 주민이 되었다.

버몬트에 새로 이사 온 사람으로 우리는 어떻게 행동해야 할지 알 길이 없었다. 다만 바실 홀 대위가 쓴 글을 읽고는 고개를 끄덕일 수 있었다.

"내 생각에 새로운 고장에 살러 온 사람이 지켜야 할 첫 번째 규칙은 언제나 그곳 풍습을 있는 그대로 따라야 한다는 것이다. 그곳에 완전히 눌러살면서 그곳 사람들과 하나가 되기 전까지는 섣불리 그곳을 뜯어고치려는 뜨거운 욕망을 자제해야 한다."

우리는 궁리를 한 끝에 조심스럽게 집 가까이에 있는 미루나무를 베어 장작으로 쓰려고 했다. 그런데 어처구니없게도 미루나무는 장작으로 쓰기에는 그곳에서 가장 형편없는 나무였다. 그다음에는 밭을 만들었는데, 자리를 잘못 정하고 말았다. 사실 이 8만 평의 땅은 대부분 잡목으로 뒤덮여 있었기 때문에 밭으로 쓰기에 마땅한 장소가 없었다. 나무가 없는 땅도 평평한 곳은 늘 젖어 있거나 아예 습지였고, 마른 곳은 너무 가팔라서 소나기가 내리면 흙이 쓸려 내려가는 형편이었다.

우리가 밭으로 만든 땅은 가을에는 그다지 나빠 보이지 않았다. 버몬트의 좋은 밭들이 그렇듯이 우리 밭도 남쪽과 남서쪽으로 완만하게 경사가 져 있고, 적당히 말라 있었으며, 검은 흙에 잔디가 깊이 뿌리내리고 있었다. 이듬해 봄이 되어서야 왜 밭에 잔디가 무성하고 흙 빛깔이 검은지 알 수 있었다. 날이 풀리자 밭의 높은 쪽에서 졸졸거리며 개울이 흐르기 시작한 것이다. 그 개울은 여름철에는 말라 있었지만, 눈이 녹고 봄비가 내리기 시작하자 물이 한정 없이 흘러내렸다.

아무리 대책을 세워도 봄이 다 가도록 밭은 질척질척했다. 우리는 밭 둘레에 도랑을 파고, 땅의 경사면을 따라 밭 전체에 걸쳐 배수로를 만들었다. 끝없이 주의를 기울이고 비지땀을 흘리고 나서야 마침내 물 빼는 문제를 해결할 수 있었다. 그리고 그 적응력 강한 떗장들을 모두 뽑아 치웠다. 이렇게 애쓴 대가로 그 작은 밭을 일군 여덟 해 동안 꽤 좋은 곡식들을 거둘 수 있었다.

돈 많은 부자들은 시골로 가서 농장을 사고, 상하수도를 만들고, 욕실과 수세식 화장실, 냉장고, 전기 시설 일체를 새로 장만한다. 닭장과 돼지우리는 걷어치우고, 헛간을 그럴듯한 작업실과 차고로 개조한다. 그리고 모든 벽을 새하얗게 칠해 버린다. 그 사람들은 노동절날 그곳에 왔다가 이삼 주 뒤에 돌아간다.

우리는 그만한 부자가 아니었다. 우리는 돌아갈 다리를 모두 불태워 버린 뒤, 아예 눌러살기 위해 다 싸 들고 외딴 시골로 이사 온 것이다. 어떻게 하면 이곳에서 계속 눌러살 수 있을 것인가?

이 문제를 놓고 깊이 생각한 끝에, 잡목 숲에서 제법 많이 자란 목재와 펄프용 나무만 골라 잘라 팔면 어느 만큼은 먹고살 수 있다는 희망을 갖게 되었다. 그린 마운틴에서는 나무를 베어 내도 다시 자라는 속도가 빨랐으며, 내다 팔 시장도 엎어지면 코 닿을 곳에 있었다. 이러한 점들을 염두에 두고 우리는 이사를 하자마자 우리 집 앞의 피너클산에 있는, 벌목이 끝난 꽤 넓은 땅을 사들였다. 이 땅은 우리 농장 바로 옆에 붙어 있고, 마을 길 뒤쪽에 자리 잡고 있었다. 그 땅의 주인이었던 목재상이 나무를 다 베어 낸 뒤라 다시 목재로 쓸 수 있을 만큼 나무가 자라려면 이삼십 년을 기다려야 하는데, 그 기간 동안 토지세를 내는 것이 영 달갑지 않았다. 그래서 그 사람은 그 땅을 우리에게 팔았다.

목재상들은 3미터 50센티미터가 넘는 원목이 나올 수 있는 나무이거나 아니면 1미터가 넘는 길이로 잘라 펄프용 목재로 팔 수 있는 가문비나무와 전나무만 골라서 자른다. 큰 규모로 나무를 베어 내는 목재상들에게는 지금 남아 있는 땅과 나무들은 아무 쓸모가 없는 것들이었다. 하지만 벼락부자를 꿈꾸지 않고 조촐한 수입에 만족하는 사람에게는 그 땅과 나무는 꾸준한 수입원이 될 수 있었다.

우리가 그 땅을 샀을 때 그곳에는 너도밤나무, 자작나무, 단풍나무들이 수없이 많았는데, 키가 작거나 굽었거나 줄기와 둥치가 상한 것들이었다. 원목으로 쓸 수 없을지는 몰라도 제법 많은 땔감이 나올 수 있었다. 미루나무나 무른 단풍나무, 너도밤나무 같은 좀 못한 나무들을 솎아 내고, 해마다 겨울 폭풍에 쓰러지는 나무들을 자르고 하면 이 버림받은 나무들도 얼마든지 땔감으로 바꿀 수 있었다. 가문비나무와 전나무 묘목들은 크리스마스 트리나 장식 나무로 내다 팔 수 있었다. 또 가늘고 어린 가문비나무와 전나무는 펄프용 목재로, 그리고 더 빨리 자라는 나무들은 다 컸을 때 원목과 땔감으로 잘라 쓸 수가 있었다. 잡초를 뽑고 잔가지를 쳐 주기만 하면 벌목이 끝난 땅이라 해도 거기서 나온 나무들을 꾸준히 장에 내다 팔 수 있고, 한두 사람에게는 거의 무한정으로, 적지만 꾸준한 수입원이 될 수가 있었다. 아무래도 전문 목재상보다는 훨씬 적게 벌겠지만, 그래도 남 밑에서 일할 필요가 없으며 자기의 경제 형편에 맞게 일할 수가 있었다.

나무 밑동만 남은 벌목 지대의 그런 땅은 우리 같은 처지의 사람들에게 큰 도움이 되었다. 적은 돈으로도 그런 땅들을 살 수가 있었다.

사탕단풍나무 숲

여러 가지 형편을 보면 알겠지만, 우리는 결코 목재 사업에 온몸으로 뛰어들지 않았다. 그런데 벌목 지대의 나무들로부터 우리 눈을 돌리게 할 만큼 새로운 가능성을 가진 사업이 저절로 우리 앞에 나타났다. 우리가 엘로넨 농장으로 이사를 간 첫해 봄에, 우리 농장 바로 위쪽에 사는 호드 씨네 사람들이 자기네 목초지에 불을 놓은 일이 있었다. 그런데 그 불길이 우리 농장 있는 쪽으로 내려오는 바람에 깜짝 놀랐다. 두 집 사이의 거리가 거의 1킬로미터나 되었지만, 호드 씨네 땅은 우리 집에서 겨우 몇 미터쯤 되는 곳까지 이어져 있었으며 헛간에서 멀지 않았다. 그날 그 집 식구들이 불길을 잘 잡아 우리 농장까지 번지게 하지는 않았지만, 안심하고만 있기에는 불꽃이 너무 가까이서 넘실대고 있었다.

그이들이 앞으로 또 목초지에 불을 놓을 경우를 대비해서 우리는 우리 집과 헛간을 보호하기 위해 호드 부인에게 조금이라도 그 땅을 우리에게 팔라고 부탁했다. 그런데 그이가 그곳을 아예 떠나고 싶어 한다는 것을 알게 되었다. 그이는 우리에게 차라리 자기네 농장 전체를 사라고 했다. 그이가 팔려는 농장에는 쓰러져 가는 건물 몇 채, 그런 대로 괜찮은 사탕단풍나무 숲, 낡아 삐걱거리는 제당소가 들어 있었다. 호드 부인은 잘라 낼 통나무가 농장에 잔뜩 있으니 그것들을 처리할 수 있도록 한 해만 시간을 달라고 했고, 그 나무들을 다 벤 뒤에 꽤 괜찮은 값으로 우리에게 농장을 팔았다.

농장의 가장이던 프랭크 호드 씨는 우리가 이 새로운 농장을 사기 얼마 전에 세상을 떠났다. 막내아들을 빼고 모든 아이들이 자라서 집을 떠났고, 호드 부인과 아들들은 이미 농사짓는 일에서는 마음이 멀어진 때였다.

　침엽수와 잡목들 속에서 웃자란 사탕단풍나무 숲에서는 플로이드 허드 씨 부부가 호드 씨네 식구와 함께 단풍 설탕을 만들어 이익을 나눠 갖고 있었다. 허드 씨 부부는 열한 명이나 되는 자식을 두었는데, 봄에 단풍나무 수액이 나오기 시작할 때면 아이들 모두가 함께 달라붙어 일손을 거들었다.

　새 농장을 산 뒤, 우리는 허드 씨 부부와 함께 여러 가지 일들을 상의한 끝에 원래의 동업 체제를 그대로 유지하기로 결론을 내렸다. 그 첫해에 우리는 거의 손 하나 까딱하지 않고 연장과 숲과 연료 조금으로 단풍 시럽 수확의 4분의 1을 얻었다. 그 많은 시럽으로 무엇을 해야 할지 몰라 그것을 큼지막한 깡통들에 넣어 엘로넨 농장의 헛간에 저장해 두었다.

　하지만 그해 여름 우리는 버몬트에서는 단풍 시럽이 현금보다 훨씬 낫다는 것을 알게 되었다. 단풍 시럽은 언제든지 손쉽게 팔 수 있고, 값이 떨어지는 일도 없었다. 전혀 기대하지 않던 행운이 우리를 기다리고 있었던 것이다.

　한두 달 동안 단풍 수액을 받다 시럽을 만드는 철이 돌아오면, 우리는 사탕단풍나무 숲과 제당소, 여남은 개의 형편없는 도구만으로 땀 한 방울 흘리지도 않고 세금과 보험료를 내고도 남을 만큼 시럽을 많이 생산할 수 있었다. 한 번에 한 해 내내 쓸 시럽을 얻었는데, 친구들에게 나눠 주고도 시장에 내다 팔 만큼 엄청난 양이었다. 만일 우리가 손수 단풍 시럽 만드는 일을 한다면 우리의 기본 생활비를 벌고도 남을 만큼 많은 시럽을 수확할 수 있다는 것을 이제 알게 되었다.

버몬트의 푸른 언덕, 자갈들이 뒹구는 돌밭에서 무엇으로 먹고살지 암담했던 우리에게 마침내 살길이 열린 것이다. 놀랍고도 기쁜 일이었다. 사실 우리는 돈을 벌 방법으로 벌목하고 남은 삼림지대에 기대를 걸고 있었다. 하지만 이제 헛간에 가 보면 단풍 시럽을 담은 통들이 찬란한 빛을 내며 줄지어 서 있었다. 모두 바로 현금과 바꿀 수 있는 통들이었다. 그때까지 단풍 시럽을 생산한다는 생각은 한 번도 해 본 적이 없었다. 우리는 농장 둘레 산속에 점점이 박혀 있는 제당소를 제대로 눈여겨본 적이 없었고, 우리 스스로 시럽과 설탕을 만들어 보겠다는 생각은 꿈에도 하지 않았는데 말이다.

1934년 봄, 멋지게 우리를 찾아온 사탕단풍나무는 새로운 희망에 눈뜨게 했다. 버몬트에 눌러살려는 우리의 계획은 이제 튼튼한 경제 기반을 갖게 된 셈이다.

우리의 이성과 열정, 그리고 주머니에 갖고 있는 돈에 알맞은 터전을 버몬트에서 발견함으로써 우리는 '어디서 조화로운 삶을 살 것인가?' 하는 첫 번째 물음에 해답을 찾을 수 있었다. 그리고 단풍 시럽을 만들어 생계를 해결할 길이 열린 것은 '조화로운 삶을 살기 위해 경제 문제는 어떻게 해결할 것인가?' 하는 두 번째 물음에 대한 멋진 해답이었다. 우리가 다음으로 할 일은 '조화로운 삶을 살기 위한 방법'을 결정하는 일이었다.

"해가 뜨면 일하러 가고,
해가 지면 돌아와 쉰다.
우물을 파서 물을 얻고,
땅을 일궈 곡식을 거둔다.
이처럼 우주의 창조에 동참하니,
왕이라 해도 이보다 나을 수 없다."

고대 중국, 기원전 2500년

---&----

"살아가는 방편을 터득한 채 태어나는 사람은 아무도 없듯이, 농사짓는 기술을 터득한 채
태어나는 사람도 없다. 삶의 방편이 다 그렇듯이 농사짓는 기술도 배워야 한다. 아무렇게
나 한 일에서 얻은 만족이 오래가지 않듯이, 흙과 기후에 아랑곳하지 않고 뿌린 씨앗에서
풍성한 수확을 기대할 수 없다. …… 정한 목표를 향해 흔들림 없이 꾸준히 나아가는 것
이 행복에 이르는 가장 확실한 길이다."

J. C. 루돈, 《농업 백과사전 An Encyclopedia of Agriculture》, 1825년

---&----

"사는 방법은 두 가지가 있다. 되는 대로 그냥저냥 살아가는 것, 아니면 인생에서 무언가
를 이루기 위해 더 나은 길을 찾아 성실히 사는 것이다. 더 나은 것을 이루며 살겠다는 생
각은 자기 자신의 삶만이 아니라, 다른 사람들의 삶, 더 나아가 인류의 미래까지 더 나아
지게 만든다."

줄리언 헉슬리, 《생물학자의 에세이들 Essays of a Biologist》, 1923년

삶의 원칙

일들이 빠르게 진행되고 있었다. 어쩌면 너무 빨리. 우리는 점점 깊숙이 여러 가지 일들에 빠져들고 있었다. 너무 깊이 빠져든 것은 아닐까? 뉴욕을 떠나 버몬트 산골짝으로 온 뒤 우리는 버려진 농장 세 군데를 사들였으며, 우리가 전혀 알지 못했던 단풍 시럽 만드는 일을 시작했다. 과연 이 일들이 우리를 어디로 데려갈 것인가? 우리 삶에 일어난 이 갑작스러운 변화들이 우리를 온통 그 일에 몰두하고 정열을 쏟게 만들었다. 그렇다면 나중에 가서 이 일들에 대해 후회하지 않을 자신이 있는가? 돌다리를 건너듯 정신을 차리고, 신중하게 한 걸음씩 내디딜 필요가 있었다.

우리의 형편은 다음 세 가지로 간추려 말할 수 있었다.

우리는 시골에서 살고 있었다. 우리에게는 땅이 있었고, 잘라서 쓸 수 있는 나무들이 있었다. 밭이 넓진 않아도 우리에게 넉넉한 먹을거리를 주었다. 그리고 우리에게는 충분한 시간과 목적과 정열이 있었다. 언제나 넘치는 창조력과 상상력이 있었다. 그런가 하면 사탕단풍나무 숲이 꾸준히 수입을 갖다주었고, 덕분에 우리 주머니에는 얼마 안 되지만 돈도 있었다.

또한 우리는 황폐하고 잡초가 우거진 농장을 갖고 있었다. 우리가 살고 있는 집은 나무로 만든 집이었는데 다 쓰러져 가고 있었다. 겨울이면 체에서 물이 빠지듯 바람이 사정없이 집 안으로 휘몰아쳐 들어왔다. 우리는 나무를 베려면 이삼십 년은 기다려야 할 벌목 지대를 갖고 있었다. 이웃의 허름한 농장까지 사들였는데, 그곳에는 헛간으로도 쓰기 어려운 낡은 건물 몇 채가 서 있을 뿐이었다. 우리 땅은 습한 데다가 돌이 뒹구는 거친 땅이었으며, 이미 벌목이 끝나 새로 자라는 잡목들만 무성했다. 하지만 좋은 나무들이 많지는 않아도 얼마간 남아 있긴 했다. 우리가 만든 여남은 개의 밭은 희망을 가질 만했지만, 하필이면 가장 큰 밭이 너무 지대가 낮고 습해서 제대로 곡식을 거둬 먹기에는 힘이 들었다.

마지막으로 우리는 건강한 몸을 갖고 있었다. 빚이 없었기 때문에 사는 형편도 좋은 편이었다. 우리는 미래를 희망을 갖고 내다보고 있었다. 하지만 안정되게 생계를 이어 갈 길이 그다지 확실하지는 않았으며, 더구나 앞으로 어떻게 해야 할지도 알 수 없었다. 충분히 생각하고, 시대가 요구하는 정신을 떠올리며 우리는 십 년 계획을 세웠다.

이 계획을 처음부터 끝까지 한꺼번에 세운 것은 아니었다. 살아가면서 얻는 경험을 통해 계획을 늘 고쳐 나갔다. 그러나 계획이 형편에 따라 바뀐다 해도, 우리는 모든 일들에서 원칙을 벗어나지 않으려고 애썼다. 우리가 처음(1930년대 중반)에 십 년 계획을 세우면서 가장 중요하게 여긴, 우리 삶의 중심 원칙들은 다음과 같은 것들이다.

하나, 우리는 먹고사는 데 필요한 것을 절반쯤은 자급자족할 수 있게 되기를 바란다. 우리를 에워싸고 있는 이윤 추구의 경제에서 할 수 있는 한은 벗어나기를 희망한다.

대공황은 몇백만이 넘는 가장들을 위기에 몰아넣었다. 사실 이것은 시장에서 생필품을 사다 쓰는 사람들을 늘 위협하고 있는 문제였다. 일당이나 월급을 받는 직장인들은 스스로의 일을 갖지 못한다. 자기들과 상관없이 경제정책이 결정되고, 정책을 수행하는 사람을 자기 손으로 뽑지도 못한다. 다시 말해 이때의 수많은 실업자들은 자기 잘못으로 일자리를 잃은 것이 아니었다.

어쨌든 모든 생필품과 살림살이 들을 돈 주고 사야만 하는 경제구조 속에서 그이들은 직장을 잃은 것이다. 수입은 끊겼지만 먹고 입고 자는 문제를 해결하다 보니 모아 놓은 돈은 바닥났고, 결국 그이들은 빚더미에 올라앉았다. 이렇듯 이윤을 추구하는 경제구조 속에서 계속 살아가야 하기 때문에 우리는 앞으로 다가올 그 두려운 일들을 받아들이거나, 아니면 실현할 수 있는 대안을 찾아내야만 했다. 우리가 생각해 낸 대안은 절반쯤은 자급자족하는 생활이었다.

우리는 다음과 같은 단계를 밟아서 자급자족 경제를 이루어 보려고 했다. 첫째, 우리 밥상에 올리기 위해 땅과 기후가 허락하는 한 곡식을 많이 가꾼다. 둘째, 거둔 곡식을, 우리가 생산하지 않거나 생산할 수 없는 곡식이나 물건들과 바꾼다. 셋째, 연료로 나무를 때며, 나무는 우리 손으로 해 온다. 넷째, 농장에 있는 돌과 나무를 써서 필요한 건물을 짓되, 반드시 스스로 한다. 다섯째, 썰매, 짐수레, 모래 치는 망, 사다리

같은 장비들을 만든다. 여섯째, 돈을 주고 사야만 하는 장비, 연장, 부속품, 기계 같은 도구는 되도록이면 적게 쓴다. 일곱째, 만일 쟁기, 트랙터, 경운기, 불도저, 기계톱과 같은 장비들을 한 해에 몇 시간이나 며칠쯤만 써야 한다면 그 기계를 돈 주고 사 오는 대신 동네 사람들에게 잠시 빌리거나 다른 것과 바꿔 쓴다.

둘, 우리는 돈을 벌 생각이 없다. 또한 남이 주는 월급을 받거나 무언가를 팔아 이윤을 남기기를 바라지 않는다. 오히려 우리의 바람은 필요한 것들을 될 수 있는 대로 손수 생산하는 것이고, 그럼으로써 먹고사는 일을 해결하는 것이 일차 목적이다. 한 해를 살기에 충분할 만큼 노동을 하고 양식을 모았다면 그다음 수확기까지 돈 버는 일을 하지 않을 것이다.

'돈을 번다'거나 '부자가 된다'는 생각은 사람들에게 매우 그릇된 경제관을 심어 주었다. 우리가 경제활동을 하는 목적은 돈을 벌려는 것이 아니라 먹고살기 위한 것이다. 돈을 먹고 살 수는 없으며, 돈을 입을 수도 없고, 돈을 덮고 잘 수도 없다. 돈은 어디까지나 교환 수단일 뿐이다. 의식주에 필요한 물건을 얻는 매개체이다. 중요한 것은 우리가 먹고 마시고 입는 것들이지 그것과 맞바꿀 수 있는 돈이 아니다. 그리고 다른 것들과 마찬가지로 돈을 얻으려면 대가를 치러야 한다. 로버트 루이스 스티븐슨은 《인간과 책에 대한 연구 Familiar Studies of Men and Books》에서 이렇게 썼다.
"다른 것들과 마찬가지로 돈은 우리가 사도 되고 안 사도 되는 상품의 하나이며, 우리가 마음껏 탐닉할 수도 있고 절제할 수도 있는 사치품이다. 세상에는 우리가 돈보다 더 탐닉할 수 있는 많은 사치품들이 있다. 그것은 고마워할 줄 아는 마음, 시골 생활, 마음이 끌리는 사람 같은 것이다."

돈의 경제 속에서 살아온 사람들은 돈을 벌어 쌓아 두는 것이 중요하다고 믿는다. 사회가 그렇게 가르친 것이다. 사람들은 계속해서 우리에게 말하곤 했다. "시럽 따위를 만드는 일로는 한몫 잡을 수가 없어요. 그런 식으로는 죽을 때까지 돈을 모을 수가 없다구요."

어느 해인가는 이웃 사람 해럴드 필드 씨가 시럽을 만드는 철에 자기가 일한 시간과 시럽을 내다 팔고 받은 금액을 꼼꼼히 적어 놓았다. 그랬더니 자기가 시간당 67센트밖에 벌지 못했다는 계산이 나왔다. 이런 계산을 보고 나더니 필드 씨는 다음 해에 그 일을 걷어치웠다. 왜냐하면 시럽 일을 하느니 일당을 받고 일하는 편이 돈벌이가 훨씬 나았기 때문이다. 하지만 시럽 철이 되었을 때 그이는 일자리를 얻는 데 실패했고, 그래서 시간당 67센트도 벌지 못했다.

우리는 돈에 대해 아주 다른 태도를 갖고 있었다. 우리도 시럽 가격을 꼼꼼히 계산했지만, 그것은 시럽을 생산할지 안 할지를 결정하기 위한 것이 아니었다. 해마다 사탕단풍나무로부터 수액이 흘러나오는 철이 되면 우리는 어김없이 나무에 칼자국을 내어 수액을 받았다. 그리고 그렇게 시럽을 만드는 데 얼마나 비용이 드는지 계산했다. 시럽 철이 끝나 시럽이 다 만들어지면, 우리는 캘리포니아와 플로리다에 있는 여러 거래처에 편지를 썼다. 시럽의 값을 말해 주고, 그것과 값이 같은 감귤, 호두, 올리브기름, 건포도 따위와 우리의 시럽을 맞바꾸자고 제안했다. 이런 거래를 해서 현금을 한 푼도 내지 않고 우리가 생산할 수 없는 여러 가지 것들을 구할 수 있었다. 사탕단풍나무 숲과 제당소에서 땀 흘려 일해서 우리는 먹고사는 문제를 좀 더 느긋하게 해결할 수 있게 되었다.

우리는 또 시럽과 설탕을 시장에 내다 팔기도 했다. 무언가를 팔 때는 정확히 원가를 계산해서 값을 매기고자 노력했다. 이 값은 시장에서 받을 수 있는 돈이 아니라 원가를 계산해서 나온 것이다. 다시 말해 그때의 하루 일당과 우리가 그 일에 얼만큼 시간을 쏟았는가를 계산해서 정한 값이다.

해마다 그해에 필요한 양식을 생각해 밭에 심을 곡식의 양을 결정했듯이, 우리는 반드시 필요한 현금에 맞추어 돈을 벌려고 했다. 필요한 것이 마련되었다고 판단되면, 그해의 남은 시간 동안에는 더 이상 농사를 짓지 않았고, 돈을 더 벌지도 않았다. 한마디로, 먹고사는 것만 해결하고자 했으며, 이렇게 일단 기본 생활 수단이 마련되면 다른 일들에 관심을 돌려 열중했다. 우리가 관심을 가진 것은 사회 활동, 그리고 독서와 글쓰기와 작곡 같은 취미 생활이었다. 또한 그때 농장 시설을 손보고 고치는 일을 하기도 했다.

셋, 우리는 모든 일에 들어가는 비용을 우리가 가진 돈만으로 치를 것이다. 은행에서는 절대로 돈을 빌리지 않을 것이다. 땅이나 집을 담보로 넣어 융자를 얻은 뒤 이자를 갚느라 허덕이는 일은 결코 하지 않을 것이다.

어떤 경제구조에서도 돈을 빌려주는 사람들은 배를 두드리며 편히 산다. 개인이든 은행 같은 기관이든, 돈을 빌려주고 담보를 잡으며, 이자와 경매 처분으로 얻는 수익금으로 살을 찌운다. 돈을 빌려주는 사람들은 무엇을 생산하는 일에는 손가락 하나 움직이지 않으면서 안락하고 사치스러운 생활을 즐길 수 있다.

한편 돈을 빌려다 쓰는 생산자들은 이자를 꼬박꼬박 내야 하며, 그렇게 하지 못하면 자기의 모든 재산을 잃는다. 대공황 때 몇천 명에 이르는 농부들과 가장들이 자기들이 가진 모든 것을 잃었다. 이잣돈을 제때 맞춰 내기가 어려웠기 때문이다. 그래서 우리는 무조건 현금을 주고 사고, 그러지 않으면 아예 아무것도 사지 않기로 결심했다.

넷, 우리는 돈으로 바꿀 수 있는 수확물로 해마다 봄이면 단풍 시럽을 생산할 것이다. 그리고 될 수만 있다면 다른 사람들과 힘을 합쳐 이 일을 할 것이다.

우리는 플로이드 허드 씨네 식구들과 함께 공동으로 시럽 만드는 일을 하기로 합의했다. 조건은 함께 일하면서 두 집이 가진 땅과 장비, 그리고 작업량에 따라 시럽을 둘로 나누는 것이었다. 계약을 맺은 우리는 1935년에 곧바로 일을 시작해 허드 집안과 여섯 해 동안 함께 일했으며, 나중에는 다른 사람들과도 그런 식으로 일을 계속해 나갔다.

다섯, 우리는 능률 있게 시럽을 생산할 것이다. 따라서 우리에게 이 땅을 판 호드 씨의 오래된 제당소를 새 건물로 바꾸고 새로운 장비도

들여놓을 것이다.

우리는 1935년에 새 제당소를 지었고, 공동 생산자인 허드 씨네는 커다란 시럽 농축기를 새로 사는 데 돈을 냈다. 우리는 또 시럽의 일부를 단풍 설탕으로 만들기로 결심했다. 왜냐하면 설탕은 곧바로 현금을 받고 팔 수 있기 때문이었다.

여섯, 단풍 시럽과 설탕을 팔아서 번 돈으로 필요한 것을 충분히 살 수 있는 한, 우리 땅에서 아무것도 내다 팔지 않을 것이다. 밭에서 거둔 채소나 곡식이 남는다면 이웃과 친구들에게 필요한 만큼 나누어 줄 것이다.

먹고 남는 생산물을 다른 집에 나눠 주는 모습은 우리가 사는 골짜기에서는 흔히 볼 수 있었다. 이를테면 릭스 나이트 씨에게는 배나무가 많이 있었다. 배가 익으면 그이는 배나무가 없는 이웃들에게 궤짝으로 배를 나눠 주었다. 잭 라이트풋 씨는 우리에게 한 푼도 받지 않고 남는 사과를 따 가게 했고, 크리스마스가 되면 이웃들에게 전나무를 베어 가도 좋다고 했다.

우리는 장작이 필요한 사람이 있으면 장작을 나눠 주고, 우리 밭에서 난 채소도 많이 나눠 먹었다. 가장 큰 즐거움은 스위트피가 자라면 그 꽃을 한 아름씩 꺾어다가 사람들에게 나눠 주는 일이었다. 우리는 스위트피를 꽤 많이 가꾸었는데, 해마다 20~30미터 길이로 두 줄이나 심었다. 꽃 피는 계절(7월에서 서리가 내리는 9월 말까지)이 오면, 우리는 시내로 나들이 갈 때마다 바구니와 양동이에 수십 다발의 꽃을 담아 갖고 가서, 그날 하루 아는 사람들은 물론 낯선 사람에게도 꽃다발을 나눠 주었다. 식료품 가게 주인, 치과 병원의 친구들, 주유소 직원, 거리에서 처음 마주친 사람들이 모두 우리의 향기로운 꽃을 받고 기뻐한 주인공들이었다. 한 여자는 큰 꽃다발을 받고 우리에게 돈을 쥐어 주려고 무척 애를 쓴 끝에 이렇게 중얼거렸다. "이런 관습을 이해하기에는 나는 시골에서는 너무 멀리, 도시에는 너무 가깝게 살았나 봐요."

일곱, 우리는 집짐승을 기르지 않을 것이다.

버몬트 농부들은 모두가 너 나 할 것 없이 집짐승을 두고 있었는데, 여러 종류를 키우는 집도 꽤 있었다. 우리는 집짐승을 절대로 잡아먹지 않으며, 또한 집짐승으로부터 나온 생산물을 먹지도 않는다. 나아가 집짐승을 착취하지도 않는다. 따라서 우리는 농부와 짐승을 똑같이 옭아매는 구속과 의존 상태에서 자유롭다. '노예를 두고 있는 사람은 누구도 자유롭지 않다'는 옛날 속담을 이렇게 바꿔 말할 수도 있을 것이다. '집짐승을 기르는 사람은 누구도 자유로울 수 없다.'

뉴잉글랜드에서 축산업을 하려면 헛간뿐 아니라 축사를 지어야 하고, 울타리도 따로 지어서 관리해야만 한다. 또 마른풀 따위를 마련하거나 사 와서 날라야 한다. 농부들이 이렇게 정신없이 일하다 보면 시간을 꽤 많이 빼앗긴다. 농장으로 뽑혀 온 집짐승들은 일은 가끔 가다 하면서도 먹는 것만큼은 때를 거르지 않는다. 많은 집짐승들이 자기들이 생산하는 것보다 많이 먹으며, 따라서 자기들의 뜻과는 상관없이 사

람에게 기생해서 살아가기 마련이다. 아무리 튼튼한 울타리가 있더라
도 모든 집짐승들은 이따금 탈주극을 벌이며, 도망치는 노예에게 하듯
이 주인은 그 짐승들을 쫓아가서 다시 노예 상태로 되돌려 놔야 한다.
말, 소, 돼지, 닭을 치는 사람들은 때마다 집짐승들의 시중을 들어야
하고, 하인처럼 짐승을 먹이고 보살피고 쫓아다니면서 몸을 깨끗이 닦
아 줘야만 한다. 버나드 쇼는 이렇게 말했다.

> "집짐승이 살아 있는 동안 양치기에서 푸줏간 주인에 이르기까지 수
> 백만 명의 사람들이 집짐승의 하인일 뿐이며, 나중에는 집짐승의 사
> 형 집행인이 된다."

우리는 모든 생명이 똑같이 존중되어야 한다고 믿는다. 사람뿐 아니
라 사람이 아닌 생명체도 마찬가지다. 따라서 우리는 재미 삼아 사냥
이나 낚시질을 하지 않으며, 고기를 먹지도 않는다. 더구나 생명에 대
해 경외심을 품고 있기 때문에 함께 사는 동료 생명체들을 노예로 만들
거나 착취하는 것을 좋아하지 않는다.

사람은 집짐승을 매우 폭넓게 그리고 아주 부당하게 착취하는데,
사람을 위해 죽도록 일을 시킬 뿐 아니라 그 젖과 알까지 염치없이 빼
앗는다. 소, 말, 염소, 닭, 개, 고양이 할 것 없이 모든 집짐승이 사람의
노예로 전락해 버렸다. 사람은 집짐승을 살리고 죽이는 힘을 갖고 있
다. 사람은 집짐승을 사고, 갖고, 되팔고, 부려 먹고, 학대하고, 고문하
며, 집짐승을 죽여 그 고기를 먹으면서 조금도 양심의 가책을 느끼지
않는다. 온갖 방법을 동원해서 집짐승들이 자기들에게 봉사하도록 만
든다. 집짐승이 저항하거나 말을 듣지 않거나 늙으면 푸줏간이나 어떤
곳으로 끌고 가 바로 죽여 버린다.

고양이와 개들은 사람의 밥상 밑에서 비굴하게 빌붙어 산다. 애완동물은 야생동물이 다가오면 죽이거나 쫓아낸다. 하지만 스스로 살아가며 자존심을 잃지 않은 야생동물의 생활이 접시에 놓인 음식을 주워먹도록 길들여진 하인의 생활보다 훨씬 훌륭한 것 같다. 우리는 야생동물을 구경하는 것을 즐기는데, 아무리 생각해도 그놈들이 힘차게 달리는 모습은 고양이나 개보다 훨씬 날렵하고, 아름답고, 건강해 보인다.

물론 버몬트에서 우리가 사귄 가장 친한 벗 가운데에는 개와 고양이도 들어 있다. 모든 짐승과 벗으로 지내는 것은 더없이 즐거운 일이다. 하지만 벗으로 지내면서도 우리는 짐승들에게 의지하거나 그놈들의 하인이 되지 않기를 바랐다. 많은 농부들이 집짐승을 돌보는 자질구레한 일에 시간을 빼앗기며 살고 있고, 자기가 아니라 집짐승이 먹을 음식을 구하느라 애를 먹는다. 그이들이 만일 우리처럼 한다면 일하는 시간이 반으로 줄어들 것이다.

여덟, 우리는 낡은 집들을 고치느라 쓸데없이 시간을 낭비하지 않을 것이다. 필요할 때까지는 그 집들을 그냥 쓸 것이고, 수리는 꼭 해야 할 때만 할 것이다. 하지만 우리 농장에 있는 집들 여러 채가 쓰러져 가고 있다는 것은 우리도 대충 알고 있는 사실이었다. 만일 그 집들이 더 이상 쓸모가 없다면 첫 번째 선택은 그것들을 부수는 것이다. 쓸모 있고 꼭 필요한 경우에만 우리는 그 자리에 새집을 지을 것이다.

우리는 엘로넨 농장에 있는 집에 벽난로를 놓고 싶었다. 벽난로를 만들려면 방을 하나 더 만드는 수밖에 없었다. 지금의 방에는 남는 자리가 없었다. 그래서 우리는 그 방에 돌벽을 덧대서 사방 4미터쯤의 방을 새로 만들었고, 그곳에 돌로 만든 벽난로를 놓았다. 바닥에는 돌을 깔았으며, 소나무 판자로 벽을 둘렀다. 이것을 빼고는 급히 필요한 경우가 아니면 엘로넨 농장의 낡은 집들을 뜯어고치지 않았다. 새 거처로 옮길 때까지 우리는 아홉 해 동안이나 그 집에서 그대로 살았다.

몇몇 친구들과 이웃 사람들은 이렇게 항의하곤 했다. "이 낡은 집에 금 간 것 좀 봐요!" 그것에 대한 우리의 대답은 아주 간단하다. 다음 세 가지이다. 첫째, 우리가 아무리 뛰어나다 해도 훌륭한 조상들만큼 집을 잘 짓지는 못할 것이다. 둘째, 오래된 집을 뜯어고치는 일은 새집을 짓는 것만큼 시간과 돈이 들어가며, 어떤 때는 비용이 더 많이 들어갈 수도 있다. 도널드 그랜트 미첼은 《에지우드의 우리 밭My farm of Edgewood》에서 이렇게 말했다.

"시골의 너저분한 곳을 새롭게 뜯어고치려고 마음먹은 사람들에게 주는 충고로 내가 할 수 있는 말은, 얼핏 보면 그 일을 쉽게 해치울 것 같지만 실제로는 그렇지 않다는 것이다."

셋째, 비록 공을 많이 들여 오래된 집을 훌륭하게 고쳤다 하더라도, 당신은 여전히 낡은 구조물을 갖고 있는 셈이다. 다시 말해 낡고 썩어 들어가기까지 한 문지방, 녹슨 장식 못과 양철판, 들보, 서까래가 그대로 버티고 있는 것이다. 모서리나 집의 외곽선이 정확히 직각을 이루고 있을 리 없고, 건축양식이나 설계는 사실 지금 사람들이 살기에 알맞지도 않다. 토마스 풀러의 말대로 "오래된 집을 고친다 해도 원래의 모습에서 크게 벗어나기가 힘들고, 결국은 처음 그 집을 지은 사람의 취향을 따라갈 수밖에 없다."

버몬트로 이사 온 뒤에 우리는 친구들이나 외지인들이 오래된 집을 뜯어고치는 것을 수십 번도 넘게 지켜보았다. 그리고 앞에서 말한 세 가지가 어느 경우에나 딱 들어맞는다는 것을 알았다.

아홉, 우리는 평생 살 집을 지을 땅과 생활에 필요한 건물들을 지을 장소를 신중하게 생각해서 정할 것이다. 그리고 밭은 우기에는 물이 잘 빠지고 건기에는 물을 대기 쉬운 자리에다 만들 것이다. (다음 장 '집을 짓다'와 '농사짓기'에는 우리가 이 아홉 번째 계획을 어떻게 실현했으며 그러는 동안 어떤 일들이 있었는가가 자세히 나와 있다.)

열, 우리는 자연에 있는 돌과 바위로 집을 지을 것이다. 일찌감치 서둘러서 집 지을 재료를 모아야 이 일을 제대로 해낼 수 있을 것이다. 그리고 모아 온 돌들을 모두 쓸모에 따라 하나하나 분류해 놓을 것이다. 벽을 쌓을 돌, 주춧돌, 굴뚝에 쓸 돌, 바닥에 깔 돌, 테라스 돌, 벽난로 돌 따위를 집 지을 때를 대비해 따로따로 모아 둘 것이다.

돌집을 만들겠다는 생각이 머리에 떠오른 순간부터 우리는 돌을 모으기 시작했다. J. M. 구어거스는 《뉴잉글랜드 농부 The New England Farmer》라는 잡지에서 이렇게 말했다.

"돌집을 짓는 비용의 많은 부분은 건축 재료를 모으는 데 들어간다. 만일 재료들을 겨울이나 한가한 때에 모을 수 있고 또 그것들을 집 지을 현장 가까운 곳에 쌓아 둘 수 있다면, 산뜻하고 멋진 집을 짓는 비용은 먼 곳에서 목재와 판자를 사다가 집을 짓는 것보다 훨씬 적게 먹힐 것이다."

우리는 길가, 밭, 자갈 채취장, 오래된 돌벽에서도 돌을 가져왔고, 숲속을 걷거나 시골 곳곳을 다니면서도 우리 힘으로 나를 수 있는 크기의 잘생긴 돌이 눈에 띄기만 하면 어김없이 옮겨 왔다. 투서가 《좋은 농부가 되는 오백 가지 방법》에서 한 충고를 그대로 따른 것이다.

"밭에서 집으로 돌아올 때는 반드시 돌을 들고 오라. 밭에 돌이 많으면 그만큼 농사짓기가 힘들다. 일꾼들도 손에 돌을 들고 집으로 오게 하라. 날마다 이렇게 하면 그대는 길에 깔기에도 멋지고 벽을 쌓기에도 좋은 돌을 많이 갖게 되리라."

우리는 몹시 탐나는 돌들을 다른 지방에서 트럭으로 실어 오기도 했다. 이웃 사람들도 재미있어 하며, 쟁기나 곡괭이로 좋은 돌을 파내다 점점 쌓여 가는 우리의 돌 더미에 보태 주었다.

돌을 쌓아 둘 자리로는 집을 짓거나 돌을 나르는 데 지장이 없고 우리가 있는 곳에서도 가깝고 편리한 장소를 골랐다. 그곳에 표지판을 대충 만들어 세웠는데, 거기에는 다음과 같은 이름들을 써 붙였다. 90도로 각진 돌에는 '모서리돌', 평평하고 잘생긴 돌에는 '일등품', 거죽이 매끄럽고 얇고 넓적한 돌에는 '바닥돌', 그런 대로 모서리가 매끈한 보통 돌에는 '굴뚝돌', 기초를 다지거나 다른 곳을 메우는 데 쓸 만한 평범한 크기와 모양을 가진 보통 돌에는 '못난 돌'. 걷든 운전을 하든 우리는 오로지 돌을 모으는 것에 온 신경을 쏟았으며, 손에 돌을 들고 돌아오지 않는 날이 거의 없었다.

열하나, 우리의 집 짓는 계획에 따라 가장 먼저 세울 새집은 생나무를 저장해서 가장 좋은 상태에서 말릴 수 있는 목재 창고가 될 것이다. 집을 지을 때 이 창고에서 바짝 마른 목재들을 가져다 쓸 수 있도록 하기 위해서다.

1933년에서 1936년까지 창고에 저장해 두었던 목재들을 마침내 몇 해 뒤 집 지을 때 아주 요긴하게 쓸 수 있었다. 그렇게 하니 집 지을 때 드는 목재 비용도 싸게 먹혔다.

열둘, 콘크리트를 만들려면 모래와 자갈이 있어야 하므로, 좋은 모래와 자갈을 구할 수 있는 데를 알고 있어야 할 것이다.

모래와 자갈 없이 어떻게 집을 짓겠는가! 그래서 우리는 양이 충분한 자갈 채취장을 찾기 시작했다. 자갈을 찾는 사람은 우리만이 아니었다. 우리는 먼지가 날리는 도로 옆에 살고 있었는데, 시 당국은 자갈을 써서 끊임없이 도로를 메우고 수리하고 다시 닦고 있었다. 시청의 도로 공사 사람은 운반하기 좋은 곳에 훌륭한 자갈 채취장이 딱 한 군데 있다고 우리에게 귀띔해 주었다. 자기들도 골짜기 이곳저곳을 계속 파 보았지만 실패만 했다는 것이었다. 결국 쓸 만한 채취장은 이웃 마을 자메이카 출신의 헤플론 씨가 관리하는 땅에 있었다. 도로 공사 사람이 자갈을 가져오는 곳은 바로 이 채취장이었다.

우리도 얼마 동안은 이 채취장에서 모래와 자갈을 날라 왔다. 그런데 이 땅이 어떤 뉴욕 사람들에게 팔렸는데, 그이들은 자기 집 앞마당으로 자갈을 실은 트럭이 지나가는 것을 바라지 않는다고 말했다. 그리고는 우리의 출입을 막아 버렸다. 이 채취장이 막혔다는 것은 산의 다른 쪽에서 자갈을 가져와야 한다는 것을 뜻했다. 우리는 이 문제를 쉽게 풀어서, 몇 킬로미터 떨어진 곳에서 자갈을 가져오기 시작했다. 하지만 그곳의 자갈들은 너무 잘고, 모래에는 진흙이 섞여 있었다. 이런 것들로는 사실 좋은 콘크리트를 만들기 어려웠다.

우리가 이 문제를 어떻게 풀 것인가 골똘히 생각하고 있을 때, 찰리 화이트 씨가 이웃 마을 자메이카로 여행을 가면서 불쑥 우리 집에 들렀다. 그이는 대뜸 물었다.

"당신들이 지금 다니는 길에 있는 땅을 사실 생각 없어요?"

우리는 땅이 많다고 대답했지만, 한 번 더 생각하고 나서 그 땅이 어디에 있는지 물어보았다. 그리고 그곳이 뉴욕의 땅 주인들이 막아 놓은 자갈 채취장 옆에 있는 1만 6천 평쯤의 땅이라는 것을 알게 되었다. 그곳을 잘 살펴보고, 몇 군데 파 보기까지 한 다음 좋은 자갈이 있다고 판단했다. 우리는 땅 주인인 새디 클레이턴 부인에게 얼마에 팔기를 원하는지 물어보았다. 그 부인은 100달러를 부르며 말했다.

"하지만 메릴 스타크 씨가 그 땅을 사겠다고 25달러를 계약금으로 걸어 놓았답니다. 그런데 기간이 지나도록 잔금을 치르지 못하고 있어요. 그 사람은 돈이 한 푼도 없거든요. 저는 이 땅의 세금을 더 이상 내고 싶지 않아요. 그래서 팔려고 생각하고 있답니다."

여기에 미묘한 문제가 얽혀 있었다. 버몬트에서도 유명한 스타크 집안 사람인 메릴 스타크 씨는 우리 집에서 남쪽으로 걸어서 반 시간이면 닿는 파이크스 폴스에 살았다. 그 사람이 원하는 땅을 우리가 사 버린다면 이웃 사이에 의가 상할 수 있었다. 어떻게 하면 이 문제를 평화롭게 풀 수 있을까?

토론 끝에 우리는 새디 클레이턴 부인에게 다음과 같이 제안했다. "당신에게 100달러를, 그리고 메릴 스타크 씨에게는 25달러를 되돌려 주겠어요. 그리고 밀린 세금 10달러도 우리가 물겠습니다."

새디 클레이턴 부인은 이 제안을 받아들였고, 메릴 스타크 씨는 25달러를 되돌려 받았으며, 우리는 애타게 바라던 자갈 채취장을 얻었다. 스타크 씨는 우리와 이웃이 되어 몇 해 뒤 세상을 떠날 때까지 다정하게 지냈다.

물론 1만 6천 평이나 되는 그 자갈밭을 다 쓰지는 않았다. 사실 1천 평쯤으로도 충분했다. 그래서 길에서 가장 가까운 곳에 채취장을 만들어 그 둘레에 말뚝을 박아 표시를 하고, 남은 땅은 두 조각으로 나누었다. 그리고 그 가운데 한 곳에다 작은 통나무집을 지었다. 실험 삼아 이런 종류의 건축물을 지어 본 것이다.

나중에 이 통나무집을 600달러에 팔았다. 이 집을 지으면서 우리는 많은 것을 배웠다. 가장 크게 깨달은 것은 다시는 통나무로 집을 짓지 말아야겠다는 것이었다. 사무엘 스트리클런드는 《캐나다 서부에서 산 스물일곱 해 Twenty-Seven Years in Canada West》라는 책에서 이렇게 말하고 있다.

"내가 숲에서 살기를 다시 해 본다면, 작은 오두막이나 돼지우리 말고는 어떤 것도 통나무로 만들지 않을 것이다. 왜냐하면 나는 통나무집들이 가장 지저분하고, 불편하며, 돈은 가장 비싸게 든다는 것을 경험으로 분명히 알았기 때문이다. 모든 것을 생각해 봤을 때 그렇다고 말할 수밖에 없다.

사람이 터를 잡아 집 지을 준비를 갖추었다면, 마땅히 훌륭한 뼈대를 세우고 돌집을 짓도록 하라. 돈을 많이 들이지 않고도 힘만 조금 들여 돌, 목재, 석회 같은 건축자재를 끌어올 수 있으니 말이다. 내가 이것들이 거의 '공짜'라고 말하는 것은 이 재료들을 돈 주고 살 필요가 없기 때문이다. 이 재료들은 식구들이 모두 팔을 걷어붙이고 나서서 힘을 쓰면 얻을 수 있다."

우리는 돌로 방 네 개짜리 단층집을 짓기도 했는데, 뒤꼍에는 돌로 저장 창고를 만들었다. 이것은 2천 달러에 팔았다. 자갈 채취장에서 100미터 정도 떨어진 곳에 이 집을 지으며, 모래와 자갈을 쓰고 난 뒤 남은 돌들 가운데 큰 것으로 골라 썼다. 두 집에 모두 돌로 벽난로와 굴뚝을 만들었다.

우리 두 사람은 이윤을 추구하는 경제 체제를 아주 나쁜 것으로 생각한다. 따라서 우리는 두 집에 들어간 비용을 꼼꼼히 계산했다. 두 집을 짓는 데 걸린 시간을 계산하고 우리의 일당을 따졌다. 거기에 땅값, 자재와 건축 비용을 더했다. 그렇게 해서 마침내 이윤이 한 푼도 남지 않게 판매 가격을 매겼다. 두 집을 짓고 그 집을 팔면서 우리는 풍부한 경험을 했고, 다른 집들을 짓는 계획에 곧바로 투자할 수 있는 돈도 얼마쯤 만질 수 있었다.

자갈 채취장에서는 계단식 밭을 만들 때 쓸 뗏장과 겉흙, 퇴비 더미도 얻을 수 있었다. 또한 밑흙과 둥근돌은 집을 지으면서 공간을 채우는 데 썼고, 돌과 모래와 자갈은 벽과 바닥, 굴뚝에 들어갔다. 채취장의 윗부분은 밑에 있는 깨끗한 자갈과 모래에 유기물이 번식하는 것을 막기 위해 흙이 벗겨진 채로 그냥 내버려 두었다.

그리고 투박한 자갈 체를 만들어 채취장에서 나온 것을 세 등급으로 나눴다. 모래, 자갈, 그 나머지는 작은 돌로 구분했다. 이 돌들은 길에 깔기에는 안성맞춤이었다. 이 돌로 진창을 단단하게 다지고, 차바퀴가 다니는 곳을 탄탄하게 만들 수 있었다. 시 당국에서 조금 쓴 것과 친구와 이웃 사람들에게 조금 나눠 준 것을 빼더라도, 우리는 지난 열여덟 해 동안 이 채취장에서 픽업트럭 5천 대 분의 건축 자재를 실어 날랐다.

채소밭을 만들거나 넓힐 때도 이 채취장에서 기름진 흙을 충분히 퍼다 썼다. 또한 집 짓는 데는 쓸모가 없는 큰 돌과 나무뿌리와 하찮은 돌들까지 모조리 파 왔는데, 제당소에서 쓸 장작을 쌓아 두는 헛간 둘레로 차가 잘 다니도록 습지를 메우기 위해서였다. 그리고 이 동네에 길을 만들고 넓히려고 밑흙과 거친돌들을 꽤 많이 실어 왔다.

우리는 진흙뿐 아니라 그 아래 다양한 지층에 있는 것들과 고운 자갈에 이르기까지 모든 재료를 썼다. 이를테면 제당소 헛간 뒤에 있는 구덩이는 너무 깊어서 지름이 1미터가 넘는 것들도 모두 삼켜 버렸다.

몇 달이 지나면서 이 일들이 막바지로 치닫고 있었다. 사실 이 일들은 시간을 엄청나게 잡아먹어서, 잘못하면 자갈을 실어 나르고 길을 고르느라 전체 계획에서 정말 중요한 일들을 마냥 뒤로 미룰 수도 있었다. 실제로 세 번째이자 마지막인 채소밭을 만들어 풍성한 곡식을 생산한 것은 첫 번째 밭에서 수확을 시작한 지 11년이 지나서야 가능했다. 공사가 끝난 채소밭은 세로 22미터 가로 8미터쯤 되는 크기로 모습을 드러냈다. 우리는 콘크리트와 돌로 된 옹벽을 쌓아 이 밭을 세 구역, 즉 세 단으로 나누어 놓았다. 이 밭에 쏟아부은 흙만 해도 300트럭 분이나 됐다.

첫 구역은 서둘러 만들었는데, 상에 올릴 음식이 필요했기 때문이다. 그 뒤로는 흙이 있을 때만 채소밭을 만들었다. 아래쪽에 있는 밭에는 깊이가 2미터에 이르는 구덩이가 군데군데 파여 있었다. 이렇게 깊은 구덩이에는 밑흙을 구할 수 있는 대로 다 구해서 쏟아부었다. 하지만 겉에는 일 등급 겉흙만을 깔았다.

우리는 돌과 흙, 또는 다른 재료들을 결코 한 번 이상 옮기지 않을 생각이었다. 되도록이면 그것들이 영원히 놓일 그 자리에 바로 옮겼다. 우리는 한꺼번에 많은 계획을 추진했으며, 진행되는 정도는 서로 달랐다. 따라서 한 공사를 하면서 나온 폐기물을 갖고 그 뒤에 이어지는 계획을 마무리했다. 어떤 뜻에서는 이런 공사에 드는 비용은 공짜나 다름없었다. 왜냐하면 모든 공사에서 나온 폐기물들은 어찌 됐든 다른 곳으로 옮겨야 하기 때문이었다.

또 다른 뜻에서 그것은 하나의 덤이라고 할 수 있었다. 남은 자재들을 아무 데나 갖다 버린다면 일이 끝난 모양이 어지럽고 보기 흉했을 것이기 때문이다. 우리는 기초공사에서나 자갈 채취장에서나 쓰고 남는 건축자재들이 나중에 공사의 어느 단계에서 어느 곳에서 무엇으로 쓰이게 될지 미리 가늠했다. 정말로 채소밭은 한꺼번에 만들어진 것이 아니라 몇 년 동안 우리와 함께 자란 것이라고 말해야 옳다. 다시 말해 쓰레기를 포함한 모든 것을 제자리로 보내려는 우리의 전체 계획을 실천하면서 자연히 생겨난 것이 채소밭이라고 할 수 있다.

이 열두 가지 원칙들이 우리가 세운 십 년 계획의 핵심 내용이다. 다시 말해 우리의 카드 목록에 적혀 있는 사항들이다. 그것은 이를테면 우리 집이라는 작은 조직체의 헌법과 같은 것이었다. 또한 일의 세부 규칙도 만들었다. 가장 중요한 것은 일들의 질서를 정하는 일이었다.

우리는 농장을 잘 꾸려 나가기 위한 계획을 세우고 있었다. 사업을 벌이려는 것은 아니었지만 규모가 큰 경제계획을 추진하는 것이니만큼 체계 있게 꾸려 가려고 노력했다. 우리의 실천 계획을 적어 놓은 카드 목록에는 '해야 할 일들'이 '맑은 날의 일'과 '비 오는 날의 일'로 나뉘어 있고, '집 지을 계획'과 '완성된 작업' 따위의 항목이 있었다. 모든 작업 계획에는 특별한 목적으로 쓴 재료비와 지출한 돈을 적은 비용 카드가 따로 있었다. 채소밭 농사와 단풍 시럽 생산에 대한 내용을 따로 묶은 장부에는 사업 계획, 지금 하고 있는 일, 지난해 기록이 함께 들어 있었다.

《농부들의 달력 The Farmer's Calendar》에서 아서 영은 농부들에게 이렇게 충고하고 있다.

"맑은 날이든 비 오는 날이든 다음날 할 모든 일을 차례로 정리해 놓고 있어야 하며, 지난날에 거래한 내역을 낱낱이 기록한 농장 장부를 따로 만들어 놔야만 한다. 이 밖에도 자잘한 일들의 결과나 의문점, 나름의 생각, 계산 내용 따위를 적어 두기 위해, 그리고 다음번에 같은 일을 할 때 여러 방법을 차례로 적용하고 서로 견주기 위해서도 또 다른 장부를 갖고 있어야 한다. 낱장으로 놔 두면 잃어버리기 쉽다. 그래서 과거에 판단하고 토론한 일을 검토하기 위해 서류철을 뒤져 보려면, 그 기록을 찾는 데 드는 시간이 새로 너덧 장을 만드는 시간보다 더 걸릴 때가 있다. 하지만 이 모든 것을 책으로 해 놓는다면, 바라는 것을 손쉽게 찾을 것이고, 이전의 생각과 경험을 살려 당신의 지식은 뚜렷이 늘어만 갈 것이다."

우리는 일하다 맞닥뜨리는 문제들을 하나씩 차근차근 풀어 나갔다. 문제가 생기면 먼저 어떤 형편인지를 살펴보고, 몇 번 토론을 해 결정을 내린 다음, 중간중간 이것을 검은색 표지로 된 작업 일지에 적어 두는 방식을 따랐다. 그 결정들을 정리해 하나의 계획으로 발전시켰으며, 자주 그것을 들춰 보았다. 그런 식으로 낱낱의 계획들은 우리의 전체 십 년 계획과 잘 조화를 이루었고, 전체 작업 일정에도 무리가 없었다.

독자들 가운데는 이런 생활 방식이 지나치게 꼼꼼하다고 느끼는 사람이 있을 것이다. 그렇게 느끼는 사람들은 자기들 삶을 이렇게까지 완벽하게 미리 계획하기를 바라지 않을 것이다. 하지만 여러 해에 걸쳐 이렇게 해 본 끝에 우리는 일을 제대로 하려면 그렇게 할 수밖에 없다는 것을 알게 되었다. 두 사람이 목표를 정하고 마음을 합쳐 계획을 세운 뒤, 전체 계획 못지않게 구석구석 작은 일에 관심을 쏟으며, 계획에 따라 체계를 세워 조심스럽게 일을 해 나간다면, 그 기간이 하루든 한 달이든 한 해든 둘이서 많은 일을 해낼 수 있을 것이다.

연장을 다루고 관리하는 것을 예로 들어 보자. 우리가 쓰는 연장들은 다 자기 자리가 있었다. 연장 창고로 들어가면 삽, 괭이, 갈퀴, 쇠 지렛대가 오른쪽 선반에 걸려 있었다. 선반에는 걸기 쉽도록 연장 숫자만큼 구멍이 뚫려 있었다. 지금까지 누구도 삽과 괭이를 찾아 헤맬 필요가 없었다. 연장이 없어지면 한눈에 빈 자리가 눈에 띄었는데, 그러면 우리는 바로 연장을 찾아내서 제자리에 갖다 놓았다. 만일 연장을 못 찾았을 때는 다른 것으로 채워 놓았다. 실제로 우리는 이런 식으로 해서 거의 단 한 개의 연장도 잃어버리지 않았다.

하루 중에도 일단 한 가지 일이 끝나면 일이 끝나는 대로 바로바로 그 연장은 자기 자리로 돌아갔다. 하루 일이 완전히 끝났을 때에도 똑같이 했다. 따라서 자기 자리에 없는 연장은 실제로 지금 쓰고 있는 것이었고, 쓰지 않는 연장은 반드시 제자리에 놓여 있었다. 우리는 하루종일 일하면서 연장 하나가 여러 작업에 쓰일 때에도 이 습관을 지키려고 했다. 또 연장을 더 잘 구별하고 쉽게 찾을 수 있도록, 연장 손잡이에 밝은 색깔 줄무늬를 그려 넣었다. 그렇게 하니까 연장이 풀숲에 숨어 있거나 일하는 동안에도 쉽게 눈에 띄었고, 다른 연장과 금방 구별할 수 있었다.

우리가 연장을 골고루 갖추고 있다는 것을 안 이웃 사람들은 많이들 연장을 빌려 갔다. 우리는 이 연장들은 여벌로 갖춰 놓으려고 노력했다. 그러지 않으면 연장이 모자라는 경우가 자주 생길 것이기 때문이었다. 저베이스 마크햄은 1616년에 《시골 농장》에서 다음과 같은 습관을 가져야 한다고 말하고 있다.

"당신은 일꾼을 여럿 두듯이 철물점처럼 연장과 공구를 두 배로 갖고 있어야 한다. 그렇게 하면 이웃에게서 아무것도 빌릴 필요가 없을 것이다. 하지만 그렇게 하지 않으면 새 연장을 사러 돌아다니느라 하루의 중요한 일을 끝마치지 못하는 일이 생길 것이다."

대부분의 연장들은 한평생 쓸 수 있어야 한다. 이를테면 우리가 1933년에 20달러를 주고 산 시멘트 혼합기는 스무 해가 지나 허버트 리더 씨에게 넘길 때까지 계속 잘 돌아갔다. 우리는 일이 끝나면 기계를 잘 닦고 기름을 발라 두었으며, 겨울에는 집 안에 들여놓아 비바람을 막아 주었다. 그것은 수동 혼합기여서 많은 방문객들이 우리에게 석유엔진이나 전기모터를 다는 법을 알려 주었다. 하지만 우리는 해 왔던 대로 언제나 손으로 기계를 돌렸다. 혼합기에 든 돈 20달러를 20년으로 나누면 1년에 1달러도 안 되는 푼돈이었다.

말이 난 김에 하자면 수동 시멘트 혼합기를 전동으로 바꾸지 않은 것은 몇 가지 눈여겨볼 만한 결과를 가져왔다.

첫째, 시간과 노동과 비용을 절약했고, 모든 전동공구를 돌리는 데 따르기 마련인 유지비와, 새 기계로 바꾸는 비용을 아낄 수 있었다.

둘째, 석유와 전기에 들어가는 비용을 아낄 수 있었다.

셋째, 기계가 고장을 일으키면 겪게 마련인 불안, 긴장, 좌절과 시간 낭비를 피할 수 있었다. 기계화를 주장하는 사람들은 기계가 일생 동안 지치고, 병들고, 죽는 단계를 거친다는 사실과, 기계를 관리하는 사람도 기계의 일생 동안 그런 비상사태에 대비해야 한다는 사실을 애써 외면하려고 한다. 이것은 소나 말 같은 집짐승의 주인이나 노예의 주인이, 짐승과 노예가 살아 있는 동안 이런 비상사태에 대비해야 하는 것과 크게 다르지 않다.

넷째, 양손을 번갈아 가며 혼합기를 돌림으로써 몸의 근육을 고루 발달시켰고, 탁 트인 하늘 아래서 맑은 공기를 마시며 활력과 젊음을 주는 운동을 할 수 있었다. 이것은 우리가 건강을 지키는 데 중요한 요소였다.

다섯째, 기계에 온종일 매달리거나 석유에서 나오는 유독가스와 일산화탄소를 들이마시는 대신 온몸으로 일에 몰두하는 기쁨을 누렸다.

여기서 어떤 독자들은 아주 일리 있는 질문 두 가지를 할지도 모른다. 기계를 어떻게든 안 쓰려고 한다면 왜 수동 혼합기 대신 삽을 쓰지 않는가? 그것에 대한 우리의 대답은 우리가 대부분의 일에 삽을 썼다는 것이다. 특히 끝손질을 할 때에는 모두 손으로 섞었다. 또한 적은 양은 모두 외바퀴 손수레에서 시멘트를 반죽했다. 작업장에 혼합기를 끌고 가는 것보다 외바퀴 손수레를 끌고 가는 것이 더 쉽기 때문이다. 더구나 외바퀴 손수레를 닦는 데 걸리는 시간은 혼합기를 청소하는 시간의 반의 반도 되지 않는다.

두 번째 질문은 아마 이것일 것이다. "당신이 댐을 만든다면, 그래도 외바퀴 손수레로 콘크리트를 섞겠습니까?" 물론 우리는 이렇게 대답할 것이다. "그러지는 않겠지요." 기계는 자기 구실이 있으며, 엄청난 사업일 때에는 특히 그렇다. 우리의 사업은 엄청난 것이 아니라 자그마한 것이었다. 우리는 자급자족하는 집을 만들어서 꾸려 나가려고 열심히 움직이고 있었다. 이런 일에 기계식 연장은 재산이라기보다는 빚이었다.

인류는 오랫동안 손으로 다루는 연장을 가지고 일해 왔다. 기계식 도구는 깜짝 놀랄 만한 물건으로 나타났고, 사람은 최근에야 그것을 발명해 손에 쥐어 볼 수 있었다. 기계가 사람보다 힘이 세다는 것은 두말할 필요도 없다. 하지만 기계가, 사람이 이루어 낸 더없이 역사가 깊고 멋지며 창조의 힘을 느끼게 하는 기술을 대부분 쓸모없게 만들거나 버려지게 했고, 이미 세워진 사회제도를 해체하고, 수많은 '손'들을 공장에 밀어 넣었으며, 서로 낯설기만 한 방랑자들이 떼 지어 도시 빈민가를 떠돌게 만들었다는 것도 분명한 사실이다. 오직 미래의 역사가만이 기계의 시대가, 사람의 특성이나 사람이 누리는 존재의 기쁨, 삶에 대한 사람의 의지에 미친 영향을 판단할 수 있을 것이다.

우리는 연장을 잘만 쓰면 한평생 적은 비용을 들여서도 쓸 수 있다는 말을 했다. 오랫동안 충성스럽게 일한 시멘트 혼합기 이야기에서 이제는 가지를 뻗어 좀 색다른 이야기를 해야겠다.

우리가 땅의 수평을 재거나 집을 지을 때 쓴 측량 기사용 수평자와 나침반은 할아버지에게서 물려받은 것이었다. 이 두 가지 기구는 19세기 중반에 스택폴 형제가 만든 것이다. 단순한 건축공학만 필요한 우리에게는 이 기구로도 충분했다. 우리가 갖고 있는 망치, 톱, 대패, 갖가지 깎는 도구, 쇠로 된 연장들은 관리가 잘 되어서 두어 세대가 넘도록 사람들에게 봉사해 왔다. 만일 이 연장들을 잠시라도 밖에 놔둬 눈비를 맞췄다면 수명이 줄어들었을 것이다. 또 늦가을과 겨울에 이 연장들이 밖에서 나뒹굴게 놔뒀다면 바로 쓸 수 없게 되었을 것이다. 구어거스는 《뉴잉글랜드 농부》에서 이렇게 말하고 있다.

"농부는 여러 가지 조건상 철저하게 절약하는 사람이 되지 않으면 안 된다. 무엇이나 가릴 것 없이 낭비를 막으려고 노력하는 습관이 몸에 배어 있어야 한다. 70달러에 소달구지를 사고 45달러에 손수레를 샀다면, 이 수레들을 타는 듯한 태양 아래나 빗속에 내버려 둬서는 안 되며, 쓰지 않을 때는 창고에 잘 넣어 둬야 한다. 쟁기와 다른 도구들도 똑같은 방법으로 간수해야만 한다."

우리는 이 문제에 대해 이웃 사람들 몇몇과 별 소득도 없는 논쟁을 벌인 적이 있다. 이웃 사람들은 한 목소리로 연장을 가져오는 것보다 '밭 가까이에' 놔두는 것이 편리하다고 말했다. 이 사람들도 창고를 갖고 있었지만 전혀 쓰지 않았다.

여러 가지 면에서 바깥에 그대로 놓아둘 때 더 큰 피해를 입는 것은 나무 연장보다는 쇠 연장이다. 하지만 나무도 피해를 입는다. 어느 해 여름, 우리는 고무 타이어가 달린 외바퀴 손수레로 진흙을 옮기면서 일을 했다. 날마다 일이 끝나면 우리는 호스로 물을 뿌려 손수레를 닦고, 밤에는 거적을 덮어 놓았다. 손수레의 나무 손잡이에는 페인트가 칠해져 있었지만 물기에 젖었다가 마르는 일이 되풀이되자 한 달이 안 돼 손잡이가 몹시 상했다. 우리는 이 문제에 대한 해결책으로 손잡이에 트럭에 쓰는 엔진오일을 듬뿍 발라 주고, 하루를 그대로 두었다.

연장 손잡이나 나무로 된 다른 부분에는 페인트를 칠하면 좋을 것이다. 하지만 페인트는 꽤 빨리 벗겨진다. 더욱 효과 있는 방법은 나뭇결 사이로 틈이 보일 때마다 엔진오일을 발라 주는 것이다. 오일을 바를 때 같이 묻는 아주 작은 먼지는 손잡이 표면에 부드러운 감촉을 더해 주며, 나무의 작은 구멍에 습기가 스며드는 것을 막아 준다.

우리 연장 창고에는, 삽을 걸어 놓는 선반 오른쪽에 낡은 천 조각 두 장을 담은 주머니가 못에 걸려 있었다. 일터에서 삽이 돌아오면, 삽을 깨끗이 씻고 천으로 물기를 닦아 냈다. 겨울에는 삽마다 기름칠을 했다. 삽들은 결코 녹슬지 않았으며, 따라서 진흙도 찰흙도 달라붙지 않아서 일하다 말고 삽을 탕탕 두드리거나 흙을 긁어낼 필요가 없었다. 연장을 깨끗이 닦아 두는 것은 적은 힘을 들여 많은 일을 하는 것과 같다. 도끼는 삽 옆자리에 있었다. 일이 끝나고 밤이 되면 도끼는 제자리로 돌아갔다. 도낏날이 무뎌지면 우리는 밤에 날을 갈아 두었다. 밤일과 낮일의 차이보다 무딘 도끼와 잘 벼린 도끼로 하는 일의 차이가 오히려 더 컸다.

세심하게 관심을 기울이면, 연장에 더 이상 돈을 들이지 않아도 되며, 연장을 정말 오래 쓰게 되어 해마다 들어가는 유지비와 대체 비용을 거의 0에 가깝게 줄일 수 있다. 새 물건을 사려면 현금이 꽤 많이 필요하다. 특히 할부로 사서 밖에서 아무렇게나 굴리거나 아이들 장난감으로 만든다면 돈을 더 많이 쓰는 셈이 된다.

가을이 오면 우리는 자갈 채취장을 마지막으로 한번 훑어보고 나서, 단풍 수액이 이동하는 관들을 점검했다. 그리고 연장 창고를 말끔히 청소하고, 널따란 밭에 호밀 씨앗을 뿌리고, 알뿌리들과 사과들을 얼지 않는 곳에 저장했다. 길가와 배수구 옆에는 폭설이 내릴 경우를 대비해 말뚝으로 표시해 놓았다. 그런 다음 우리는 스스로에게 이렇게 묻곤 했다. "자 그럼, 새해엔 무엇을 할까?"

우리는 몇 주 또는 몇 달에 걸쳐 여러 가지 일들과 그것들 가운데 무엇을 해낼 수 있을지 이야기를 나누고, 그 가운데 결정된 것을 종이에 옮겨 적었다. 여러 가지 계획들을 미리미리 적어 놓았으며, 그것들을 적당한 곳에 묶어 두었다. 봄이 오면 곧바로 일을 시작할 수 있도록 일찌감치 모든 준비를 해 놓은 것이다.

집 짓는 데 쓸 나무가 얼마 남지 않았음을 알게 되면, 겨울에 통나무를 잘라 두었다가 봄이 와 땅이 단단해지자마자 썰매에 실어 목재 창고로 가져갔다. 우리는 뜻밖의 일이나 큰 공사에 쓸 갖가지 재료들을 목재 창고에 가득 채워 두려고 했다. 땔나무들도 헛간에 일찌감치 가득 쌓아 두었다. 우리는 거적때기 아래 쌓여 있는 바짝 마른 장작들을 은행에 저축한 돈보다 더 뿌듯하게 바라보았다.

우리는 설탕을 만드는 데 쓰는 물건들도 미리미리 충분히 갖춰 놓았다. 이것은 앞으로의 수요에 대비하고 꼭 필요한 재료가 없어서 생길 수 있는 위험을 피하기 위한 것이었다. 주머니에 돈이 생기면 집을 짓는

데 쏟아부었다. 집을 한 해에 다 짓지 못하면, 계획된 지점에서 공사를 멈추고, 다음 해에 그것을 완성했다.

여러 가지 계획을 실천하려면 어느 정도 자기 훈련이 필요했다. 그리고 우리는 우리와 함께 지내는 다른 사람들에게도 그런 것을 기대했다.

농장에는 해야 할 일이 세 가지 있었다.

1. 늘 있는 집안일 — 음식 만들기, 빨래하기, 청소.
2. 짜임새 있는 농장 일 — 밭일하기, 나무 베기, 수리, 낡은 물건 바꾸기, 그리고 생산 설비와 건물이나 장비 같은 것을 갖추고 만들고 짓고 하는 일.
3. 현금과 맞바꿀 곡식을 가꾸는 일.

숲속 농장에서 우리와 함께 지낸 사람들은 셋으로 나뉜다. 첫 번째로는 하루나 이틀 들렀다 가는 사람들이 있었다. 우리는 이 사람들을 손님으로 생각해서 음식을 만들거나 빨래를 도와주는 것 말고는 농장의 생활 방식에 맞추기를 바라지 않았다. 두 번째는 일주일 넘게 머물다 가는 사람들이었다. 우리는 그이들을 임시 거주자로 부르고, 시간의 절반을 짜임새 있는 농장 일을 돕는 데 쓰도록 했다.

마지막은 아주 살려고 떠나온 사람들이다. 그이들은 1, 2번에 해당하는 일들을 도왔고, 농장에서 거둔 모든 양식을 함께 나누었으며, 스스로 살 집을 지을 수 있었다. 우리는 그이들에게 집 지을 땅과 자재를 마련해 주었다. 그리고 계획을 세울 때는 물론이고 실제 몸으로도 도와주었다. 독창성과 책임감은 그이들 몫이었다. 그이들이 현금과 맞바꿀 곡식을 가꾸는 일을 우리와 함께하기 바란다면, 합의된 협동 원칙을 따르기만 하면 되었다.

스콧과 헬렌

모든 손님들과 임시 거주자들은 우리가 마련한 손님방에 묵으며, 우리와 함께 밥을 먹었다. 우리는 밥 먹는 시간을 만남의 시간으로 만들려고 했다. 함께 지내는 친구들뿐 아니라 우연히 들른 방문객들 모두 밥 먹는 시간이 중요한 의식이라는 걸 알게 되었다. 밥 먹을 때가 되면 손님, 이방인, 친구를 가릴 것 없이 누구나 아침, 점심, 저녁 자리에 초대되었다. 그래서 상을 하나 더 놓아야 할 때가 자주 있었다.

우리는 하루를 오전 네 시간과 오후 네 시간, 이렇게 두 부분의 시간대로 크게 나누었다. 평일이면 아침 먹을 때 우리는 무엇보다 날씨를 먼저 살펴보고, 서로 이렇게 물었다. "오늘 하루를 어떻게 보낼까?" 이런 질문을 한 뒤 우리는 먹고살기 위한 노동에 바칠 시간과 자기가 알아서 보낼 시간을 토론으로 결정했다. 날씨는 이런 결정을 하는 데 반드시 염두에 두어야 할 첫째 요소였다.

가령 아침 시간에 먹고살기 위한 노동을 하기로 했다고 하자. 그러면 우리는 사람들 저마다가 맡을 일에 대해 이야기를 나누었다. 다시 말해 누구는 밭에서 일하고, 누구는 숲과 건설 현장, 또 누구는 단풍 시럽을 만들거나 포장하는 곳에서 일하기로 할 일을 나누었다. 아침에 먹고살기 위한 노동을 했다면 오후는 저절로 저마다의 자유 시간이 되었다. 누구나 책을 읽고, 글을 쓰고, 앉아서 햇살을 즐기고, 숲속을 산책하고, 음악을 연주하고, 시내 나들이를 갈 수 있었다. 우리는 그런 식으로 네 시간 동안 일을 해서 네 시간의 여유를 마련했다.

우리 계획에서 또 하나 중요하게 기억할 만한 것이 있다. 일을 할 때 우리는 절대로 서두르지 않았다. 가끔 소나기가 막 쏟아지려 하거나, 수액 통이 흘러넘치거나, 크리스마스 같은 특별한 날에 주문이 밀려드는 일이 없는 한, 우리는 일을 서두르는 법이 없었다. 그리고 서두르지 않으려고 비상사태를 될 수 있는 대로 미리 예상해서 대비해 두려고 노력했다. 옛말에 있듯이 서두르면 일을 그르치기 때문이다.

우리는 어느 순간이나, 어느 날이나, 어느 달이나, 어느 해나 잘 쓰고 잘 보냈다. 우리가 할 일을 했고, 그 일을 즐겼다. 충분한 자유 시간을 가졌으며, 그 시간을 누리고 즐겼다. 먹고살기 위한 노동을 할 때는 비지땀을 흘리며 열심히 일했다. 그러나 결코 죽기 살기로 일하지는 않았다. 그리고 더 많이 일했다고 기뻐하지도 않았다. 가끔 예외가 있기는 하지만 사람에게 노동은 뜻있는 행위이며, 마음에서 우러나서 하는 일이고, 무엇을 건설하는 것이고, 따라서 매우 기쁨을 주는 것이기 때문이다.

에드워드 카펜터는 《정부 없는 사회 Non-Governmental Society》라는 책에서 이렇게 말했다.

"삶의 중요한 요소가 짜증스럽다면, 무슨 살맛이 나겠는가? 특히 언제나 중요한 요소로 있어야 하는 것이 그렇다면. 정말 그래서는 안 된다. 참된 경제활동이란 당신이 날마다 하는 일 바로 그것에서 스스로 큰 즐거움을 얻는 것이다."

우리에게는 감독관이 없었다. 아무도 다른 사람에게 이래라저래라 지시하거나 몰아세우지 않았다. 한번은 행크 메이어 씨가 우리와 함께 일한 적이 있는데, 그이는 원래 큰 건축 일을 도맡아 하던 사람이었다. 첫날 일이 끝나고 나서 그이는 의심스러운 말투로 우리에게 말했다. "이곳에서 당신들이 어떻게 일을 해 나가는지 도무지 알 수 없군요. 아무도 다른 사람에게 소리를 지르지 않으니 말예요."

우리는 모든 사람이 자기의 에너지와 능력을 바쳐서 일하기를 기대했다. 그리고 거의 모든 일에서 사람들은 그렇게 했다. 게으름을 피우거나 몸을 사리는 사람은 거의 없었다. 문제가 가끔 있다면, 사람들에게 일을 시키는 것이 아니라, 일을 그만하게 하는 것이었다. 밭일은 특히 사람들의 마음을 끌었다. 밭에는 언제나 할 일이 있었다. 아침에 씨를 뿌리거나 밭을 맨 뒤에도, 정오까지 미처 끝내지 못해 밭 가장자리가 어수선하게 남아 있곤 했다. 점심을 먹은 사람들은 십중팔구 그 밭으로 발길을 돌렸고, 한 줄만 더 심으려고 하거나 토마토 버팀목을 몇 개 더 세우려고 했다. 정신없이 일하는 동안 오후의 절반이 날아가 버렸지만, 밭은 아직도 사람들의 손길을 부르고 있었다.

제이콥 압셀이라는 이가 우리와 함께 지내려고 왔을 때, 그 사람은 조금 불안해 보이고 자기의 미래, 자기가 바라는 것 따위에 그다지 확신이 없었다. 그 사람 속에 든 팽팽한 긴장감은 일을 하면서 천천히 풀어지기 시작했다. 그래서 그이는 날마다 아침 시간에도 일을 하고, 점심을 먹은 오후에도 똑같은 일을 계속하곤 했다. 반나절은 자유롭게 책을 읽거나, 먹고사는 것과 관계 없는 활동을 하면서 지내라고 설득하는 데 무려 한 달 반 넘게 걸렸다. 얼마 뒤 압셀 씨는 비로소 우리의 방식을 이해하고, 먹고살기 위한 네 시간의 노동만큼 나머지 네 시간의 자유 시간도 즐길 수 있게 되었다. 그이는 일을 잘 하려면 가끔씩 자유로운 시간을 갖는 것이 중요하다는 것을, 그리고 몹시 긴장된 사람에게는 일보다 자유로운 마음이 더 중요하다는 교훈을 배우게 되었다.

우리 농장 일에 참가하는 사람들은 누구나 휴가를 받았다. 노동에 쏟은 시간에 맞게 몇 주 또는 몇 달에 걸쳐 휴가를 떠날 수 있었다. 우리는 이 일을 놓고 충분히 의논을 했고, 끝마쳐야 할 일과 그 사람이 바라는 날짜를 참고해서 알맞게 휴가 일정을 조정했다. 우리의 목표는 반 년만 일해서 한 해의 살림을 장만하는 것이었다. 자질구레한 일들은 그때그때 융통성 있게 결정했다. 때로는 몇 달 동안 꾸준히 일하고 나서 몇 달은 손에서 일을 놓고 지내기도 했다.

일요일이 되면 평소와는 달리 먹고살기 위한 아무 노동도 하지 않고 아무 계획도 없이 하루를 보냈다. 일요일 아침에는 대개 음악을 감상했다. 그리고 저녁에는 종종 함께 모여 토론을 벌였다. 누군가 소리 내어 책을 읽기도 했는데 그러는 동안 다른 사람들은 나무 열매를 쪼개거나 콩 껍질을 벗겼으며, 바느질이나 뜨개질 같은 자질구레한 자기 일을 하기도 했다.

우리는 대체로 평일과 주말의 일과를 계획한 대로 변함없이 지켜 나갔다. 그렇다고 미친 듯이 그 일정에 집착한 것은 아니었다. 그럴 만한 까닭이 충분하다고 판단되면 언제든지 그 일상에서 벗어나곤 했다.

굳이 말할 것은 없지만, 버몬트의 이웃들은 우리가 이렇게 계획에 따라 짜임새 있게 사는 것을 보고 혀를 내둘렀다. 그이들은 아무렇게나 대충대충 사는 것에 익숙해 있었다. 그이들은 대개 정오에 점심을 먹었는데, 밖에서 일을 하거나 외출할 때가 아니면 그것이 하루 가운데 딱 하나 정해진 시간이었다. 나머지는 제멋대로였다. 그이들은 보통 아침에 일어나 일하러 나가지만, 무슨 일이 있거나, 마음이 내키지 않으면 일하러 나가려는 마음을 금방 거두어들였다. 누군가 자기 집에 찾아오면 무슨 일을 하고 있든 손을 놓고 수다를 떨었다. 어떤 때는 그렇게 몇 시간을 보내기도 했다.

그러다 다시 일할 마음이 생기면, 그때 기분에 따라 일거리를 정했다. 일을 마치면 그이들은 쓰던 연장을 그곳에 버려 두고 돌아왔다. 다시 그 연장을 쓰려고 할 때, 그것을 찾아 반나절을 헤맬 때도 있었다. 아침에 비나 눈이 올 것처럼 보이면, 그곳 사람들 말 그대로 '퍼질러' 앉아 있었다. 그이들은 당연히 우리가 바른 규칙을 지키며 사는 모습을 자진해서 받는 고문처럼 생각했다. 이웃들은 우리가 사는 것을 가리키며 말했다.

"이 사람들은 끊임없이 바퀴를 돌리는 벌을 받고 있어."

"이럴 수가 있나! 기차나 버스처럼 일정에 얽매여 하루하루를 살아가고 있구먼!"

정말로 우리는 그렇게 했다. 하지만 일하는 목적과 이루고자 하는 분명한 목표를 갖고 있었기 때문에 정해진 계획표대로 따랐던 것이다. 하려는 일을 머리로 구상하고, 그것을 몇 가지 단계들로 나누어 일을 해 나가면서, 전체 계획이 하나씩 이루어지는 즐거움을 누린다면, 어떤 일도 우리의 마음을 짓누르지 않을 것이다.

"내가 행복의 보금자리를 지으려 할 때, 자연만이 그 건축가가 될 수 있다. 자연은 웅장한 집보다는 편리한 집을 지을 것이다. 그리고 분명히 그 자리로 시골을 고를 것이다."

호라티우스,《서정시 Odes》, 기원전 20년

--------- ❧ ---------

"사람이 집을 짓는 것은 새가 둥지를 트는 것과 큰 차이가 없다. 만일 사람이 자기 손으로 집을 지어 단순하고 정직하게 식구들을 먹여 살린다면, 새가 그런 일을 하면서 언제나 노래하듯이, 사람도 시심이 깊어지지 않겠는가. 그러나, 아! 우리는 찌르레기나 뻐꾸기처럼 다른 새의 둥지에 알을 낳고 산다."

헨리 데이비드 소로,《월든 Walden》, 1854년

--------- ❧ ---------

"살면서 가장 큰 기쁨 가운데 하나를 꼽으라면 자기가 살 집을 짓는 것이다. …… 집을 지을 때 사람들은 거기에만 골몰하게 된다. 생각에 생각을 거듭하고, 방과 부엌을 어디에 꾸미는 게 가장 좋을지 몇십 번도 더 계획을 고쳐 본다. 땅을 파기 시작하면 손수 삽을 들고 나선다. 그때 흙은 정말 달라 보인다. 다른 흙보다 더 가깝고 살갑게 느껴진다. 기초벽을 세우고, 들보며 기둥으로 대강 일 층의 틀을 잡은 다음에는, 깊은 생각에 잠겨 아직 완성되지 않은 방을 들락날락한다. 또 달콤한 공상에 빠져서 들보 위에 하염없이 앉아 있는다."

존 버로스,《계시와 계절 Signs and Seasons》, 1914년

--------- ❧ ---------

"내 생각에, 자연은 사람이 삶을 이어 가도록 세 가지를 주었다. 먹을거리를 기르는 땅, 세간살이를 만드는 나무, 집을 짓는 데 쓰는 돌."

프레이저 포먼 피터스,《돌집 Houses of Stone》, 1933년

집을 짓다

　우리는 버몬트로 이사해서 먼저 엘로넨 농장을, 나중에 호드 농장을 산 이야기로 이 책을 시작했다. 우리는 호드 농장에 곧바로 우리가 살 집, 다시 말해 숲속에 시골집을 지을 생각이었다.

　호드 농장에는 허름하지만 그런 대로 쓸 수 있는 건물이 여섯 채 딸려 있었다. 살림집, 땔감을 쌓아 두는 헛간, 젖소와 마른풀을 두는 축사와 부속 건물, 마구간, 돼지우리, 양계장. 집짐승을 키우는 버몬트 농장들 거의가 그런 시설들을 갖추고 있었다. 이 집들이 얼마 안 가 무너질 것 같았다는 것은 둘째 치고, 짐승을 키우지 않기로 마음먹은 우리에게는 이 건물들이 거의 다 쓸모가 없었다.

　그래서 우리는 일찌감치 축사, 돼지우리, 양계장 시설을 존 코피 씨에게 넘겨주었다. 이런 시설들이 없어 애를 먹던 코피 씨는 그것들을 무척 갖고 싶어 했고, 우리는 당장에라도 축사를 없애고 싶어 했다. 그러한 바람이 서로 맞아떨어졌다. 말이 끝나기 무섭게 그이는 아들을 데리고 와서 그 건물들을 헐어 쓸 만한 재료들을 몽땅 가져갔다. 마구간은 임시 연장 창고로 남겨 두었다. 낡고 오래된 집은 목공소로 쓰고, 집을 짓는 동안 목재와 시멘트를 보관해 두는 곳으로 썼다. 물론 이곳도 나중에는 헐려서 남의 손에 넘어갔다.

호드 농장의 오래된 건물들을 헐고, 우리는 그 자리에 제구실을 할 수 있는 집을 새로 짓기로 마음먹었다. 집들은 모두 돌로 지을 생각이었다. 우리가 돌을 고른 데에는 여러 가지 그럴 만한 까닭이 있었다. 돌집은 제가 서 있는 땅과 자연스럽게 조화를 이룬다. 또한 둘레 풍경과도 잘 어울리기 때문에 자연의 일부처럼 보이는 데 모자람이 없다.

우리는 돌이 갖고 있는 여러 가지 빛깔과 모양새가 마음에 들었다. 그런 돌들이 뉴잉글랜드의 많은 농장에서 발에 챌 만큼 수없이 나뒹굴고 있었다. 뿐만 아니라 돌집은 균형감이 있으며, 품위 있고, 튼튼하다. 겉보기에만 튼튼한 것이 아니라 실제로 여러 세대가 흘러가도 변함없이 굳건히 서 있다. 돌집은 관리하는 데 돈이 덜 들고, 페인트칠을 안 해도 되며, 간수하는 데나 수리하는 데 거의 신경 쓸 필요가 없다. 돌집은 불에 타지도 않는다. 돌집은 여름에는 시원하고 겨울에는 따뜻하다. 이런 장점들을 모두 살려 적은 비용으로 돌집을 지을 수만 있다면, 돌이야말로 확실히 우리에게 흠잡을 데 없는 재료였다.

우리는 경험이 풍부한 건축가도 아니고, 집 짓는 일에 대해 아는 것이 거의 없었다. 하지만 집 짓기에 관한 책을 두루 읽었고, 지금까지 열두 채가 넘는 집을 지었다. 이 경험들을 바탕으로 해서, 우리가 그 분야의 전문가는 아니지만 집을 지을 때 따라야 하는 네 가지 원칙에 대해 감히 말하고자 한다.

첫째, 모양과 기능을 모두 따져서 집의 구조를 결정해야 한다.

집의 안정감과 조화는 겉모습에서 나오는 것이 아니다. 그것은 집의 가장 깊은 본질에서 우러나온다. 케이크에 장식을 하는 것처럼 집에 실용성과 아름다움을 덧붙일 수는 없다. 집은 꼼꼼히 설계를 해서 쓸모에 맞도록 해야 하고, 나아가 필요 없는 재료와 노동을 들이지 않고서도 그렇게 될 수 있어야 한다. 반드시 실용성과 아름다움을 나누어 따져 보고 집의 윤곽과 형태를 결정해야만 한다. 몇몇 예외가 있긴 하지만, 보통은 집 바깥에 무엇인가를 덧대고 치장하는 것은 집이 가진 본래의 아름다움을 떨어뜨릴 뿐이다. 프랭크 로이드 라이트는 《집 짓기 On Architecture》에서 이렇게 말한다.

"나는 어떤 집이 정말로 쓸모에 따라 잘 설계되고 저마다의 공간이 제대로 배치되어 있다면, 그림 같은 모습이 자연스럽게 드러난다고 굳게 믿고 있다."

둘째, 집은 둘레와 조화를 이루어야 한다.

집은 마땅히 둘레 환경과 하나가 되고, 따로 뗄 수 없는 것이 되어야 한다. 그래서 그곳을 둘러보는 사람이 어디서 주변 경관이 끝나고 어디서부터 집이 시작되는지 구분하기 어려워 다시 한번 쳐다볼 정도가 되어야 한다. 스튜어트 딕은 《잉글랜드의 시골집 The Cottage Homes of England》에서 이렇게 말하고 있다.

"오래된 시골집은 자기를 내세우지 않는다. 시골집은 둘레 환경을 지배하지 않으며, 그 일부가 되는 것에 만족한다. 어떤 사람이 시골집이 가진 수수한 아름다움에 특별히 관심이 없어 무심히 지나쳐도 그만이다. 그러나 요새 집들은 우리 눈길을 막무가내로 끌어당긴다. 대저택들은 높은 땅에 올라앉아 시골의 넓은 땅을 호령하며, 멀리서도 눈에 뜨인다.

하지만 오래된 시골집은 그늘진 골짜기에 아늑하게 자리 잡기를 좋아한다. 나무가 집 가까이에 벗처럼 다정하게 자라고 있으며, 조금 떨어진 곳에서 보면 동그랗게 피어오르는 연기만이 그곳에 집이 있음을 알려 준다."

실용성과 아름다움은 부분에서 드러나는 것이 아니라 전체에서 얻을 수 있다. 둘레 환경이 실용성과 아름다움을 간직하고 있다면, 집은 마땅히 그 실용성을 있는 그대로 이어 가야 하며, 둘레 환경과 섬세하게 조화를 이루고 균형을 이루어서 어색하지 않은 아름다운 풍경을 보여 줄 수 있어야 한다. 라이트의 말을 다시 들어 보라.

"자연경관이 빼어난 곳이라면 집은 그 자리에서 가장 자연스럽게 자연의 일부로 자라난 것처럼 보여야 하고, 둘레 환경과 어울리는 모습을 가져야 한다. 만일 자연경관이 그렇지 않다면, 그것을 기회로 생각해서 될 수 있는 한 편안하고, 튼튼하며, 쓸모 있게 집을 짓도록 노력해야 한다."

셋째, 집은 되도록 그 고장에서 나는 재료들을 써서 짓는 것이 좋다.

집이 마치 처음부터 그곳에 있었던 것처럼, 그리고 둘레의 일부분인 것처럼 보이게 하려면 다른 곳에서 가져오기보다는 그 고장에서 나는 재료를 쓰는 것이 훨씬 좋다. 에드윈 본타는《내 손으로 집 짓기 The Small House Primer》에서 이렇게 말하고 있다.

"집을 지으려고 먼 곳으로 희귀한 대리석이나 화강암을 가지러 가는 사람은 십중팔구는 그 재료들 때문에 자기 집의 개성을 제대로 살리지 못한다. 하지만 돈을 아끼려고 시골에 아무도 모르게 묻혀 있는 돌을 캐러 다니는 사람은 자기가 바라는 대로 개성 있는 집을 짓는다!"

그리고 미첼은《에지우드의 우리 밭》에서 말했다.

"내가 특히 말하고 싶은 것은 둘레에 있는 하찮은 재료들을 써서 돈을 철저히 아끼면서도, 튼튼하고 그림 같은 집을 완성할 수 있었다는 것이다."

넷째, 집의 생김새는 거기에 사는 사람을 표현해야 하고, 그 집으로 집주인을 알 수 있어야 한다.

"사람의 성격은 그 사람이 사는 집의 모양으로 드러나며, 집을 정돈해 놓은 것으로도 집주인이 어떤 사람인가를 알 수 있다"고 리처드 위버도 말한다. 한편《그 사람들 They》이라는 짧은 글에서 러디어드 키플링은 이렇게 쓰고 있다.

"나는 뒤늦게 핀 꽃들과 집 안 전체에 감도는 은은한 평화로움에 취해 조용히 방에서 기다리고 있었다. 사람들은 때때로 무척이나 애를 써서 자기에 대해 그럴듯한 거짓말을 할 수 있다. 하지만 집은 그곳에 사는 사람의 진실한 모습을 말해 준다."

이 네 가지 원칙을 마음에 새긴 우리는 우리 마을에 있는 돌과 손수 베어 낸 목재로 길고 야트막한 집을 지을 계획이었다. 우리는 자연스러운 평지를 놔두고 바위가 울퉁불퉁하고 평평하지 않은 언덕배기에 집을 지을 생각이었다. 문을 세 군데에 두어, 문을 나서면 돌로 만든 뜰이 나타나리라. 그리고 집 앞으로는 짙은 갈색 빛깔의 발코니가 있어, 앞쪽의 스트래턴산을 바라보고 있으리라. 낮게 내려앉은 지붕은 넓은 처마를 드리우고, 지붕 군데군데에 녹색 이끼가 끼여 있으리라. 이것이 우리가 머릿속에 그리는 우리 집의 모습이었다.

뉴잉글랜드에는 눈이 많이 오기 때문에 농부들이 주로 큰길 옆에 집을 지었다. 호드 농장에 있는 집들은 보통 집들보다 길에서 훨씬 안으로 들어가 있었다. 하지만 그곳은 지대가 낮고 습해서 살림집을 짓기에는 알맞지 않았다. 건물이 제구실을 잘하려면 배수가 가장 중요하기 때문에 우리는 다른 터를 찾아보았다.

호드 농장에 있는 집들 뒤로는 언덕이 있었다. 그 언덕을 미끄러져 내려가 잡목 숲을 헤치고 나아가자, 바위 절벽 같은 것이 우리 앞에 나타났다. 그것을 보고 우리는 동시에 말했다.

"집의 한쪽 벽처럼 똑바로 서 있군."

그해 봄, 눈이 다 녹자 우리는 바위를 보려고 다시 숲을 헤치고 그곳으로 가 보았다. 그 바위는 금이 간 너럭바위로, 평평한 표면은 북서쪽에서 남동쪽으로 너비가 8미터나 되었고, 마치 수평자를 써서 똑바로 세워 놓은 것처럼 수직으로 놓여 있었다. 나중에 안 사실이지만, 너럭바위 앞의 나무를 자르고 흙을 조금 털어 내자 바위 높이는 3미터가 넘었다. 너럭바위의 뒷부분은 북동쪽 언덕배기에 묻혀 있었다. 바위 앞

면은 나침반으로 잰 듯이 정확히 남서쪽에 있는 스트래턴산을 바라보고 있었다(우리 집에 찾아온 많은 사람들은 벽처럼 거대한 그 바위를 어떻게 이곳으로 옮겼는지 우리에게 자주 물었다).

우리는 마땅한 집터를 발견했다. 금이 간 바위는 새집의 뒷벽이 될 것이다. 이 바위는 실제로 우리 집 거실의 일부이자 충실한 친구가 되어 주었다. 넉넉한 품으로 북풍을 막아 주고, 한여름에는 시원하게 기댈 자리를 주었다. 이 바위 덕분에 우리는 살아 있는 자연을 집 안에서 누릴 수 있었다. 집의 이 층 바깥으로 가면, 바로 이 바위가 집과 언덕을 이어 주면서 돌로 된 테라스를 만들었고 훌륭한 반석 구실을 했다. 어디에 집을 지을까 하는 물음에 이 바위가 해답을 준 것이다.

우리는 그곳의 둘레를 두루 살폈다. 잡목 숲에는 솔송나무와 흰 자작나무가 얼마쯤 자라고 있었다. 이 나무들을 그대로 남겨 둘 작정이었다. 집터 위 가파른 언덕에는 나무숲 사이로 수많은 둥근 바위들이 자연 그대로 흩어져 있었다. 우리 집은 이러한 자연과 한 몸이 되리라.

이웃 사람들은 펄쩍 뛰면서 소리쳤다. "설마 사방에 바위가 널려 있고 나무가 빽빽한 곳에 집을 지으려는 것은 아니겠지요!" 이웃들은 이곳을 '곰들이 뛰노는 마당'이나 '동물원'으로 불렀으며, 돌집이 세워지자 그곳을 '대장간'으로 불렀다. 하지만 오래전에 출간된 미첼의 《에지우드의 우리 밭》을 보면 숲속 우리 집과 아주 잘 어울리는 말이 나온다.

"처음에 이 초라한 집을 곱지 않은 시선으로 보던 사람들이 이제 이 집에 애정 어린 관심을 갖게 되다니 정말 기쁘다. 우리 집은 둘레의 자연과 너무도 잘 어울린다. 그리고 스스로의 쓸모에도 잘 맞는다. 시골집은 절대로 뽐내지 않으며 세월이 흘러도 변치 않아, 의심스럽게 지켜보던 사람들이 이제 입을 다물게 되었다."

우리가 맨 먼저 할 일은 집을 지을 동안 판자와 목재를 보관할 목재 창고를 만드는 일이었다. 다른 건물과 마찬가지로 우리는 이것도 돌로 지을 작정이었다. 돌로 단순한 목재 창고를 짓기로 한 것은 마음만 앞설 뿐 생각만큼 만만치 않은 일인지도 모른다. 하지만 창고가 낡아 비바람이 들이치고 목재를 쌓아 둘 수 없는데 어쩌겠는가?

사실 목재 창고를 짓는 것은 우리의 전체 계획에서 빼놓을 수 없는 부분이었다. 네덜란드에 갔을 때 우리는 에르데 성에서 머문 적이 있었다. 그곳에는 연못으로 이어진 성곽 둘레의 길 양쪽에 길쭉하고 야트막한 창고가 두 개 있었다. 우리는 성을 지으려는 건 아니었지만 이것을 머리에 담아 두었다. 마침내 우리는 새집으로 뻗어 있는 길 양쪽에 야트막하고 길쭉한 집을 서로 마주 보게 지었다(하나는 차고와 목재 창고로 썼고, 또 하나는 손님이 머물 집과 연장 창고로 썼다). 호드 농장에 첫 번째 돌집인 목재 창고를 지으면서 많은 것을 배울 수 있었다.

그해 여름 알렉스 크로스비 씨가 식구들을 데리고 우리를 찾아왔다. 그이들은 우리가 이웃인 영 씨에게서 빌린 안 쓰는 학교 사택에서 잠시 머물렀다. 알렉스는 손으로 무엇을 창조해 내는 일을 하고 싶어 하는 신문기자였다. "저에게 맡길 만한 일이 없습니까?" 하고 알렉스 씨가 물었다. "시간은 많지 않지만 힘에 부치지 않게 할 수 있는 일이 뭐 없을까요?"

"물론 있지요." 우리가 대답했다. "목재 창고가 들어설 자리를 파고 다지는 일을 하면 되겠네요."

소매를 걷어붙인 알렉스 씨는 그 일을 훌륭히 해냈다. 물론 얼마간 어려움이 있었다. 땅을 파기 시작하자마자, 집 지을 자리의 한 귀퉁이 밑으로 바위층이 몇 미터나 비스듬히 뻗어 있는 것이었다. 우리는 돌로 집을 지으려고 했다. 그런데 이 바위층의 성긴 틈새로 물이 스며들어 겨울에 얼음이 얼면 그것이 벽을 들어 올려 금이 갈 것이 틀림없었다. 그래서 우리는 그 밑까지 파 내려가야 했다.

한 가지 말해 둘 것은, 건물 바닥의 한쪽 모서리에 있는 도랑을 충분히 깊게 파지 않았다는 사실이다. 그곳이 얼면서 벽을 들어 올렸고, 목재 창고는 우리가 돌과 콘크리트로 지은 여러 채의 집 가운데 유일하게 금이 간 흉한 모습이 되었다. 하지만 이것이 알렉스 씨의 잘못은 아니었다. 그이가 며칠에 걸쳐 바닥을 파 내려가는 동안, 우리는 집을 짓는 사람이 언제나 부딪치는 문제, 다시 말해 바위들이 느슨하게 얽혀 있는 암맥을 깨는 어려운 문제를 놓고 그이와 함께 자주 이야기를 나눠 결정을 내렸으니까 말이다.

목재 창고는 폭 5미터에 길이 9미터였다. 알렉스 씨는 일단 그곳에 가득 찬 흙을 파내고, 얽혀 있는 돌들을 없애 버린 뒤, 드러난 바위층을 깨끗이 없앴다. 기초 콘크리트가 잘 붙도록 하기 위해서였다. 그이는 우리가 보았던 집 짓는 일꾼 누구 못지않게 훌륭히 그 일을 해냈다. 당연히 스스로도 무척 자랑스러워했다.

많은 사람들이 입술을 삐죽거리며 "그런 삽질은 누구나 할 수 있는 거 아녜요?" 하고 말하곤 한다. 그러나 그 말은 잘못이다. 특정한 공사를 위해 땅을 파는 일은 하나의 예술이다. 전문가가 거의 없을 정도다. 알렉스 크로스비 씨는 우리가 만났던 그런 몇 안 되는 전문가 가운데 한 사람이었다. 이웃에 살면서 우리가 집을 지을 때 자주 와서 많은 도움을 주었던 잭 라이트풋 씨도 또한 전문가였다.

목재 창고를 지은 뒤, 세 덩어리로 이루어진 본채를 짓기로 마음먹었다. 하나는 살림집이었다. 우리는 그곳에 거실, 침실 두 개, 화장실, 부엌, 지하실을 만들기로 했다. 그리고 두 번째는 살림집에서 이어지는 곳으로 유리로 된 통로와 식품 저장소였다. 이곳은 끄트머리에 있는 또 다른 공간, 땔감을 쌓아 두는 헛간으로 연결되었다. 헛간에는 단풍 설탕을 포장하고 저장하기 위한 방이 두 개 들어설 것이다.

지붕 선이 복잡해지는 것을 바라지 않았으므로, 앞에서 뒤로 선이 길게 이어지는 단순한 직사각형 두 개로 집을 설계했다. 통로와 식품 저장소는 길게 이어진 낮고 좁은 건물로 살림집과 헛간을 연결해 주었다. 이 층의 테라스와 낮게 드리워진 처마는 알프스에서나 볼 수 있는 모습일 것이다.

집 안은 전기난로나 중앙난방 장치 없이 벽난로와 보통 난로로 따뜻하게 덥힐 계획이었다. 편안하게 살려고 스팀 난방, 배관 시설, 전기 따위를 갖출 필요는 없다고 생각했다. 나중에 우리 골짜기에도 전기가 들어오면서 전구 몇 개를 매다는 것으로 만족했다.

들통의 물로 씻어 내리는 변기와, 부엌 펌프를 설치하는 것으로 배관 공사는 끝을 내기로 했다. 이것은 우리 집에 겨울에 얼어 버릴 파이프가 없다는 것을 뜻했다.

욕실은 힌두교와 핀란드식 욕조를 결합한 형태로 만들기로 했다. 우리는 욕실의 한쪽 벽을 이루고 있는 너럭바위에 대리석 판을 대고 긴 의자를 만들었다. 그리고 바닥 한가운데는 하수구를 만들었다. 바닥에 설치한 장작 난로는 그 작은 공간의 온도를 순식간에 섭씨 35도까지 끌어올렸다. 우리는 양동이에 찬물과 더운물을 받아 놓고 목욕이나 샤워를 했다. 이렇듯 집 안에 만든 '사우나'는 매우 효과가 좋고 재미있었다.

우리는 시골집을 바랐지, 교외나 도시에 있는 집을 흉내 내려는 것이 아니었다. 우리는 쓸모 있고 편안한 집을 짓고, 그 집에 맞게 우리의 습관을 스스로 바꾸었다. 이를테면 우리 집에는 대문이 없었다. 집에 들어온 사람은 곧바로 넓은 부엌으로 들어서게 되고, 손수 잘라 만든 서까래가 보이는 낮은 천장, 갈색이 감도는 판자로 둘러쳐진 벽, 장작을 때는 난로, 산을 향해 있는 넓은 창문 밑에 둔 소나무 탁자와 마주쳤다.

온 집 안을 둘러봐도 벽지는 물론 없고 회칠이나 페인트칠한 곳도 보이지 않았다. 벽은 모두 나무 판으로, 바닥은 돌로 마감되어 있었다. 책꽂이 선반에 줄지어 놓인 책들이 꼭 예쁜 태피스트리 같아 보였는데, 이 모습과 창문을 통해 들어오는 풍경만이 집의 장식품 노릇을 하고 있었다. 간단한 세간살이들은 우리가 손수 만들었고, 할 수만 있으면 어디든 붙박이로 고정시켜 놓았다.

이곳에 이사 온 첫해 여름에 우리는 잡목 숲을 정리하고, 나무를 자르고, 집 지을 기초를 마련하느라 도랑을 몇 군데 판 것에 만족했다. 이 일은 쉽고 단순해 보였다. 하지만 막상 이 일에 달려들었을 때 몇 가지 만만찮은 문제에 부딪쳤다. 사과나무와 흰 물푸레나무 따위의 나무들이 집 지을 곳에서 너무 가까이 서 있었던 것이다. 그 나무들은 연달아 일어난 홍수 탓으로 커다란 너럭바위 위로 무더기로 쏟아져 내린 돌들과 침적토에 깊이 뿌리내리고 있었다.

벽난로를 놓을 확실한 자리가 있었다. 거실의 동쪽 모서리, 다시 말해 한쪽 벽면이 되어 줄 큰 너럭바위를 등진 곳이었다. 바로 이곳에 지름이 45센티미터나 되는 튼튼한 흰 물푸레나무가 떡하니 서 있었다. 흰 물푸레나무는 속담에도 있듯이 뿌리를 아주 깊게 내리는 나무이다. 이 나무도 그랬다. 뿌리가 줄줄이 붙어 있는 나무 밑동을 송두리째 파 내야만 했다.

바닥은 침적토와 느슨히 얽혀 있는 돌들 때문에 벽난로와 굴뚝을 만들기에는 만족스럽지 않았다. 그래서 2미터 넘게 더 파 내려가 단단한 지층에 이르렀다. 그렇게 파 내려가는 동안 계속해서 물푸레나무의 뿌리를 잘라 내야만 했다. 집의 기초가 될 터를 30센티미터씩 파 내려갈 때마다 크고 작은 나무 밑동과 뿌리와 마주쳐야 했다. 뿌리들이 크고 작은 바위들과 너럭바위 사이로 난 끝없는 미로 속에서 서로 뒤엉켜 있어서 일이 더욱 힘들었다.

이듬해 봄에 우리는 새집을 지을 곳까지 길을 닦았다. 그곳의 언덕은 경사가 가팔랐다. 그래서 트럭이 이 언덕을 올라갈 때면 새로 난 풀 위에서 바퀴가 옆으로 쭉 미끄러지면서 부드러운 흙 속에서 헛돌다가, 끝내 진창에 쑤셔 박혔다. 우리는 자갈 채취장에서 돌과 자잘한 자갈을 가져왔다. 이렇게 한 짐씩 실어 온 돌로 길을 다질 수 있었다.

그런데 새로운 문제에 부딪쳤다. 트럭을 돌릴 만큼 넉넉하고 평평한 빈터가 없었다. 이 문제를 풀려고 더 많은 돌과 자갈을 실어 날랐다. 그리고 집 지을 자리의 맨 끄트머리 쪽에, 다시 말해 땔감을 쌓아 둘 헛간이 들어설 자리 앞쪽에다 넓은 터를 하나 팠다. 이 터의 낮은 쪽은 깊이가 1미터가 넘었다. 기초공사 때와 지하실을 만들면서 파낸 바위와 흙은 이 터를 닦는 데 큰 도움이 되었다. 그렇지 않았다면 터를 닦는 데만도 생각지 못한 돈이 들었을 것이다.

집의 기초를 닦는 일처럼 지하실을 만드는 일도 얼핏 보기에는 쉬워 보였다. 우리는 부엌 밑에 지하실을 두기로 했다. 지하실의 북동쪽 끝은 너럭바위를 향하게 할 생각이었다. 땅의 겉은 부드러웠다. 그리고 홍수에 쓸려 내려온 침적토와 돌들이 널리 퍼져 있어서 지하실을 파는 것이 그다지 어려울 것 같지는 않았다. 그런데 웬걸, 계획대로 남서쪽 끝에서 겉흙을 걷어 내자마자, 지하실 바닥까지 이어진 부드러운 화강암 바위층과 부딪치고 말았다. 다행히도 바위층은 곡괭이와 쇠지레로 깨서 파낼 수 있을 만큼 부드러웠다. 더욱 운이 좋았던 것은 이 바위층에서 나온 돌판을 꺼내 공기 속에 두자, 그런대로 벽을 쌓는 데 쓸 수 있을 만큼 충분히 단단해진 것이었다.

바위층을 다 들어내고 지하실 바닥에 이르렀을 때, 우리는 지하실의 다른 쪽 끝으로 관심을 돌렸다. 그곳에서는 바위층을 발견할 수 없었고, 흙이 홍수에 쓸려 와 쌓여 있어서 파기 쉬웠다.

하지만 중간쯤 파 들어가자 폭이 2미터나 되는 엄청나게 큰 바위가 놓여 있었다. 바위 둘레를 파 보고 나서, 이것을 도저히 지하실 밖으로 옮길 수 없다는 결론에 이르렀다. 그렇다고 그 돌을 폭파하는 것도 좋지 않다는 판단이 섰다. 그래서 쇠지레로 조금씩 밀어 지하실 끝에다 벽처럼 세워 놓았다. 이렇게 해서 작지만 그런대로 일할 만한 네모반듯한 지하실이 만들어졌다.

지하실 뒤쪽에서 하마터면 우리를 골탕 먹일 뻔한 샘을 하나 발견했다. 샘 옆을 콘크리트로 막은 뒤 부엌 싱크대까지 파이프를 연결했다. 그렇게 해서 언덕의 꽤 높은 곳에서 파이프로 끌어오는 물 말고, 또 하나의 물 공급원을 갖게 되었다.

흐르는 물을 발견하고 나자 넘치는 물을 지하실 하수구로 내보내는 문제에 부딪쳤다. 지하실과 비탈진 언덕 사이의 땅에는 커다란 둥근돌들이 어지럽게 박혀 있었다. 무척 어려운 일이었지만, 우리는 용케도 커다란 돌들을 피해 작은 돌들만 들어내고 배수구를 만들어 나갔다. 모든 일이 잘돼 나갔는데, 그만 지하실 바닥 30센티미터 높이에서 또다시 단단한 화강암 바위층과 마주쳤다. 오로지 해결책이라고는 그곳에 구멍을 뚫고 폭파하는 것이었다. 길이가 6미터는 될 듯싶었다. 하지만 폭파하는 대신 앞서 파던 배수구를 메워 버리고 이 바위층을 피해 조금 긴 배수구를 하나 더 뚫었다. 이 배수구는 물이 잘 빠져나갈 만큼 기울기도 좋았다. 참된 사랑이 그렇듯 집 짓기도 결코 순조롭게 진행되지 않았다.

우리는 돌로 건물을 지으면서 전체로는 '플래그 시스템'에서 배운 방법을 썼다. 어니스트 플래그는 뉴욕의 건축가로, 돈과 경험이 모두 모자란 사람이라도 자기 고장에서 난 돌로 아름다우면서도 오래가는 집을 지을 수 있다고 믿는 사람이었다. 돌이 풍부한 세계 곳곳에 사는 사람들이 실제로 돌집을 지었으며, 플래그는 미국에서도 그렇게 할 수 있어야 한다고 생각했다. 그래서 플래그는 돌을 자르고 손으로 다듬는 일에 큰돈을 들이지 않아도 될 방법을 생각해 내려고 했다.

플래그는 콘크리트 표면에 자연석을 붙여 돌벽을 만든다. 두 부분이 동시에 하나로 만들어진다. 흙손과 수평자를 갖고 벽돌을 쌓아 올라가는 대신, 플래그는 두 개의 나무 거푸집 사이에 콘크리트 반죽을 붓고, 표면에는 돌을 붙인 벽을 만들 것을 제안했다. 돌은 단순히 겉치장이 아니라 콘크리트 벽에 단단히 붙어 있었다. 몇 년에 걸친 시행착오를 거쳐 플래그는 효율로 보아서나 예술로 보아서나 돈이 많이 안 드는 돌집을 지을 수 있다는 것을 설명하는 데 성공했다. 구어거스는 《뉴잉글랜드 농부》에서 이렇게 말한 적이 있다.

"돌집이 너무 낯설기 때문에 많은 사람들이 그런 집을 짓는 것이 엄청난 일이라고 생각할 것이다. 하지만 돈을 많이 들이지 않고, 어렵지 않게 돌집을 지을 수 있다. 공공건물이나 대저택을 지을 때는 망치나 정으로 돌을 다듬어 쓰는데, 이렇게 하면 그야말로 돈이 많이 든다. 하지만 평범한 돌로도 편안하고 깔끔한 집을 지을 수 있다. 들판에 널린 평범한 돌로 훌륭한 벽을 쌓는 것만 봐도 그 사실을 알 수 있다. 강력한 시멘트와 뒤섞은 이 돌들은 훌륭한 건축물을 만들어 낼 것이다. 그리고 집을 다 지은 뒤에는 목적에 맞게 벽면을 돌로 처리하거나, 아니면 거친 상태 그대로 놔둘 수도 있다."

플래그는 《플래그의 작은 집 Flagg's Small Houses》에서 네 가지를 주장했다.

첫째, 돌집은 낮게 지어야 한다. 왜냐하면 높이가 1미터 50센티미터가 넘으면서부터는 그 위에 돌과 콘크리트를 쌓는 비용이 높이에 비례해 늘어나기 때문이다. 만일 이 층을 짓고 싶다면 다락처럼 되도록 낮게 지어야 한다.

둘째, 지하실 공간은 할 수 있는 한 작게 하고, 모든 바닥은 되도록 콘크리트로 만들어야 한다. 만일 원하는 것이 따로 있다면 콘크리트 바닥 위에 다른 것을 또 깔면 된다. 난방 파이프나 전선은 전선관이나 도관 안에 넣어서 설치한다.

셋째, 집은 탁 트인 하나의 공간이 되어야 하며, 문틀과 창틀은 단단한 재료로 만든다. 돌과 콘크리트로 벽을 세우고 아무런 장식도 하지 않아야 한다.

넷째, 벽은 다시 쓸 수 있는 거푸집으로 만들어야 한다.

여기에다 우리가 겪은 것을 바탕으로 세 가지를 덧붙이고 싶다.

다섯째, 지붕 선을 되도록 단순하게 만든다. 지붕창을 만들거나 본래의 지붕 말고 따로 모양을 내는 일이 되도록 없게 한다.

여섯째, 될 수 있는 대로 모든 것을 표준형으로 하는 것이 좋다. 군더더기를 없애서 되도록이면 돈을 적게 들인다.

일곱째, 충분히 크게 만든다. 왜냐하면 돌벽을 한번 세우면 건물을 넓히려고 벽을 부수기가 쉽지 않기 때문이다.

플래그가 일으킨 가장 중요한 혁신은 네 번째 방법이다. 그것은 집을 지을 때 다시 쓸 수 있는 거푸집을 쓰는 일이다. 거푸집이란 콘크리트가 형태를 갖출 동안에 그것을 지탱하기 위해 만드는 뼈대이다. 콘크리트가 굳으면 거푸집을 벗겨 내게 된다. 막 반죽한 콘크리트를 부풀어 오르거나 뒤틀리지 않게 담고 있어야 하므로 거푸집은 정말 튼튼하고 받치는 힘도 세야 한다. 만일 거푸집이 정해진 자리에서 조금이라도 움직인다면, 굳어진 콘크리트는 마냥 울퉁불퉁하게 보일 것이다.

거푸집을 만들려면 먼저 치수를 재서 목재를 잘라 뼈대를 세우고, 양쪽에 단단하게 합판을 댄다. 그리고 그 안에 콘크리트를 부어 굳힌 다음 거푸집은 떼어 내는 것이다. 거푸집을 이용한 건축은 돈이 많이 든다. 왜냐하면 보통 거푸집에 들어가는 많은 목재들을 한 번만 쓰고서 버리기 때문이다. 그런데 플래그는 다시 쓸 수 있는 거푸집을 생각해 냈다.

우리는 길이가 40센티미터에서 4미터에 이르는 거푸집을 서른 개쯤 갖고 13년 동안 숲속 농장에서 열 채 가까이 돌집을 지었다. 이 글을 쓰고 있는 순간에도 이웃 사람들이 우리가 지은 집들을 보고서 돌집을 짓고 있다. 나아가 우리는 채소밭의 옹벽, 콘크리트 하수구, 수영장 같은 것을 만들 때도 똑같은 거푸집을 썼다. 작업을 끝낼 때마다 거푸집을 잘 닦고 나서, 망가진 것을 손보고, 엔진오일을 발라 건조하고 평평한 곳에 보관했다. 조금 망가지고 땜질한 곳이 있기는 해도 거의 새 거푸집이나 다를 바 없었다. 이렇게 해서 우리가 집을 짓는 동안 거푸집을 쓰며 든 비용은 거의 무시할 만큼 적었다.

일단 벽을 쌓은 뒤에 조금만 주의를 기울이면 바깥벽을 장식하는 돌들을 아름답게 배열할 수 있었다. 그리고 처음으로 거푸집을 벗기고 다채로운 모양과 색깔을 보는 것은 언제나 설레는 일이었다. 그것은 예술 작품에 씌운 포장을 벗기는 것과 같았다. 우리는 아직도 벽에 붙은 돌들을 오랜 친구로 생각하고 있으며, 우리가 만든 집 구석구석을 보면서 기쁨을 느끼고 있다. 우리는 집에 대해 안팎으로 속속들이 알고 있었고, 돌 하나하나에 사랑을 담아 조심스럽게 놓아 두었다.

돌과 콘크리트로 채워진 거푸집은 빈 시멘트 부대를 덮어놓거나, 햇빛과 비를 피할 수 있는 다른 조치를 해서 이틀쯤 놔두었다. 그러는 사이에 남는 거푸집이 있으면, 집의 다른 쪽 모서리에 세우고 다시 돌과 콘크리트를 부어 나갔다. 존 모티머는 《농사짓는 기술 The Whole Art of Husbandry》에서 이렇게 말했다.

"벽을 만들면서 잘 살펴보라. 집의 어느 면, 벽의 어느 부분도 다른 곳보다 앞서 1미터 이상 높이 올라가면 안 된다. 옆벽이 따라서 올라가기 전에는 그렇게 해서는 안 된다. 거의 같은 높이로 쌓아 올라가야만 벽들은 하나로 이어져 튼튼하게 자리 잡을 것이다. 이렇게 하지 않으면 첫 번째 세운 곳은 어느새 마르기 시작해 벽 전체가 세워졌을 때는 한쪽은 축축하고 다른 쪽은 잘 말라 있을 것이다. 그렇게 되면 한쪽이 다른 쪽보다 더 굳어지고, 그래서 벽이 갈라지고 내려앉게 된다. 따라서 집도 매우 약해진다."

사방 벽을 거의 똑같은 비율로 올리는 것은 좋은 연습이며, 이렇게 함으로써 벽의 크기를 가늠할 수도 있다.

벽을 마무리하는 공사는 간단한 일이었다. 바깥벽에서 거푸집을 벗겨 내면 돌 사이사이에 틈이 나 있는 벽이 수직으로 우리 앞에 서 있었다. 때로는 돌이 잘 놓여 있지 않았거나 불규칙하게 놓인 까닭에 거위 알만하거나 그보다 큰 구멍이 생겼다. 우리가 첫 번째로 할 일은 거푸집 때문에 생겨난 뻗쳐 나온 철사들을 모조리 잘라 내는 일이었다. 그러고 나서 망치로 두드리며 벽을 점검하고, 벽면에 붙어 있는 콘크리트 조각들을 말끔히 걷어 냈다. 다음에 우리는 작은 자갈과 돌이 든 통을 들고 다니며 벽을 찬찬히 둘러보면서 벽 표면에 1센티미터가 넘는 크기로 난 구멍들은 모두 메꾸었다. 그리고 페인트를 칠하는 붓과 물 한 통을 갖고, 또 호스가 있으면 호스로 벽 전체를 완전히 적셨다. 이제는 끝마무리 손질을 할 준비가 된 것이다.

우리는 외바퀴 손수레를 써서, 체로 잘 걸러 낸 깨끗한 모래 세 삽과 한 삽이 채 안 되는 시멘트, 그리고 아주 적은 양의 물을 섞었다. 여기에 석회를 섞어 희게 만들거나, 색소를 조금 섞어 빛깔을 낼 수도 있다. 우리는 수수하고 밝은 빛깔의 시멘트를 썼다. 큰 집을 짓고 있어서 마무리를 할 일이 많다면, 같은 차로 실어 온 시멘트로 전체 마무리 작업을 하도록 세심한 주의를 기울여야 한다. 적어도 시멘트는 같은 회사의 제품이어야 한다. 그렇지 않으면 틈을 바른 곳에서 생각지 않은 얼룩이나 줄무늬가 나타날 수 있다.

일이 많다면 마무리를 하는 데 쓰는 표준형 흙손을 쓰고, 싸구려 철물점에서 작고 싼 흙손을 한두 개 더 사다가 함께 쓰는 것이 좋다. 튼튼한 양철가위로 이 싸구려 흙손의 날을 잘라 내 폭을 좁게 할 수 있다. 이렇게 폭이 좁은 흙손은 벽면을 마무리하는 모든 작업에 쓸모가 있다. 친구와 손님들은 너 나 할 것 없이 마무리 작업에 마음을 빼앗겼다. 그이들은 손에 흙받기를 들고 서서 흙손으로 벽을 바르며 사방에 시멘트를 떨어뜨리는 일을 좋아했다.

문과 창틀은 이 고장에서 나는 소나무로 만들기로 결심했다. 나무를 원하는 두께보다 조금 더 두툼하게 톱으로 잘라 겨울 내내 목재 창고에 세워 놓았다. 이듬해 봄에 이 나무들을 제 두께에 맞게 켤 생각이었다. 계획을 세운 뒤 이 목재에 덮개를 씌워 새로 지은 목재 창고에 두었다.

우리는 눈앞에서 타오르는 불꽃을 좋아한다. 그래서 모든 방에 벽난로를 놓을 계획을 세웠다. 따뜻한 날씨에도 새빨간 불꽃이 춤을 추는 나무를 바라보고 있노라면 말로 표현할 수 없는 매력과 충만감을 느꼈다. 거기서 나오는 열기는 별것 아닐지 모른다. 하지만 타고 있는 장작은 대기에 활기를 주고, 튀어 오르는 불꽃은 둘레에 생기가 넘치게 한다. 날씨가 차다면 눈앞에서 타고 있는 불길은 사람에게 반가운 온기를 주며, 타는 나무에서는 강렬한 향기가 난다. 헨리 데이비드 소로는 벽난로에서 타고 있는 불을 친구처럼 생각했다. 그런 심정을 설명하듯이 《월든Walden》에는 이런 구절이 적혀 있다.

"내가 나가 있을 때에도 내 집은 비어 있지 않았다. 그것은 마치 생기 넘치는 주부를 집에 두고 온 것과 같았다."

겨울에 타오르는 불꽃을 볼 수 없는 방은 창문이 없는 방만큼 황량하기 그지없다. 자기의 벽난로를 만드는 것은 뿌듯하고 보람 있는 경험이다. 우리는 벽난로를 만들지 않고 한 해를 그냥 보낸 적이 거의 없었다. 우리 것이든 남의 것이든 벽난로를 만들었다. 친구들은 이런 우리를 보고 병이 도졌다고 말하곤 했다. 아마도 키플링이라면 이런 우리의 열정을 이해했을 것이다. 키플링은 《나에 관한 몇 가지 Something of Myself》에서 이렇게 고백하고 있다.

"내가 어찌 어느 집 벽난로에서 타오르는 불길로부터 등을 돌릴 수 있겠는가? 지난날 나만의 벽난로를 만들던 그 경이로운 마음과 소망을 나는 잘 알고 있다."

우리는 나무가 순식간에 다시 자라나는 삼림지대에서 살고 있었다. 그곳에는 너도밤나무, 노란 자작나무, 단단한 단풍나무가 우거졌다. 나무는 우리의 하나뿐인 땔감이었고, 벽난로는 난방의 가장 중요한 수단이었다. 이것은 초기 정착민들과 마찬가지였다. 미첼이 《에지우드의 우리 밭》에서 한 다음과 같은 말에 우리 두 사람은 동의한다.

"나무를 때는 세월이 우리로부터 완전히 멀어진 것은 아니다. 더구나 내가 살아 있는 한 그러한 시절은 결코 사라지지 않을 것이다."

구식 벽난로는 열기의 90퍼센트를 굴뚝으로 올려 보내는 것 같다는 판단이 들어서, 우리는 거의 모든 벽난로에 공장에서 만든 금속 제

품을 썼다. 이 벽난로는 열을 낭비하지 않고 반사하고 퍼트리며, 밑바
닥에서 뜨거운 공기를 끌어올려 과학적으로 설계된 보일러 관을 통과
하게 만든다. 그럼으로써 방을 덥히고 공기를 순환시킨다. 시장에 가면
몇 가지의 벽난로가 있는데, 어떤 것도 설계와 공학 면에서 문제가 되
는 것은 없다. 벽난로를 만들려는 사람은 그것을 사다가 앉혀 놓고, 뚜
껑 높이까지 돌이나 벽돌을 쌓고 굴뚝을 만들면 된다.

　만드는 방법을 잘 따르기만 하면 누구라도 실수를 안 할 것이다. 두
번만 빼고, 우리는 굴뚝 표면에 타일을 붙였다. 타일은 불이 날 위험성
을 줄이고, 굴뚝 안에 검댕이 덜 붙게 만드는 장점이 있다. 또한 타일은
쥐와 다람쥐가 굴뚝을 들락거리기 어렵게 만든다. 굴뚝에 검댕이 잔뜩
달라붙어 있으면 쥐와 다람쥐들은 우리가 숲길을 걸어가듯이 손쉽게
굴뚝을 탈 수 있다.

　우리는 벽난로와 굴뚝을 돌로 지었다. 하지만 돌을 잘라서 쓰는 일
은 거의 없었다. 가끔 튀어나온 부분을 깨뜨린 적은 있었다. 굴뚝을 세
울 때 모서리는 반드시 잘 만들어야 하므로 돌을 조금 다듬었다. 하지
만 집 전체를 지으면서 우리는 몇천 개의 돌을 썼는데, 거의 모든 돌이
존 버로스가《계시와 계절 Signs and Seasons》에서 말했듯이 "망치와 정으
로 길들이지 않은 자연 그대로의 돌"이었다. 에지우드의 농장에서 집을
짓는 과정을 설명하면서 미첼은 이렇게 말한다.

　"어떤 돌도 망치로 다듬어서는 안 되며, 되도록 이끼가 끼고 비바람에
　시달린 모양이 드러나야 한다는 것이 내 생각이다."

　눈에 띄는 가장 멋진 돌들은 벽난로를 지을 돌무더기에 쌓여 있었
다. 이 돌들은 너무나 훌륭해서, 주춧돌이나 벽에 크기와 모양이 특별

한 돌을 써야 할 때면 그 무더기에서 빼내다 쓰고 싶은 마음이 굴뚝 같
았다. 가끔 우리는 그런 충동에 굴복했다. 하지만 대개는 우리 가운데
한 사람이 돌더미를 지키겠다고 나서서, 집을 짓는 사람이 누구든 이
금지된 지역으로 접근할 때마다 소리를 질렀다.

　굴뚝은 안벽과 마찬가지로 판자나 벽판 또는 석고를 대고 겉을 마
무리할 수 있다. 우리는 모든 벽난로의 굴뚝을 돌로 마감했다. 굴뚝은
벽난로 선반에서 천장까지 밖으로 드러나 있었다. 우리는 지금도 돌로
된 굴뚝의 울퉁불퉁한 모습을 좋아한다. 또한 겨울철에 밤낮으로 불을
땔 때는, 돌이 달구어져 방을 덥히는 데도 큰 도움이 된다.

　우리가 만든 벽난로에는 선반이 있는 것과 없는 것이 있었다. 선반
이 없는 벽난로는 조금 단순하고 조금은 엄격해 보인다. 선반은, 특히
낮은 선반은 편안함을 더해 주지만 자질구레한 것들을 모아들인다. 우
리는 선반들도 거의 다 돌로 만들었다. 딱 두 개만 나무로 만들었다. 그
가운데 하나는 구부러진 자작나무를 도끼로 패서 만들었다. 그다지 힘
들지는 않았고, 만들고 나자 아름다운 모습을 드러냈다.

　여러 집들 가운데 본체의 거실에 있는 벽난로에는 길이가 1미터나
되는 멋진 돌이 받침대로 놓였다. 이 돌은 이웃에 사는 잭 라이트풋 씨
네 헛간 문 앞에 놓여 있던 것이었다. 라이트풋 씨는 이 근방에서 벽난
로의 받침대로 쓸 만한 돌로는 그것이 최고라고 주장했다. 진짜로 그
돌은 최고였지만 그 집 헛간과 하나가 되어 버린 것을 빼내 올 수는 없
었다. 하지만 라이트풋 씨가 강력하게 주장하고, 또 손수 그 돌을 지렛
대로 떼어 내어, 헛간 앞뜰에서 분위기를 내던 그 돌을 우리 집 거실
벽난로로 옮겨다 놓았다. 그 돌 때문에 우리 이웃인 잭 라이트풋 씨는

지금도 우리 벽난로에 소유권이 있다. 그이는 종종 우리 집에 와서 이글거리는 불꽃과 자기의 돌 앞에서 고기를 구워 먹는다. 그이의 눈은 아직도 최고의 돌을 찾아 헤매고 있으며, 가끔 새 돌을 발견했다는 소식을 전해 준다.

돌에 이런 열정을 가진 사람들이 또 있다. 농부 작가 미첼은 이렇게 말하고 있다.

"뉴잉글랜드의 시골길을 걸어가다 보면 작고 볼품없는 돌들이 꽤 많이 길가에 흩어져 있는 것을 어디에서나 볼 수 있다. 이 돌들은 지난 세월 들판에서 거기로 굴러간 것이고, 단지 성가신 가시나무를 키우는 밑거름이 될 뿐이었다. 나는 이 돌들로 집을 짓기로 마음먹었다."

버로스는 《계시와 계절》에서 열정에 넘쳐 다음과 같이 말했다.

"숲에서 돌을 주우며 보낸 너무 멋진 가을날들이 한데 모여 우리 집이 만들어진 듯하다. …… 집으로 돌무더기를 실어 보내면서 내 마음과 행복도 함께 실려 갔다. 내가 돌밭에서 찾아내거나 바위층에서 떼어 낸 보석들을 아침마다 내 집 문설주에서 보았고, 밤에는 모서리 높은 곳에 올라가 얹혀 있는 보석을 보았다. 하루하루가 설레는 사건들로 가득 차 있었다. 숲은 알려지지 않은 보석들을 가득 품고 있었다. 나이 지긋한 거인들인 서리와 비는 부지런히 일했다. 그래서 우리는 썩은 낙엽 더미 속에서도 못생긴 놈들을 찾아내곤 했다.

울퉁불퉁한 석영 표면을 가진 돌, 구멍이 숭숭 뚫린 돌, 반짝이는 톱니 모양의 수정으로 서 있는 돌, 그리고 부서지고 벌레 먹은 개의 두개골을 연상시키는 돌. …… 그리고 우리는 생각지도 않게 어느 둥우리에서 눈부시게 아름다운 돌무더기를 만난 적도 있다. 쐐기와 쇠

지렛대로 새로운 곳에 있는 바위층을 두드려 보기도 했다.

나는 주춧돌이 될 만한 돌을 찾으려고 언제나 눈을 빛내고 다녔다. 우리 집에는 주춧돌이 놓여야 할 자리가 일곱 군데나 되었기 때문이다. 그리고 벽의 아름다움은 대체로 주춧돌의 힘과 위엄에 달려 있다. …… 나는 희망을 품고 언제나 땅을 살피고 다녔으며, 그래서 이끼와 잎사귀 밑까지 들춰 보기도 했다. …… 이것은 신바람 나는 일이었다. 쇠 지렛대와 망치를 갖고 열심히 찾아다니다 보면, 하루해가 너무 짧아 이런 운동에서 피곤을 느낄 새가 없었다."

지금까지 우리는 돌집을 짓는 일에 대해 자세히 알아보았다. 그 까닭은 우리가 돌이 가진 단단함과 당당함에 기뻐하는 것처럼, 다른 사람들도 돌을 갖고 일하면서 기쁨을 느끼는 기회를 갖기 바라기 때문이다. 우리는 누구든 만족할 만한 돌집을 지을 수 있다고 확신한다. 그 사람이 기꺼이 시간을 내고, 또 그만한 시간을 갖고 있다면 말이다. 당신이 정말 돌로 집을 짓는다면, 훌륭한 돌을 찾아내서 알맞은 곳에 쌓아 두는 날부터 떨리기 시작할 것이다. 그리고 벽, 바닥, 벽난로, 굴뚝에 적당한 자리를 잡아 그 돌들을 놓고 나서, 해가 갈수록 돌들이 단단해지고 마침내 집과 하나가 되는 것을 볼 때까지 그 떨림은 계속될 것이다.

집을 짓기에 앞서 우리는 지붕 문제를 자세히 의논했다. 지붕 또한 불이 안 붙는 재료를 쓰는 것이 좋다. 속담에도 있듯이 돌집은 불이 안 붙으므로 나무로 짓는 집의 거의 절반밖에 안 되는 돈으로 화재보험에 들 수 있다.

우리는 다른 것보다 슬레이트 지붕을 좋아한 때가 잠시 있었다. 가까운 곳에서 슬레이트를 만들고 있었기 때문이다. 하지만 문제가 있었다. 슬레이트는 지붕으로 올리기에는 비용이 너무 비싸게 먹혔다. 또한 너무 무겁고, 겨울이면 슬레이트 끝으로 고드름이 맺히곤 했다. 그렇게 얼면 슬레이트가 갈라지고 부서졌다. 우리처럼 지붕을 낮게 올리려고 할 때는 특히 그랬다.

나무 널판은 불이 날 위험 때문에 쓸 수가 없었다. 석면으로 만든 널판은 바람이 세게 불면 들뜨고 금이 간다. 그리고 대개 영구히 쓸 수 없다. 마침내 우리는 두 겹으로 주름이 진 아연도금 금속으로 결정했다. 그리고 이것을 이끼와 같은 초록색으로 칠할 작정이었다. 우리는 결코 이 결정을 후회하지 않았다. 금속은 깔기 쉬웠고, 불꽃 때문에 불이 날 위험이나 굴뚝에 불이 붙을 위험이 전혀 없었다. 그리고 서너 해마다 페인트칠을 해 주면 언제까지나 쓸 수가 있었다. 우리가 올린 금속 지붕 몇몇은 스무 해 동안이나 그 자리에 그대로 있었다. 실제로 이 지붕에서 닳은 흔적을 찾을 수 없었고, 유지 비용은 거의 무시해도 좋았다. 금속 지붕은 피뢰침이 없어도 건물을 보호해 준다. 철사나 쇠막대기를 지붕과 이어 땅까지 묻어 주면 특히 덜 위험하다.

우리는 낮은 물매를 가진 지붕을 원했다. 버로스는 《계시와 계절》에서 이렇게 적고 있다.

"구식 시골 헛간이 눈길을 끌게 하는 매력이 있다면 그것은 조촐한 지붕 때문이다. 지붕의 경사진 회색 널판은 언덕의 비탈처럼 비바람에 몸을 맡기고 있으며, 그 지붕은 마음을 따뜻하게 하는 넉넉함을 갖고 있다. …… 암탉이 병아리들을 품듯이 지붕은 그 밑에서 사는 사람들을 덮어 준다. 또한 지붕은 아주 단순한 모습으로 그 집에 사는 사람의 정신을 표현하는 감동스러운 그림이다."

언덕에 납작 엎드려 있는 스위스풍의 집이, 가파른 지붕을 가진 핀란드나 미국식 집보다 더 마음에 들었다. 버몬트 우리 고장에 있는 지붕들은 모두 가팔랐는데, 이는 눈이 빨리 흘러내리도록 하기 위한 것이었다. 하지만 우리 고장처럼 눈이 많이 오는 곳에서도 금속 지붕이 다른 지붕들보다 먼저 눈을 씻어 낸다는 것을 우리는 발견했다(말이 나온 김에 하자면 알루미늄이 다른 재료들보다 더 빨리 눈을 씻어 낸다는 것에 주목할 수 있다. 하지만 알루미늄은 페인트칠이 잘 벗겨지며, 겉면이 움푹 들어가기 쉽다). 금속 지붕을 덮은 덕분에 우리는 지붕의 물매를 더 낮출 수 있었고, 삽질 한 번 하지 않고 눈을 쉽사리 치울 수 있었다.

우리가 집 짓는 일을 마무리하고 가구를 들여놓는 데 적용한 기준은 바로 단순함과 편리함이다. 주름 장식, 장식품, 칠이 된 목공예품, 벽지, 커튼, 회벽, 조각품 따위 복잡한 가구나 골동품이 없다면, 본래의 아름다움을 간직하는 동양풍의 단순함을 누릴 수 있을 거라고 생각했다.《한 번 이상의 삶 More Lives Than One》에서 클로드 브래그던은 말했다.

"건축이란 그것 자체가 장식이다. 방이 만들어지면 그 방은 이미 장식된 것이다."

벽은 집 전체와 하나로 어울리는 일부분이어야 하기 때문에 우리는 벽을 마무리할 때 나중에 회칠을 하거나 벽지를 바르지 않았다. 그 대신 필요한 곳에 소나무, 가문비나무, 또는 참피나무 판자를 댔다.

우리는 방에 있는 판자마다 다른 빛깔을 내도록 했다. 벽들은 시간이 지나면서 부드러운 느낌이 더해 갔고, 빛깔들이 어우러지면서 몇백 권이나 되는 책에 훌륭한 배경이 돼 주었다. 버로스는 다시 말하고 있다.

"나무가 가진 자연의 빛깔과 결은 어떤 예술도 만들 수 없는 풍성함과 단순함을 집 안에 가져다준다. 우리 눈이 정말 좋아하는 것은 가짜가 아니라 진짜 물건이다. 우리 눈은 치장하지 않은 나무가 갖는 아름다움에 너무나 즐거워한다. 페인트칠을 한 표면은 무미건조한 표면이다. 하지만 나뭇결과 그 무늬는 모든 것을 표현하고 있다."

라이트의 말을 들어 본다.

"건축 자재가 자연스러움을 드러내게 하라. 자연스러운 재료를 쓰려는 계획을 망설이지 말고 짜라. 나무에 페인트를 칠하지 말고 그대로 두라. 나무가 얼룩지게 놔두라. 나무, 석고, 벽돌, 돌의 자연스러움이 드러나도록 계획을 세우라. 왜냐하면 이것들은 본래부터 친근하고 아름답기 때문이다."

부엌 바닥(이것은 지하실 위에 있었다)을 빼면 우리의 모든 바닥은 땅 위에 있었고, 부드럽고 평평한 돌과 맞닿아 있었다. 거실의 벽난로를 지탱하면서 부엌과 침실까지 뻗어 있는 거대한 너럭바위는 엄격한 단순함과 함께 무게와 안정감을 더해 주었다.

집을 지을 때 우리는 작은 집이라도 공간을 넓게 잡으려고 했다. 방이 비좁아 어수선해지는 것을 막기 위해서였다. 거실은 길이가 6미터 70센티미터였고, 한쪽 벽은 책으로 채웠다. 그리고 4미터 20센티미터 폭의 바위 벽과 벽난로가 한쪽 끝에 있었다. 그리고 다른 쪽에 3미터 60센티미터 길이의 창문이 나 있었다. 천장은 높이가 2미터 70센티미터였고, 우리가 손수 자른 무거운 대들보가 천장을 가로질러 있었다.

우리는 어떤 고가구도 들여오지 않았으며, 카펫이나 커튼도 없었다.

모든 가구들은 되도록 새로운 디자인으로 만들고, 가구들이 집 전체를 이루는 일부가 되었다. 라이트도 이렇게 말하고 있다.

"단순하고 소박한 삶을 이루려는 이상을 가진 사람은 자연히 모든 장식물을 없애고, 고가구나 카펫이나 공중에 매다는 것 따위의 거의 모든 장식품을 거부했다. 그 사람들은 그런 것들이 쓸모없거나 허울뿐인 장식물이라는 것을 잘 알고 있었다. …… 날렵하게 내달리는 분명한 선과 어느 모로 보나 깨끗한 벽은, 장식 달린 커튼, 그림이 있는 벽지, 기계로 조각한 가구, 공들여 만든 그림 액자보다 우리가 살아가는 데 훨씬 더 좋은 배경이다."

네 해 동안 여름마다 재미있고 유익하고, 보람 있는 작업을 한 뒤에야 우리는 비로소 새집으로 이사 갈 수 있었다. 봄이면 우리는 시럽을 만들고 채소밭을 가꾸었다. 그리고 6월이 되어서야 집을 지을 시간을 낼 수 있었다. 일한 지 대여섯 달 뒤에는 서리가 심하게 내려 콘크리트와 돌을 갖고 하는 일에서 잠시 일손을 놓아야만 했다. 처음에 집 짓는 구상을 하면서 집을 다 지으려면 대충 10년은 걸릴 것이라고 예상했다. 실제로 계획한 집들을 다 짓는 데는 11년이 걸렸다. 목표를 향해 꾸준히 나아갈 수만 있다면, 우리는 서두르지 않았다. 시간이 나고 마음이 내킬 때만 즐거운 마음으로 일을 했다.

버몬트에 사는 동안 우리는 열두 채의 큰 집들을 지었고, 작은 집도 많이 지었다. 이 집들 가운데 나무로 만든 것은 한 채도 없었고, 완전히 콘크리트로 지은 집 한 채와 금속으로 지은 제당소 두 채가 있었다. 돌로 지은 집 다섯 채는 본채를 중심으로 쓸모에 맞게 적당히 자리 잡고 있었다.

우리가 첫 번째로 지은 돌집은 앞에서 설명한 목재 창고였다. 나중에 우리는 창고 서쪽 끝에다 6미터 길이의 집을 덧붙여 지었다. 이 집은 차 두 대가 들어가는, 돌로 만든 차고이고, 여기에 창고도 함께 있었다. 쇠사슬, 밧줄, 페인트, 다른 자잘한 도구들을 이곳에 두었다.

일을 할 만한 짬이 날 때, 우리는 호드 씨네가 살던 집에 지붕을 새로 얹고, 옆에 새로 돌집을 하나 지었다. 벽난로가 있는 방에 2인용 침대와 1인용 침대를 들여놓고 화장실도 지었다. 이 방들은 손님들이 머무는 곳으로 썼다.

또 땔감 쌓는 헛간을 하나 더 지었다. 북쪽 벽만 돌과 콘크리트로 세우고, 나머지 세 면은 터놓았다. 콘크리트 받침대 세 개가 나무 기둥들을 받쳐 주었다. 이 장작 헛간을 짓는 데는 돈이 많이 들지 않았다. 헛간은 잘 말린 장작을 눈과 비로부터 보호해 주었다. 집을 덥히고 설탕을 만드는 데 장작은 없어서는 안 될 중요한 땔감이었다. 사실 깊은 시골에 있는 집에서 말린 장작은 너무나 중요했다. 따라서 버몬트의 주부들은 남편이 요리와 난방에 쓰라고 생나무를 가져다준다면, 그것 때문에 이혼을 청구할 수도 있었다.

가장 최근에 마지막으로 버몬트 숲속에 또 한 채의 돌집을 짓는 모험을 감행했다. 이 집은 우리의 친구 리처드 그레그 씨를 위한 것이었다. 그이는 오랫동안 우리와 함께 지내면서 일을 거들었는데, 우리는 리처드 씨가 이 골짜기에 아예 눌러앉고 싶어 한다는 것을 알고 있었다. 우리는 집 지을 땅과 자재를 제공했고, 집 짓는 일도 절반은 도와주었다. 나머지 일은 리처드 씨가 해냈다. 그이는 정성을 다해 자기가 바라는 집을 지었다.

이러한 모든 일을 우리 힘만으로 하지 않았다는 것은 두말할 필요도 없다. 많지는 않지만 우리를 찾아온 손님들이 큰 도움을 주기도 했다.

가장 가까운 이웃인 잭 라이트풋 씨는 영국 런던에서 온 사람으로 재치와 비판 정신, 새로운 제안과 계획이 머릿속에 가득한 사람이었다. 그이는 자기네 농장일이나 다른 일로부터 시간을 낼 수 있을 때 자주 우리와 함께 일했다. 그이는 스스로를 '제대로 하는 일이 하나 없는 만물박사'라고 말하곤 했지만, 우리가 곤란할 때는 언제나 도움의 손길을 뻗어 주었다.

찰리 세이지 씨와 애들버트 카펜 씨는 언덕 너머 3킬로미터밖에 안 떨어진 본드빌 출신이었는데, 여러 계절에 걸쳐 우리 일을 거들어 주었다. 가까운 친구 사이인 두 사람은 도끼와 손도끼를 잘 다루었지만, 돌집을 짓는 데는 둘 다 솜씨가 없었다.

마찬가지로 본드빌 사람인 버넷 슬래슨 씨는 어느 누구보다 우리가 구상한 일들을 많이 도와주었다. 우리가 집 짓는 일을 시작할 때, 그이는 병원에 오래 있다 나와서 몸이 좋지 않았다. 그때 버넷 씨는 톱날을 세워 주는 일로 생계의 일부를 해결하고 있었다. 우리도 그이에게 톱을 몇 번 맡겼는데, 솜씨가 보통이 아니었다. 몇 달 뒤 설탕을 만들 동안 우리를 도와줄 일손이 필요했다. 버넷 씨는 우리와 일을 해 보기로 했다. 우리는 단박에 그이가 뛰어난 재능을 가진 사람이라는 것을 알게 되었다. 버넷 씨는 목수 일은 물론 페인트칠도 잘하고, 시계와 가솔린 엔진도 고쳤다. 숲에서 하는 일도 잘했고 단풍 시럽 일도 잘 도왔다. 그이의 도움으로 우리는 사탕단풍나무 숲에 파이프를 다시 깔고, 제당소를 새로 지었다. 그이는 우리와 함께 돌 쌓는 일과 목공 일까지 했으며,

세간살이를 만들고 배관 공사를 했다. 버넷 씨는 모든 문제에 해결책을 내놓을 줄 알았다. 일을 잘 하면서도 빨리 해치우는 사람이었다.

이 장을 끝내기 전에 고개 숙여 고마워해야 할 것들이 있다. 오랜 세월 우리와 함께 일을 많이 한 충성스러운 픽업트럭들, 우리에게 꼭 필요한 돌을 제공해 준 자갈 채취장, 조상들이 논밭과 목초지에서 돌을 주워 길게 쌓아 놓은 돌벽들. 이 모든 것들은 우리가 집을 지을 때 더없이 소중한 재산이 되어 주었다.

플래그와 더불어 우리는 이 경험들을 가지고, 보통의 머리에 경험도 재산도 별로 없는 사람일지라도 시간과 끈기, 마음만 있다면 돌로 집을 지을 수 있다고 믿는다. 한 번 돌집이 세워지면, 그것은 아름다움을 자랑하며 영원히 그곳에 존재한다. 돌집을 짓는 데는 시간이 걸린다. 하지만 결과를 놓고 볼 때 그만한 시간을 들일 만한 값어치가 충분히 있다. 어쨌든 자급자족할 수 있는 집을 이루고, 그것을 키워 나갈 수 있는 방법 하나가 여기에 있다.

"나는 농부들의 고된 노동에 따르는 기쁨을 얘기하고 싶다. 나 자신은 뭐라 표현하기 힘들 만큼 기쁘다. 노인들에게서도 기쁨이 샘솟듯 흘러나온다. 기쁨이란 것은 이 사람들, 진실로 지혜로운 사람들 가까이 있는 것 같다."

키케로, 《노년에 관하여 De Senectute》, 기원전 45년

———— ✎ ————

"하늘이 내게 일과 일터를 스스로 고르도록 기회를 주셨다면, 나는 땅과 우물이 있는 곳, 곡식을 내다 팔 시장이 가까이 있는 곳을 골랐을 거라 생각하곤 하네. 땅을 가꾸는 것만큼 나를 기쁘게 하는 일은 없다네. 그 가운데서도 밭 가꾸는 일을 최고로 꼽을 수 있지. 그 갖가지 채소들 하며. 어떤 것은 늘 잘 자라 주고, 하나가 잘 안 돼도 다른 게 잘 되어서 보상받을 수 있지. 하나를 거두어들이고 나면 또 다른 걸 거두어들일 수 있다네. 한 해 내내 그렇지. 나는 큰 욕심 없이, 우리 집 밥상을 위해 오늘도 밭에 나가네."

토머스 제퍼슨, 〈찰스에게 보내는 편지 Letter to Charles Willson Peale〉, 1811년

———— ✎ ————

"사람은 누구나 자기가 손에 넣을 수 있는 음식을 먹는다. 다만 좋은 것을 먹는가, 나쁜 것을 먹는가 하는 차이가 있을 뿐이다. 아무리 가난한 사람이라도 자기 밭에서 나는 채소와 과일을 먹는 사람은 자기 밭을 갖고 있지 않은 부자보다 훨씬 더 좋은 것을 먹는다."

J. C. 루돈, 《밭농사 백과사전 An Encyclopedia of Gardening》, 1826년

농사짓기

살림살이에서 가장 중요한 것은 양식을 마련하는 일이다. 벌이가 적은 집의 가계부에서 가장 큰 부분을 차지하는 것이 식비이다. 따라서 시장에서 식료품을 사는 대신 식구들이 먹을 양식의 대부분을 마련할 수 있다면, 살림하는 데 돈이 적게 들 테고 그만큼 적게 벌어도 될 것이다.

버몬트의 높은 산골짝에 있는, 영양분이 다 빠져나간 거친 땅에서 과연 그러한 꿈을 이룰 수 있을까? 우리는 우리의 먹을거리를 지어 먹는 것에 관심을 갖고 생각을 깊이 했다. 이웃 사람들도 아낌없는 충고를 해 주었으며, 우리 스스로 몇 가지 실험을 해 보기도 했다. 이런 과정들을 거치면서 우리는 밭에 대해 더욱 멀리 내다보고 농사짓는 계획을 세우기로 결론을 내렸다.

그런데 밭에 나가 농사를 시작하기도 전에 우리는 어려운 문제 세 가지에 부딪쳤다. 그것은 버몬트의 기후, 심하게 비탈진 땅, 척박한 흙이었다.

콩에 버팀목을 세우는 헬렌

천연 퇴비를 준비하는 스콧

그 가운데 우리가 풀어야 할 가장 큰 문제는 땅이 아니라 기후였다. 버몬트의 기후를 두고, 열한 달 동안 겨울이 이어지고 나머지 한 달은 정말 춥다고 표현한 사람이 있었다. 우리 경험에 비춰 볼 때 이 사람의 말이 크게 틀린 것은 아니었다. 리처드 커루는 버몬트 고장을 묘사하면서 "이곳에 봄은 때맞춰 찾아오지 않는다. 그리고 여름은 너무 감질나는 햇살만을 보내 준다"고 말한 적이 있다.

우리는 높은 산들에 둘러싸인 해발 550미터나 되는 골짜기에 살고 있었다. 이곳에서 서리를 피해 곡식을 기를 수 있는 기간은 한 해에 85일쯤밖에 되지 않았다. 1947년에는 콩, 토마토, 호박 따위가 6, 7, 8월에 내린 서리에 피해를 입기도 했다. 이것은 그해에 한 달도 빼놓지 않고 달마다 서리가 내렸다는 것을 뜻한다. 우리는 사과나무에 꽃이 흐드러지게 핀 모습을 즐겁게 구경하고 있었다. 바로 그때가 5월 22일이었는데 갑자기 눈이 와 무릎까지 쌓였고 꽃들을 납작하게 만들고 가지를 부러뜨렸다. 폭설에 이어 서리가 많이 내렸다. 5월 말에는 큰 비가 한차례 퍼붓더니 풍향계가 북쪽으로 방향을 바꾼 것을 볼 수 있었다. 그리고 겨우 몇 시간도 안 돼 기온이 섭씨 영하 10도까지 뚝 떨어졌으며, 밤새 영하 7도쯤에 머물러 있었다. 그래서 물푸레나무, 자작나무, 너도밤나무, 벚나무 들의 열매와 꽃과 어린 나무, 심지어 푸른 잎사귀마저도 꼼짝없이 얼어 죽고 말았다. 6월 5일 마지막으로 끔찍한 서리가 내렸으며, 8월 25일에는 전날까지 싱싱하고 푸르던 감자가 모두 얼어 죽었다.

몹시 춥던 1938년 겨울, 이웃 사람 하나는 200그루의 사과나무 가운데 196그루를 잃었다. 나이가 35년이나 되는 아주 튼튼한 나무들이었다. 이 모든 일들이 이곳에는 일 년 열두 달 언제든지 서리가 내릴 수 있다는 사실을 말해 주었다. 이런 곳에서 곡식과 채소만 먹고 살려는 사람이 과연 제대로 목숨을 이어 갈 수 있을까? 스무 해 동안의 실험을 끝낸 지금 우리는 이 질문에 '그렇다'고 대답할 수 있다.

우리는 이런 기후가 가져다주는 한계를 잘 알고 있었다. 좀 더 신경을 쓴다면 호박이나 토마토 같은 추위에 약한 채소들도 잘 가꿀 수 있을 것이다. 감자, 근대, 당근처럼 추위에 강한 채소들은 분명히 잘 견딜 수 있을 것이다. 사과나무는 겨울을 나도 어쩌면 살아남을 것이다. 자두나무와 배나무는 가끔 얼지도 모른다. 벚나무와 복숭아나무는 생각할 수도 없다. 살아남은 나무들은 다섯 해 가운데 두세 해 정도만 열매를 맺을 것이다. 늦서리가 내려 꽃을 죽일 수 있기 때문이다. 딱딱한 열매(견과)가 열리는 나무 가운데는 오직 너도밤나무와 개암나무만이 믿을 만했다. 이들 나무는 세 해에 한 해쯤 열매가 달렸다. 우리는 해마다 짧은 동안 집중해서 곡식을 길러야 했고, 그 기간에도 어떤 농사를 지어야 할지 신경을 많이 써야만 했다.

우리는 인디언이 있는 고장에서 살았지만, 화살촉이나 돌도끼를 갖고 있는 이웃은 없었다. 왜 그랬을까? 인디언들이 이곳에서 사냥과 낚시를 하기는 했지만 살기는 아래쪽 골짜기에서 살고 있었기 때문이다. 그이들의 주거지는 버몬트가 아니라 코네티컷에 있었다. 서리에 시달리는 높은 언덕은 인디언들이 살기에도 너무 추웠다.

하지만 오래전 이 땅에 자리 잡은 사람들이 버몬트의 황무지를 개척했으며, 이곳의 기후를 견뎌 냈고, 그래서 많은 식구들을 거둬 먹이며 잘살았다는 사실을 우리는 알고 있었다. 그리고 농부들이 백 년이 넘게 이 산골짝에서 살아남았다면, 우리도 얼마든지 살 수 있다고 마음먹었다. 하지만 조심스럽게 다가갔다. 조심해서 한 발 한 발을 내디뎌야 했으며, 그러지 않으면 모든 것을 잃을 수도 있었다.

이웃들의 고마운 충고 덕분에 우리는 시간을 많이 절약하고, 어려움을 이겨 낼 수 있었다. 영은 오래전 1792년에 세상에 낸 《시골 살림살이 Rural Economy》라는 책에서 농사일을 처음 하는 사람들에게 이렇게 충고했다.

"울타리 너머로 살펴보라. 이웃들이 땅에서 무슨 일을 하는지 보라. 시골을 구석구석 돌아다니면서, 자기가 눈으로 보는 것과 귀로 듣는 것을 잘 견주어 봐야 한다. 슬기롭고 생각이 깊은 농부 한두 사람과 가까이 지내는 것도 좋은 일이다. 이런 농부들이라면 초보자들에게 잘못된 길을 가르쳐 주고서 뒤에서 조롱하며 웃지는 않을 것이다. 어디에 가든 이런 좋은 사람들을 찾을 수 있을 것이다."

우리에게도 그런 이웃 친구들이 있었다. 잭 라이트풋 씨는 서른다섯 해 동안 이 골짜기에서 살았다. 플로이드 허드 씨는 이 골짜기에서 태어났으며 반은 인디언이 되어 서리가 다가오는 냄새를 맡을 수 있었다. 이 분들은 우리에게 아낌없이 자기들의 경험을 말해 주었다. 씨 뿌리는 봄이 올 때마다 우리에게 미리 준비하라고 일렀다. 가을이 오면 등산가들이 눈사태를 주시하듯이, 이분들은 서리가 언제 내릴지 주의 깊게 지켜보았다.

우리는 집과 같은 높이에 있는 땅에 채소밭을 만들었다. 하지만 이웃들의 충고를 따라 1천 미터나 되는 피너클산의 산등성이에도 채소밭을 하나 만들었다. 찬 공기는 높은 곳에서 골짜기 아래쪽으로 내려간다. 골짜기의 채소를 모조리 죽이는 이른 서리도 1천 미터나 되는 곳에 있는 밭들만은 건드리지 못할 것이다. 특히, 찬 공기를 잡아 두어 골짜기로 흐르지 못하게 하는 푹 파인 땅이 그곳에 없다면 말이다.

우리는 이렇게 위쪽에 있는 밭을 '보험 든 밭'이라고 불렀다. 이 밭에다 아스파라거스 모종을 심고 나무딸기밭을 만들었다. 또한 옥수수, 콩, 호박, 순무, 토마토를 비롯해 우리가 거둔 모든 양배추, 우리가 먹은 거의 모든 완두콩과 스위트피 따위를 바로 이 밭에서 길렀다. 여러 계절을 보낸 뒤 우리는 보험 든 밭이 집 근처의 밭보다 서리 없는 기간이 적어도 스무 날쯤 더 길다는 사실을 알았다.

숲속 농장을 방문하는 사람이 나날이 늘어 더 많은 양식이 필요해지자, 우리는 이전에 호드 씨네가 감자를 심어 먹던 땅에 밭을 하나 만들기 시작했다. 이 밭에다 딸기, 잡종 블루베리, 감자를 심었는데, 이것들은 모두 산성 땅에서 잘 자라는 종류이다. 딸기와 감자를 심은 이 밭은 남쪽으로 툭 트여 있고, 나머지 삼면으로는 울창한 숲이 둘러싸여 있어서 밭을 보호해 주었다. 또한 이 밭은 보기 드물게 고운 모래가 섞인 기름진 땅이었다. 이 밭에서 서리를 피해 곡식을 가꿀 수 있는 기간은 집 근처 밭보다 약간 길었다.

버몬트의 좁은 골짜기에 있는 땅은 가팔랐다. 골짜기 아래쪽에는 평평한 곳이 있었지만 대개 습지였다. 그래서 봄이 되면 땅에 물이 흥건히 고였고 농사를 지을 수 있도록 마르려면 쨍쨍한 날이 몇 주나 이어져야 했다.

그래서 버몬트 사람들은 대부분 비탈진 곳에 밭을 만들어 이 문제를 해결했다. 그이들은 세 해에 한 번씩 떼가 자란 땅의 한 조각을 파

일구었다. 튼튼하게 자란 떼는 홍수에 흙이 쓸려 내려가는 것을 막아 주었다. 그렇게 해서 만든 밭에 채소와 곡식 씨앗을 뿌린 뒤, 떼가 자란 또 다른 땅을 일구었다. 우리가 계단식 밭을 만들 것이라고 말하자, 이웃 사람들은 이렇게 말했다.

"당신들은 그렇게 할 수 없을 거예요. 이곳에 있는 밭은 3년쯤만 일구어 먹을 수 있기 때문에, 당신들은 계단식 밭을 다 만들자마자 다른 데로 옮겨가 처음부터 다시 시작해야 할걸요."

그 말을 우리는 귀담아들었다. 하지만 우리는 필리핀, 유럽, 아시아 사람들이 몇백 년, 어떤 경우는 몇천 년 동안 계단식 밭을 일구어 왔다는 것을 잘 알고 있었다. 중국, 일본, 독일에서 할 수 있다면 버몬트에서 못할 까닭이 무엇인가? 뗏장이 썩을 때마다 이웃 사람들이 계속 밭을 옮기는 동안, 우리는 훌륭한 계단식 밭을 만들어 해마다 똑같은 곳에서 밭을 일굴 수 있었다.

땅이 웬만큼 기울어져 있으면 우리는 계단식 밭을 만들었다. 처음에는 돌을 얼기설기 쌓아 계단을 만들기 시작했는데, 이렇게 느슨하게 쌓은 돌벽에서는 잡초가 자랐다. 나중에 이 풀들을 뽑아내기 어렵다는 것을 안 뒤에는 돌과 콘크리트를 쓰기로 했다. 또 뿌리를 덮은 짚과 가을에 파종한 호밀이 겉흙이 쓸려 나가는 것을 잘 막아 주었다. 우리는 쓸 수 있는 겉흙을 모두 실어 와 밭을 만들고, 꾸준히 퇴비를 날라다 땅을 더욱 기름지게 했다. 퇴비는 땅의 힘이 빠져나가는 것을 막아 주었으며 더 쓸모 있는 땅이 되도록 해 주었다.

미국 동부의 땅은 400년이라는 세월 동안 잠시도 쉬지 않고 곡식을 생산해 왔다. 버몬트 땅이 경작된 지는 한 200년 전쯤부터이다. 우리보다 앞서 골짜기에 살던 농부들은 떼가 자라난 땅을 일구어, 곡식이 자랄 수 있는 기간에만 땅을 돌보았다. 그 땅은 아무런 보호도 받지 못하고 갑작스러운 소나기나 억수 같은 비, 녹아 흐르는 눈, 휘몰아치는 바람에 온통 내맡겨져 있었다. 그러니 겉흙이 거의 다 언덕 아래로 쓸려나가고, 엄청나게 많은 흙이 웨스트강과 코네티컷주로 쏟아져 내려 바다로 흘러갔다.

남아 있는 겉흙에는 안타깝게도 영양분이 거의 없었다. 세월이 흐르면서 얼마 되지 않던 광물질마저 다 없어져, 그 땅에서는 채소는 말할 것도 없고 적응력 강한 야생식물도 자랄 수 없었다.

좋은 밭을 만들려는 사람은 곡식들이 거의 모든 자양분을 겉흙, 다시 말해 거죽의 흙에서 얻는다는 것을 기억해야 한다. 왜냐하면 겉흙은 살아 있기 때문이다. 건강한 땅은 유기물 생명체들로 가득하다. 겉흙은 여러 가지 뜻에서 살아 있다고 말할 수 있다. 겉흙이 살아 있는 첫 번째 까닭은 식물과 동물의 찌꺼기로 이루어진 유기물질을 아주 많이 갖고 있기 때문이다. 그 찌꺼기들이란 나뭇잎, 잔가지, 풀, 거름, 짐승의 시체 같은 것들이다. 겉흙은, 썩은 잎이나 풀 같은 유기물질을 식물이 섭취할 수 있는 영양분으로 바꿔 주는 미세한 생물들과 더불어 살아 숨 쉬고 있다.

또한 겉흙은 열심히 땅을 경작하는 지렁이 덕분에도 살아 있다. 지렁이는 자기 몸속으로 작은 티끌들을 통과시키면서 자기에게 먹이가 되는 영양소만 먹고는, 땅을 정말 기름지게 만드는 나머지 물질들은 몸 밖으로 내보낸다. 앨버트 하워드 경은 이렇게 말한다.

"지렁이의 배설물에는 15센티미터 두께의 겉흙보다 질소가 다섯 배,

인산염이 일곱 배, 칼륨은 열한 배나 풍부하게 들어 있다. 제대로 가꾼 땅이라면 해마다 1천 평당 20톤 정도의 신선한 지렁이 배설물이 생긴다."

그리고 F. H. 빌링턴에 따르면, 이러한 배설물은 중성 콜로이드성 부엽토이며, 식물에게 바로 줄 수 있는 것은 오직 이것뿐이다. 지렁이는 찌꺼기를 곡식에게 필요한 균형 잡힌 영양분으로 바꿔 줄 뿐 아니라, 땅에 굴을 파 공기가 통하도록 만들며, 물이 잘 빠져나가게 한다.

겉흙은 곤충과 설치류 같은 생명체들로도 가득 차 있다. 겉흙이 유기물질로 더욱 기름질수록 그곳에서 살아가는 생명체들의 숫자도 더 많아질 것이다(이 생명체들이 화학비료, 살충제, 독성을 품은 쓰레기 따위에 중독되거나 죽지 않는 한 말이다). 또한 쓸모가 많고 곡식을 기르기 쉽도록 더 부드러운 땅이 될 것이다.

건강한 곡식은 오직 건강한 땅에서만 자랄 수 있다. 이를테면 땅에 아이오딘과 붕소 같은 필수 성분이 없다면, 그 땅에서 자라는 식물과 그 식물을 먹고사는 동물들도 똑같이 광물질과 영양부족으로 고통받을 것이다.

중국인과 한국인 같은 동양 사람들은 몇천 년 동안 일정한 곳에서만 농사를 지었다. 이 사람들은 오랜 전통대로 땅으로부터 나온 모든 것들, 다시 말해 채소, 동물, 사람의 배설물 들을 땅으로 다시 돌려보내는 태도를 가져왔다. 서양 사람들은 이와 정반대로 행동해 왔다. 서양 사람들은 사람에게서 나온 쓰레기를 포함해 엄청나게 많은 도시 쓰레기를 강이나 바다에 버리거나, 아니면 불태우고 있다. 또한 서양 사람들은 더 이상 짐승을 부리지 않고 기계로 농사를 짓기 때문에, 짐승의 배설물로 만든 퇴비의 양이 점점 줄어들고 있으며, 곡식을 거두고 난 땅에다 유기물질이 거의 없는 화학비료를 주고 있다. 화학비료에는, 곡식을 거두고 나면 흙에서 빠져나가는 여러 성분 가운데 단지 일부만 들어 있을 뿐이다. 사방이 탁 트인 곳에서 농사를 짓게 되면 물과 바람 때문에 겉흙이 송두리째 쓸려 나가 버리기 때문에 어쩔 수 없이 점점 척박한 땅이 된다. 늘 이런 식으로 광물질을 빼앗기다 보면 땅은 차츰차츰 파괴된다. 이렇게 영양분이 다 사라진 땅에서는 아무리 애써도 건강한 곡식을 거둘 수 없다.

자연은 여러 세대에 걸쳐 흙을 만든다. 이 사실은 숲의 바닥과 습지에서 확인할 수 있다. 그곳에는 썩어 가는 식물과 지렁이 배설물, 그리고 곤충, 새, 짐승들의 배설물과 가끔씩 그것들의 시체가 있다. 북아메리카 숲에서 2.5센티미터의 겉흙을 만들기까지는 300년에서 1천 년의 시간이 걸린다고 한다. 이 겉흙에서 없어서는 안 될 성분이 썩어 가는 유기물질이다. '분해' 과정에서 가장 중요한 요소는 겉흙에 살면서 그 일부를 이루고 있는 수많은 유기체, 미생물들이다.

이쯤에서 숲의 바닥을 이루는 흙에 대해 한 가지 중요한 사실을 말하는 것도 좋을 듯하다. 숲은 여러 종류의 큰 나무, 키 작은 나무, 그보다 작은 식물들로 이루어져 있는데, 숲이 어떤 성격이 될지는 기후, 땅의 높이, 햇빛의 양, 흙의 성분에 따라 결정된다. 숲 바닥의 구성물은 그곳을 덮고 있는 식물들이 요구하는 것에 맞춰 계속 달라진다. 단단한 단풍나무가 자라려면 칼슘이 아주 많이 필요하다. 단단한 단풍나무가 자라면서 칼슘을 다 써 버리면, 흙은 이제 단풍나무에게는 반갑지 않은 땅이 되고, 가문비나무 같은 다른 나무들에게 더욱 끌리는 땅이 된다. 따라서 세월이 흐르면서 단단한 단풍나무는 가문비나무에게 자리를 내줄 것이고, 활엽수 숲은 상록수에게 길을 내주고 물러날 것이다. 우리가 사탕단풍나무를 가꾸고 있는 숲에서도 이런 변화가 되풀이해서 일어나는 것을 눈으로 확인할 수 있었다.

숲의 바닥 같은 곳의 흙은 그 안에 있는 광물질의 구성이 세월의 흐름에 따라 달라지기 때문에 여러 식물들의 요구에 맞출 수 있는 능력도 달라진다. 또한 무엇이 숲의 바닥을 구성하고 있는가가 그곳의 광물질을 결정하는 요인 가운데 하나이지만, 그 고장의 여러 가지 환경도 흙에 꼭 필요한 광물질이 많아지거나 적어지게 할 수 있다. 엄격히 말해, 자연 숲의 상태를 그대로 되살려 놓더라도 모든 식물이 다 만족하지는 않는다. 식물들은 저마다 특별한 광물질이 포함된 흙을 필요로 한다.

그러면 우리는 척박한 우리 땅이 숲으로 우거져서 건강을 되찾을 때까지 몇천 년을 기다려야만 할까? 물론 그렇지 않다. 퇴비를 줌으로써 건강하게 살아 숨쉬면서도 균형 잡힌 땅을 만들 수 있다. 퇴비는 식물에게 영양분이 될 만큼 충분히 썩은 유기물과 겉흙을 섞은 것이다. 사람이 만드는 퇴비는 처음부터 끝까지, 만드는 사람 손에 모든 것이 달려 있다. 이를테면 흙을 검사했더니 모자란 성분이 나왔다고 하자. 이때는 필요한 요소가 알맞게 들어간 퇴비를 줌으로써 모자란 성분을 보충할 수 있고, 그럼으로써 광물질의 균형이 회복되게 할 수가 있다. 흙은 금속을 합금하는 것과 거의 마찬가지로 정확하게 만들고 다시 바꿀 수 있다. 문제는 그것에 대한 내용을 배우고 알맞은 방법을 따르는 일이다.

지역마다 있는 농업 대학의 실험실은 장래가 촉망되는 농부들이 가져온 흙 표본을 분석해 그 안에 있는 광물질의 구성 요소를 알려 줄 것이다. 분석한 결과를 보고 어떤 광물질이 충분히 들어 있으며, 무엇이 모자라거나 전혀 없는지 알 수 있다. 퇴비를 만드는 사람은 이 사실을 바탕으로 해서, 영양분이 사라진 땅에 균형을 찾아 줄 광물질을 퇴비에 넣을 수 있다.

초기에 실험 삼아 퇴비를 만들면서 우리는 동물이 만들어 내는 찌꺼기를 썼는데, 그것은 주로 배설물이었다. 나중에는 방법을 바꿔, 숲이 퇴비를 만드는 것처럼 식물에서 나오는 것으로 퇴비를 만들었다. 이 식물들은 대개가 영양이 다 빠져 나간 땅에서 자라고 있으므로, 석회암, 인산염 암반, 칼륨 암반, 이회토, 콜로이드성 흙 따위로 영양을 보충해 주었다.

자연의 흙 속에는 아주 양이 적은 광물질이 몇십 가지나 매우 다양하게 들어 있다. 이 광물질은 식물과 동물이 튼튼하고 건강하게 자랄 수 있도록 영양의 균형을 이루어 주는 데 꼭 필요한 것들이다. 우리 땅에는 질소가 모자랐기 때문에 면화씨, 아마씨, 콩, 또는 알팔파 가루를 함께 넣었다. 그 결과는 우리의 희망과 기대를 훨씬 넘어서는 것이었다. 400평도 안 되는 밭에서 쌀과 보리 따위의 곡식 말고도 여섯 사람이 먹기에 충분한 온갖 먹을거리를 거둘 수 있었다.

우리는 퇴비 더미를 가로세로 2미터로 네모나게 만들었다. 중요한 것은 보름쯤이면 퇴비 더미를 다 만들 수 있도록 작게 만들어야 한다는 것이다. 그런데 퇴비 더미의 크기가 작을수록, 그 안에서 나는 열도 줄어든다는 점을 알아야 한다. 퇴비 더미에서 나는 열은 잡초 씨앗을 파괴하고, 해로운 균을 없애며, 유기물질을 빠르게 분해시키는 중요한 구실을 한다.

퇴비는 먼저 우리 둘레에서 나오는 것들로 만들 수 있다. 이는 고장과 계절에 따라 많이 다르다. 우리는 볏짚과 마른풀, 가랑잎, 톱밥, 펫장 죽은 것과 겉흙을 썼다. 이것들은 운반하기도 쉽다. 그것들이 눈에 띌 때마다 우리는 한곳에 모아 두었다. 마른풀과 가랑잎은 한 해에 한 번씩만 넉넉하게 구할 수 있기 때문에, 이듬해까지 쓸 수 있도록 미리 넉넉하게 모아 두려고 애를 썼다.

또 날마다 집에서 나오는 쓰레기, 밭에서 뽑아낸 잡초, 둔덕에서 깎아 낸 풀, 꽃밭에서 나온 잡동사니 따위가 있었다. 우리는 쓸 수 있는 유기물질은 하나도 헛되이 버리지 않았다. 하지만 종이는 퇴비 더미에 넣은 적이 없다.

적어도 열흘에서 보름은 걸려서, 조금씩 퇴비를 만드는 것이 좋다. 하루나 이틀 만에 다 만들어 버리면 퇴비 더미가 밑으로 너무 많이 주저앉는다. 퇴비는 젖어 있지는 않더라도 습기가 있어야 한다. 따라서 한동안 비가 안 오면 물을 조금씩 부어 줘야 한다. 제대로 만든 퇴비라면, 만든 뒤 며칠 안에 섭씨 70도쯤의 열이 날 것이고, 그래서 유기물질은 더 빨리 분해되고 잡초 씨앗은 싹이 나서 자연히 없어질 것이다. 퇴비에서 열이 안 난다면, 잡초 씨앗은 살아남아 다시 밭으로 돌아갈 것이다.

퇴비에서 열이 식는다 싶으면, 지렁이들을 그 안에 집어 넣을 수도 있다. 퇴비에 습기가 넉넉하다면, 지렁이들은 퇴비 사이를 헤집고 다니면서 본래 하듯이 부지런히 유기물질을 분해할 것이다. 지렁이를 쓸 수 없다면, 옆으로 쇠스랑이나 삽을 넣어 퇴비를 뒤집어 주면 될 것이다. 또한 보통은 퇴비를 만들고 나서 활성제를 조금 넣기도 하는데, 이 활성제는 분해를 촉진한다.

활성제를 넣는 까닭은 박테리아를 활성화하고, 지렁이를 끌어들이며, 유기물질의 분해를 빠르게 하기 위해서이다. 활성제는 물에 녹여 거름에 층층이 뿌리거나, 쇠 지렛대로 위에서 아래로 구멍을 뚫고 거기에 붓는다. 활성제를 넣지 않고 퇴비를 만들기도 하는데, 활성제를 넣는다면 빨리 분해가 되겠지만, 서두를 필요가 없는 사람이라면 활성제를 넣지 않고도 똑같이 좋은 퇴비를 만들 수 있다.

퇴비가 축축하고 날씨가 따뜻하다면, 퇴비를 두 달에서 석 달 안에 쓰는 데 아무런 문제가 없을 것이다. 이 동안 퇴비 안에 있는 여러 가지 물질들이 기름지고 달콤한 냄새를 풍기는 흙 같은 덩어리로 변할 것이다. 이것은 숲 바닥에서 주울 수 있는 시커먼 나무 부스러기와 아주 비슷하게 생겼다. 더 오래 놔둔다면 퇴비는 더욱 완전히 분해될 것이다. 유기비료로 농사를 짓는 어떤 농부들은 퇴비를 세 해쯤 그대로 두라고 권하기도 한다.

아무것도 섞지 않고도 숲 바닥에서 생기는 것 같은 좋은 퇴비를 만들 수 있을 것이다. 하지만 인산염 암반, 칼륨, 면화씨 가루, 석회, 그리고 활성제나 지렁이처럼 흙에 이로운 것들을 넣어 주거나 또 퇴비를 뒤집어 준다면 유기물질이 더 빨리 분해될 것이다. 광물질이 빠져나간 척박한 우리 땅에 특별히 없거나 모자란 광물질을 보충해 주자 흙의 균형이 빠르게 회복되었다.

여러 해 동안 우리는 퇴비 말고는 아무것도 밭에 주지 않았다. 땅에 살아 있는 음식을 주었지, 결코 죽은 비료나 비활성 비료 또는 합성 비료나 인공 비료는 주지 않았다. 그리하여 우리 밭에는 멋진 빛깔과 맛을 자랑하는 훌륭한 곡식들이 풍성하게 자라났다. 해마다 우리는 흙을 더욱 기름지게 해서 더 많이 거두었을 뿐 아니라 겉흙도 더 많아졌다.

밭고랑을 남북 방향으로 만들어서, 곡식들 사이에 있는 흙이 햇빛을 아주 많이 받도록 했다. 그리고 고랑 하나하나를 표시하려고 말뚝에 숫자를 적어 박아 두었다. 처음에 실험 삼아 밭농사를 지으면서는 통나무를 톱질해 말뚝을 만들고, 숫자를 쓰기 전에 먼저 말뚝 끝에 페인트를 칠했다. 나중에는 단단한 단풍나무나 물푸레나무 묘목의 곧은 부분을 말뚝으로 썼다. 할 수 있다면 말뚝을 텃밭으로 가져가기 전에 한 해 동안 말렸다. 가을에 밭 농사가 끝나면, 우리는 말뚝을 뽑아 흙을 털고 도로 안으로 들여와 겨울 내내 말렸다. 이렇게 말뚝을 잘 보관하면 여러 해 동안 계속해서 쓸 수가 있다.

토마토와 콩을 잡아 주는 막대는 곧은 묘목으로 만들었고, 앞에서 말한 것처럼 이 막대기들도 조심스럽게 다루었다. 밭마다 위쪽에 물 저장 탱크를 만들었다. 우리는 물 탱크에서 밭까지 파이프를 놓아 물을 흘려 보내고, 밭고랑에 물을 대려고 놓아둔 호스로 밭에 물을 뿌렸다. 그렇다고 우리가 정해 놓고 꼬박꼬박 밭에 물을 준 것은 아니었다. 오랫동안 비가 안 와서 밭이 너무 말랐을 때만 물을 주었다. 밭에 거의 물을 주지 않은 철도 가끔 있었지만, 물이 필요하다고 판단하면 꼭 물을 주었다. 옮겨심기를 할 때는 물의 소중함을 더욱 깊이 느꼈다.

밭농사를 짓기로 결정하면서 우리는 계획을 세우고, 밭일을 순서 있게 하기 위해 몇 가지 간단한 방법을 썼다. 우리는 '밭일 공책'을 만들었다. 그 속에는 밭에 들어간 재료와 그 밖의 모든 정보가 적혀 있었다. 공책 한 부분에는 밭에 계속 이어서 심거나 돌아가면서 심기에 알맞은 작물에 대한 계획을 적어 놓았다. 두 해에 걸쳐 완성된, 이를테면 밭의 지도 같은 것이었다. 밭 한 뙈기마다, 고랑마다 세워 놓은 세부 계획이 그 안에 들어 있었다.

'밭일 공책'에는 내용에 따라 번호가 붙어 있고, 그것을 하나하나 넘겨 보면 작물을 심은 날짜, 여러 가지 씨앗의 종류와 원산지, 문제를 처리한 방법과 결과를 알 수 있었다. 우리는 퇴비 더미에도 번호를 붙였으며, '밭일 공책'의 한곳에 퇴비 더미들에 대해서도 기록을 남겼다.

우리는 이 평범한 기록들을 가지고 우리가 밭일을 하면서 써 본 여러 가지 방법 가운데 어느 것이 더 나은지 판단할 수 있었다. 또한 우리가 씨앗과 모종을 사 온 수많은 가게 가운데 어느 집의 씨앗과 모종이 잘 자라고, 쓸 만한 것이었는지를 판단할 수 있었다. 또 이 기록들을 보고 석회로 만든 퇴비의 특성을 알게 됐는데, 이 퇴비는 감자와 딸기에는 맞지 않았다. 해마다 우리는 이런 기록을 만들고, 공책을 이어서 묶어 나가며 보관했다. 밭일을 시작할 때마다 이 공책을 열어 보면서 지난 일들을 새롭게 떠올릴 수 있었다.

우리는 늦겨울이나 초봄에 밭을 일굴 계획을 세우고 나서 씨앗을 주문했다. 변덕스러운 날씨와 예상치 못한 일로 계획이 자주 뒤바뀌기도 했다. 하지만 언제나 우리 곁에는 밭에서 할 일들을 적어 놓은 소중한 공책이 가까이 있었다. 이처럼 '먼저 생각하고 그다음에 행동하는' 방식은 우리가 무작정 밭일에 뛰어들지 않고, 더욱 즐겁고 만족스럽게, 그리고 효과 있게 밭일을 하는 데 많은 도움이 되어 주었다.

이제 지난날 밭일을 하면서 우리가 지킨 원칙들을 다음과 같이 말할 수 있다.

첫째, 한 해에 겨우 석 달만 서리를 피할 수 있는 밭에서 곡식을 가꾸어 한 해 열두 달 먹는다.

둘째, 가공하지 않은 신선한 음식만 먹는다.

셋째, 완벽한 밥상을 차릴 수 있도록 여러 가지 채소와 곡식을 가꾼다.

넷째, 땅에서 거둔 것을 통조림 따위로 만들어 보관하는 일을 되도록이면 줄인다.

시간이 흐르면서 우리는 이 네 가지 원칙들을 다 실천할 수 있었다. 이 네 가지 원칙 가운데 가장 어려웠던 것은 한 해 내내 밭에서 신선한 음식을 얻는 일이었다. 이 문제를 우리는 두 가지 방향으로 접근했다. 하나는 제철에 나오는 음식을 먹는 일이었다. 한 해 내내, 더구나 추운 날씨에 딸기와 완두콩을 먹는 것은 지나친 사치이며 무책임한 일이다. 이런 것은 계절의 뜻깊은 순환을 무시하는 일이다. 이 사실을 교묘히 피하거나 무시하는 사람들의 마음은 한 학년을 건너뛴 학생이 해야 할 공부를 하지 않아 뒷날 무언가 빼먹은 느낌 같을 것이다.

제철이 아닌데도 시장에 나와 있는 아스파라거스, 딸기, 옥수수 같은 채소를 우리는 거의 사지 않았다. 그 대신 밭에서 제철에 거둔 것만을 즐겨 먹었다. 가장 먼저 방풍나물을 밭에서 캐 오면서 우리는 초봄을 시작했다. 눈이 사라지자마자 방풍나물을 캐러 나갔고, 한 달 남짓

채소를 돌보고 있는 스콧

동안 하루에 한 끼는 방풍나물을 먹었다. 그렇게 방풍나물을 먹으면서 녹말과 당분을 충분히 섭취할 수 있었다. 방풍나물이 나오는 철이 지나가면 우엉, 파슬리 뿌리, 부추, 치커리도 함께 들어갔다.

그러고 나면 한 달 반이나 두 달 남짓 동안 골파, 양파와 함께 아스파라거스 철이 이어졌다. 아스파라거스 철이 끝나기도 전에 시금치, 무, 겨자, 양상추 철이 시작되었다. 그리고 완두콩, 강낭콩, 호박이 그 뒤를 이었다. 곡식 수확이 절정에 이르는 철에는 옥수수, 토마토, 콩, 브로콜리, 셀러리가 나왔다. 가을이 다가오면 양배추, 겨울 호박, 순무, 당근, 배추, 시금치가 나왔고 처음으로 감자와 마른 콩도 먹을 수 있었다. 우리는 딸기, 라즈베리, 블루베리를 가꾸었기 때문에 철따라 나오는 여러 가지 딸기들을 먹을 수 있었다. 딸기류는 산버찌나무 열매(초크체리)나 블랙베리와 함께 들에서도 많이 저절로 나고 있었다. 이 밖에도 배, 자두, 사과 같은 과일도 먹을 수 있었다.

눈이 내려 밭을 온통 하얗게 뒤덮고 땅이 얼면 지하에 있는 채소 저장소로 갔다. 그곳에는 채소 뿌리, 양배추, 겨울 호박, 감자, 당근, 순무, 양파, 셀러리 뿌리, 파슬리 뿌리, 배, 사과가 저장되어 있었다. 추위에 강한 채소들은 늘 싱싱했고, 그래서 눈이 녹을 때까지 먹을 수 있었다. 눈이 녹을 때쯤 되면 우리는 다시 방풍나물을 캐다 먹었다.

이렇게 열두 달을 한 바퀴 돌면서, 우리는 정말 다양하고 신선한 음식을 먹을 수 있었다. 우리 밥상은, 2월, 3월 처음 얼음이 녹을 때부터 12월에 폭설이 내릴 때까지 늘 밭에서 가져온 싱싱한 채소와 열매들로 가득했다. 그리고 지하 채소 저장소는 나머지 철에 먹을거리를 제공해 주었다. 철이 바뀌면 그때마다 새로운 음식을 얻었다. 그것도 그 음식이 가장 풍성한 철에, 차례로 그 음식들을 즐겼다. 우리는 어떤 음식에도 질리지 않았으며, 오히려 다가오는 철에 맛보게 될 음식을 설레는 마음으로 기다렸다.

소로는 일기에 이렇게 썼다.

"나는 오직 제철에만 얻을 수 있는 음식을 가장 좋아한다. 그리고 그것이 다른 철에는 없다는 사실이 즐겁기까지 하다."

이웃 사람들은 5월에 밭을 일구었다. 8월 말이나 9월 초가 되면 사람들이 버려둔 밭에서 풀이 우거지고 벌레가 들끓었다. 벌써 그해 농사가 끝난 것이다. 서리가 들이닥치는 때, 보통 9월 초인 그때에도 우리 채소밭에는 서리에 견딜 수 있는 곡식이 밭 구석까지 가득 차 있었다. 우리는 초봄과 늦가을 밭이 여름철 밭보다 더 나았다고 지금도 믿고 있다.

초봄의 밭에는 겨울을 보낸 부추, 골파, 양파, 민들레, 파슬리, 치커리 들이 자라고 있었고, 된서리가 그치면서 태양이 채소에 햇빛을 비춰 줄 무렵이면 밭을 덮었던 짚더미를 걷어 냈다. 밭에 씨를 뿌리기도 전에 우리는 다 자란 채소를 밭에서 얻었다.

가을밭은 여름밭에서 자라난다. 7월 1일께에 우리는 밭에 나가 무, 상추, 조생 비트, 시금치를 뽑고, 퇴비를 손가락 두께만큼 뿌린 뒤 흙과 섞고 나서 양파, 비트, 브로콜리, 배추, 케일 따위를 심었다. 그리고 조금 지나서 오크잎 상추와 로메인 상추, 겨울 셀러리, 시금치를 심고, 끝으로 겨자와 무를 심었다. 그리고 9월 말이나 10월 초에 마지막으로 채소를 심었다. 오이, 호박, 고추, 토마토가 얼기 시작하면 우리는 이 채소들 대신 상추, 브로콜리, 케일을 옮겨 심고 겨자와 무씨를 뿌렸다. 10월

1일 우리 밭은 풍성한 결실을 보여 주었으며 8월보다도 더 푸르렀다. 이렇게 채소들이 푸른 까닭은 가을비, 밤 서리, 덥고 습기가 많고 안개 낀 날씨와 관련이 있었다. 해로운 벌레에 대해선 아직도 우리가 모르는 것이 있었다. 이 채소들은 상록수 가지를 듬성듬성 덮어 보호해 주거나 나뭇잎, 마른풀, 짚으로 뿌리를 덮어 주면 폭설이 채소를 덮을 때까지 뜯어 먹을 수 있었다. 그리고 첫눈이 아직 녹지 않았다면 언 양배추 싹, 배추, 케일, 파슬리 따위를 눈 이불 밑에서 기쁜 손으로 파낼 수 있었다. 이처럼 맛있는 채소는 어느 철에도 먹어 보기 힘들었다.

우리는 작은 태양열 온실을 만들어 채소를 가꾸는 기간을 더 늘렸다. 이 온실에서 많은 채소가 겨울을 났고, 봄에 옮겨 심을 다른 것들도 이곳에서 자랐다. 연장 창고의 남쪽 벽 길이가 5미터가 넘었는데, 이것은 온실을 만들기에 충분했다. 연장 창고는 우리의 모든 건물들처럼 돌로 지어져 있었다. 이 남쪽 돌벽에 기대어 거의 수평으로 콘크리트와 나무로 된 구조물을 만들었다. 햇살이 눈부신 따뜻한 겨울날, 난로 같은 것을 따로 들여놓지 않았어도 문을 열어 바깥공기를 들이지 않는 한, 태양열 온실 안은 온도가 섭씨 40도까지 올라갔다.

이곳에다 우리는 셀러리, 토마토, 상추, 그리고 밭에 옮겨 심을 모종들을 기르려고 생각했다. 하지만 10월 어느 날 오크잎 상추를 한 뼘 간격으로 심으면서 온실 농사를 시작했다. 이 상추는 원래 9월 초에 밖에 심어 놓았던 것인데, 10월 초에 온실 구덩이로 옮겨 심었다. 따라서 이 상추는 일찍 내리는 서리에 길들어 있었다. 우리는 1월 초까지 줄곧 이 상추를 뜯어 먹었고, 흘린 땀에 대해 풍성한 보상을 받았다. 이런 식으로 해서 밭에서 싱싱한 채소를 얻지 못하는 겨울철에도 상추를 먹을 수 있었다. 낮은 기온에 난방도 안 되는 온실에서 그렇게 오랫동안 상추가 버틸 수 있으리라고는 상상도 하지 못했는데 말이다.

하지만 더욱 놀라운 일이 일어났다. 1월 초까지 상추를 먹는 데 성공한 그해 봄, 우리는 온실의 원예용 상자 뒤에서 지난해 10월 옮겨 심으려고 가져왔던 상추가 조금 있는 것을 발견했다. 상추는 그때까지도 싱싱하고 튼튼했다. 아, 그렇구나. 우리는 자기도 모르게 속으로 이렇게 말했다.

'이런 모종이 신경도 안 썼던 구석에서 겨울을 날 수 있었다면, 온실의 저 뒤쪽에서도 살 수 있지 않을까?'

다음 해 가을에 그것을 실험해 보았다. 온실 뒤쪽 바닥에서 흙을 조금 걷어 낸 다음, 그 자리에 좋은 퇴비를 손가락 정도 두께로 뿌리고 흙과 가볍게 섞었다. 그리고 밭에서 오크잎 상추 백여 포기를 가져와 일을 시작했다. 그때 키가 5센티미터쯤이었다. 모종이 자라면서 우리는 서리로부터 뿌리를 보호하려고 상추 사이에 나뭇잎을 뿌려 주었다. 이렇게 해서 우리가 상추 모종 가운데 잃은 것은 단 두 포기였다. 상추를 겨울 내내 뜯어 먹었고, 마지막으로 먹은 때가 이듬해 5월이었다. 그해 겨울에는 두 번이나 기온이 영하 32도까지 뚝 떨어졌는데 말이다.

다음 해 겨울에는 오크잎 상추 대신에 십슨 상추를 심어 보았다. 그리고 뿌리를 보호하는 나뭇잎은 뿌리지 않았다. 하지만 결과는 같아서 5월까지 상추를 먹을 수 있었다. 이와 함께 여름 내내 밭에서 자란 골파와 파슬리 모종도 함께 길렀다. 그리고 똑같이 성공할 수 있었다. 겨울 내내 키워서 먹을 수 있는 싱싱한 푸성귀들을 발견한 것이다. 온실의 크기만 넉넉했다면 우리는 겨울 내내 겨자잎, 다닥냉이, 치커리잎,

순무잎 들을 앞에서처럼 길러 먹는 데 성공했을 것이다.

겨울이면 온실 위가 눈으로 덮여 있는 날이 많았다. 그래서 온실에 햇빛이 들어오지 못해 기온이 영하 30도까지 떨어질 때면 종종 상추가 얼어서 뻣뻣해지는 것을 볼 수 있었다. 이런 상추를 뜯어 집으로 가져오면 곧바로 시들어 버렸다. 찬물에 집어넣어도 상추를 다시 살려 낼 수는 없었다. 하지만 상추를 뜯지 않고 온실에 그대로 두었다가 따뜻한 날을 기다려 햇빛을 쪼여 주면 상추는 천천히 녹아 아삭아삭 씹어 먹고 싶은 모습이 되었다.

지금까지 밭농사에 대해 토론한 것은 거의 채소에 관한 것이었다. 하지만 이것들 거의 모두가 꽃이나 과일에도 그대로 적용된다. 꽃 가꾸기에서 크게 성공을 거두려면 채소와 마찬가지로 저마다의 꽃한테 필요한 것을 만족시켜 주어야 한다. 하지만 밭일의 기본은 같다. 흙을 기름지게 해 주면 곡식, 채소, 과일, 꽃을 가릴 것 없이 모든 식물의 질이 좋아진다. 다른 식물들처럼 꽃과 과일도 퇴비를 주고 뿌리를 덮어 주면 그것에 보답하기 마련이다.

우리가 실험 삼아 나무딸기(라즈베리) 농사를 지어서 크게 성공한 이야기를 하고 싶다. 언덕에 나무딸기를 심기로 하고 우리는 길이 2미터쯤 되는 말뚝을 1미터 80센티미터 간격으로 세웠다. 그리고 막대 옆에다 나무딸기 모종을 한두 개씩 심었다. 모종이 자라 줄기가 올라오자 적당히 쳐 주면서 삼끈으로 이 줄기들을 말뚝에 동여맸다. 봄이 오면 싹이 돋기 전에 줄기를 살펴보았고, 약한 줄기는 잘라 내서 줄기 수를 서너 개로 줄였으며, 가슴 높이로 줄기를 쳐 준 뒤 두세 군데를 막대에 묶었다.

그 무렵 우리는 작은 과일을 기르는 농부라면 누구나 부딪치는 큰 문제에 맞닥뜨렸다. 밭에 한해살이 잡초와 풀들이 자라난 것이다. 잡초와 풀이 우거지도록 오랫동안 그대로 둔다면 마침내 딸기 모종이 시들어 버릴 것이다. 잡초를 뿌리 뽑으려고 우리는 딸기 모종의 뿌리를 두껍게 덮어 주고, 밭에 약 15센티미터 두께로 톱밥을 뿌리기로 했다. 그러자 마술 같은 결과가 나타났다. 대극, 야생 나팔꽃, 괭이밥, 뿌리로 번식하는 몇몇 가지를 빼고는 모든 잡초가 정말로 감쪽같이 사라진 것이다.

대부분의 한해살이 잡초는 톱밥 속에서 자랄 수 없다. 나무딸기 줄기는 잎을 죽죽 뻗으며 높이 자랐다. 농약을 치지도 않았는데 나무딸기가 입기 쉬운 병충해를 입지 않았다. 곰팡이와 벌레들이 입힌 피해도 별것 아니었다. 가을마다 밭에 15센티미터 두께로 톱밥을 더 뿌려 주었다. 이렇게 덮어 준 톱밥은 굳어지고, 비바람을 맞고, 지렁이의 활동 무대가 되면서 해마다 두께가 줄어든다. 그다음 해에는 바닥의 흙과 더욱 잘 섞인다. 열여덟 해 동안 이렇게 톱밥을 뿌려 주고 나니, 우리의 나무딸기밭은 비료나 두엄 없이도 지력이 왕성하고 기름진 땅이 되었으며, 잡초도 거의 없이 주변 밭에 있는 딸기보다 더 높이 자랐다. 그렇게 해서 커다란 딸기가 주렁주렁 열렸는데, 아름다운 빛깔과 뛰어난 맛을 자랑했다.

나무딸기밭에서 처음으로 뿌리를 덮어 주는 실험을 한 뒤, 해가 가면서 다른 곡식들에게도 이런 방법을 썼더니 똑같이 성공할 수 있었다.

식물의 뿌리를 덮어 주는 것은 다음과 같은 목적에서이다.

습기 지켜 주기. 잡초가 자라는 것 막기. 몇몇 작물은 흙을 서늘하게 해 주기. 물과 바람이 흙을 쓸고 내려가는 것 막기. 지표면과 그 둘레로 지렁이들을 끌어들이기. 덮은 것이 분해되면서 부엽토와 모종에 더 많은 영양분을 공급하기.

뿌리를 덮는 재료는 돌과 종이에서 시작해 마른풀, 짚, 나뭇잎, 나뭇가지, 대팻밥, 톱밥에 이르기까지 여러 가지가 쓰인다.

뿌리를 덮어 주는 일의 대표 되는 예가 바로 사람의 손길이 닿지 않는 숲에서 일어난다. 숲의 바닥에는 해마다 나뭇잎, 나뭇가지, 줄기, 살아 있는 생물의 배설물과 시체가 쌓인다. 한 해 동안 쌓인 나뭇잎과 잔가지들은 유기물과 섞여 굳어지며, 그러면서 바로 뿌리에게 좋은 영양분이 된다. 여러 해가 지나면서 뿌리를 덮고 있는 물질은 부엽토로 바뀌어, 숲의 흙과 한데 섞인다.

여러 해 동안 곡식들의 뿌리를 덮어 준 결과, 그것이 퇴비를 보완하는 데 반드시 필요하다고 우리는 확신한다. 실험을 하는 동안 여러 가지 곡식의 뿌리에 많은 것들을 덮어 보았고, 그래서 갖가지 성공을 거두었다. 톱밥, 특히 소나무에서 나온 톱밥은 잘 생각해서 써야 한다. 톱밥을 딸기와 감자에 써 보았지만 결과는 신통치 않았다. 옥수수, 콩, 토마토 같은 것들은 뿌리둘레로 따뜻한 햇볕을 받는 것을 더 좋아한다. 이러한 것들의 뿌리를 덮어 주는 것은 문제가 있다고 생각한다.

하지만 본디 차가운 땅에서 번성하는 완두콩과 감자는 뿌리를 덮어 줄 때 아주 잘 자란다. 우리는 몇 해 동안 심는 순간부터 거둘 때까지 감자를 마른풀을 두껍게 덮어서 가꾸었다. 그동안에 풀도 뽑아 주지 않았고 농약도 치지 않았지만 밭에는 잡초도 벌레도 없었고, 감자를 캐낼 철이 되면 땅을 파지 않아도 마른풀을 덮어 준 바로 아래로 감자가 주렁주렁 달려 있었다.

　농사를 지으면서 우리가 전문 분야라고 내세울 만한 일 가운데 스위트피를 가꾸는 것도 있다. 우리는 해마다 적어도 15미터 길이의 밭고랑 두 줄에 스위트피를 심으려고 했다. 버몬트에서 이 일을 시작했을 때, 처음에는 좋은 스위트피를 거둘 수 없었다. 씨앗에서 제대로 싹이 나지 않았다. 또 어린 싹이 나오자마자, 뿌리를 잘라 먹고 줄기에 구멍을 내는 벌레의 공격을 받아 죽어 버렸다. 살아남은 어린 것들도 시들시들했다. 꽃들은 꽃대가 짧고, 크기도 작았으며, 색깔은 흐리고, 냄새도 별로 없었다.

　하지만 한번 기름진 땅이 되자 모든 형편이 바뀌었다. 어린 것들도 튼튼해졌다. 형편이 좋아지자 스위트피는 정말 크게 자랐고, 그래서 꽃을 따려면 발판이나 사다리를 놓고 올라가야만 했다. 이 꽃들은 바닥에서 2~3미터나 되는 높은 곳에 매달려 있는 경우가 많았다. 꽃대는 길었고, 많은 꽃대들이 너덧 개에서 여섯 개까지 꽃을 매달고 있었다. 꽃들은 크고 향긋했으며 색깔은 또렷하고 멋졌다. 우리는 해마다 이렇게 해서 잘 가꿀 수 있었다.

　우리가 한 방법은 간단했다. 땅을 일굴 수 있는 이른 봄이 되면 퇴비를 뿌려 흙과 가볍게 섞었다. 그리고 시간이 천천히 흘러 스위트피가 자라나면 뿌리를 덮어 주었다. 스위트피를 따려고 날마다 앞뒤로 부지런히 돌아다니는 일은 그 덮개를 단단하게 만들어 주기도 했다.

　서리가 심하게 내릴 때까지 해마다 스위트피는 줄기차게 꽃을 피웠다. 우리 꽃은 이웃의 전문 재배자들의 스위트피보다 크기와 색깔 모두 훌륭했다. 9월 초에 스위트피를 한 아름 들고 유기농 회의에 참석한 적이 있었다. 회의에서 연설을 한 윌리엄 이스터라는 사람은 우리가 이렇게 꽃을 잘 가꿀 수 있다는 것과 늦은 철까지도 내내 꽃이 피었다는 사실을 알고는 놀라워하며 기뻐했다. 그이는 우리에게 말했다.

"집으로 돌아가서 스위트피 한 다발을 데이비드 버피 씨에게 보내 주셨으면 합니다. 그분의 씨앗 회사는 스위트피로 이름을 얻었고, 한때 스위트피 씨앗을 아주 많이 팔았지요. 요즘 들어 이 장사가 잘 안 되는데, 회사 사람들 말로는 재배자들이 스위트피로 더 이상 재미를 못 보기 때문이라는 겁니다."

우리는 버피 씨에게 꽃을 보냈고, 칭찬과 고맙다는 말이 담긴 따뜻한 답장을 받았다.

스위트피는 밭에 부엽토가 넉넉할 때 잘 자란다. 흙이 쓸려 내려가거나 영양분이 빠져나가면, 또는 화학비료를 써 흙의 기운이 떨어지면 좋은 스위트피를 가꾸는 것이 어렵거나 불가능하게 된다.

퇴비와 뿌리 덮개는, 지렁이의 활약에 힘입어 척박한 우리 땅을 훌륭한 과일과 채소가 날 뿐 아니라 꽃이 피는 기름진 땅으로 되돌려 놓았다. 자연의 모든 것이 그렇듯 흙 또한 잘못 다루면 영양분을 빼앗기고 힘이 빠져 아무것도 자라지 않는 땅이 되어 버리고 만다. 이런 습관을 뒤집어 엎고 살아 있는 흙을 만들라. 그러면 에덴 동산에서 그랬듯이 온갖 식물이 번성할 것이다.

'뿌린 대로 거두리라'라는 오랜 속담이 있다. 좋은 땅을 일구는 일만큼 이 속담이 잘 들어맞는 곳도 없다.

"제대로 먹는 것이 가장 훌륭한 치료니,
충분히 신경 써서 건강을 지켜야 한다.
자기가 먹는 것조차 통제하지 못하는 왕이
어찌 왕국을 평화롭고 안정되게 통치할 수 있겠는가."

《섭생 Regimen Sanitatis Salernitanum》, 11세기

"내 힘으로 할 수만 있다면, 세상을 되돌리고 싶다. 비록 원시시대처럼 먹을 수는 없지만,
요즘보다 훨씬 건강에 이롭고 절제하는 식생활로 돌아가는 것이다."

존 이블린, 《채식에 대한 짧은 글 Acetaria, A Discourse of Sallets》, 1699년

"두 해에 걸친 실험으로, 나는 이런 외딴 곳에서도 사람에게 필요한 식량을 구하는 일이
놀랄 만큼 어렵지 않다는 것을 알게 되었다. 사람은 동물처럼 간단하게 먹고서도 얼마든
지 건강과 힘을 지킬 수 있다."

헨리 데이비드 소로, 《월든 Walden》, 1854년

무엇을 먹을 것인가

건강은 조화로운 삶을 살아가려는 사람에게 가장 중요한 것 가운데 하나다. 건강할수록 더욱 충만하고 만족스러운 삶을 누릴 수가 있다. 먹고사는 문제를 해결할 방법을 생각하고, 집 짓는 계획을 세우고, 좋은 곡식을 가꾸기 위한 방법을 찾아 나간다 해도, 이 일들이 집을 짓고 농사짓는 사람의 건강에 도움이 안 된다면 아무 뜻이 없을 것이다. 땅에서 좋은 양식을 거두는 일과 훌륭한 먹을거리를 사람 몸속으로 받아들이는 일은 서로 다른 일이다.

버몬트에서 살려고 도시를 떠났을 때 우리 두 사람은 보통 사람들보다 더 건강했다. 그렇다면 뉴욕에서 버몬트의 파이크스 폴스로 이사함으로써 우리는 더욱 건강해질 기회를 가졌다고 말할 수 있을까?

버몬트가 시골이라고 해서 신통한 답이 나오는 것은 아니다. 사람의 수명에 대한 통계를 보면, 버몬트 사람들과 뉴욕 사람들의 건강에는 큰 차이가 없었다. 한 사람 한 사람 우리 골짜기에 사는 이웃들을 관찰해보니 많은 사람들이 소화불량, 심장병, 관절염, 암, 갑상선염, 충치, 정신쇠약 따위에 시달리고 있었다. 버몬트 사람들은 도시 사람들과 거의 같은 기후 속에서 대체로 같은 음식을 먹으며, 비슷한 종류의 여러 가지 스트레스에 시달리며 살고 있었다. 버몬트에서든 어디서든 건강하게 살기를 바란다면, 조화로운 삶의 모든 과정에서처럼 신중하게 그 문제에 맞서야만 하고 문제를 일으키는 원인이 무엇인가를 꼼꼼히 살펴야 한다.

건강이란 무엇인가? 우리는 건강을 어떻게 정의할 수 있는지 많은 의사들에게 물어보았다. 그러면 보통 듣는 대답은 "균형 있고 정상인 몸의 기능" 또는 "병으로부터 벗어나는 것"이다. 그래서 이번에는 병이 무엇이냐고 묻자 이런 대답이 돌아왔다. "건강을 잃어버리는 일."

이렇게 해서 다시 원점으로 돌아오게 되었다. 우리는 한평생 개인 병원을 운영해 온 의사에게서 가장 솔직한 대답을 들을 수 있었다. "건강이 무엇인지 아십니까?" 하는 우리의 물음에 그이는 망설이지 않고 이렇게 대답했다. "물론 모릅니다." 미국의 어떤 의과대학도 건강에 대해 가르치지 않는다는 우리의 지적은 아마 틀리지 않을 것이다.

《브리태니커 백과사전》을 펼쳐 보면 건강에 대한 설명을 읽을 수 있다. 그 내용을 있는 그대로 옮기면 다음과 같다.

"건강: 몸이 튼튼하거나 행복한 상태. 이 상태에서 생물체는 자신의 기능을 가장 잘 수행한다. 그리고 다른 뜻으로는 도덕적 또는 심리적으로 행복한 상태."

브리태니커 사전을 여러 권 훑어보면서, 우리는 병 이름 하나에 대해 아주 길게 설명한 항목이 몇십 가지도 넘는다는 것을 발견할 수 있었다. 그런데 건강에 대한 설명은 단지 몇 줄뿐이었다. 여러 가지 병을 다루는 의학 잡지와 책은 시중에 흘러넘친다. 하지만 그 책들을 넘겨봐도 건강을 폭넓게 다루는 내용을 발견하기란 드문 일이다.

보기 드물게 훌륭한 책이 영국인 의사 G. T. 렌치가 쓴 《건강의 수레바퀴 The Wheel of Health》라는 책이다. 병이라는 주제에 시간을 쏟는 대신 렌치는 이렇게 묻고 있다.

"건강은 무엇인가? 어떻게 해서 사람들은 건강할까? 연구 대상이 될만한 가장 건강한 사람들을 어디서 찾을 수 있을까?"

조사와 연구를 많이 한 끝에 렌치는 인도와 티벳 국경 지대의 작은 골짜기에 사는 훈자족Hunzas이 세계에서 가장 건강하다고 결론지었다. 책의 많은 부분이 그 사람들이 건강한 까닭을 조사한 내용으로 채워져 있다. 렌치는 다음과 같이 말했다.

"병은 오직 좋지 않은 환경에서 사는 사람과 좋지 못한 음식을 먹는 사람을 공격한다. 병을 예방하고 내쫓는 문제는 무엇보다도 먹는 것에 달려 있다. 그다음으로는 좋은 환경에서 사는 것이다. 항생제, 약, 예방접종, 제거 수술 따위는 진정한 문제를 피해 가고 있다. 병은 영양이 모자란 사람이나 동물, 식물에게 위험을 경고해 주는 감지기 노릇을 한다."

렌치가 이야기하는 건강의 수레바퀴란, 건강한 흙으로부터 건강한 식물과 동물로 이어지는 순환과, 다시 이러한 식물과 동물이 흙으로 돌아가는 순환을 말한다. 그리고 거기서 또다시 순환이 시작된다. 이 순환은 높은 차원에서 다시 시작될 수도 있고 낮은 차원에서 시작될 수도 있는데, 그것은 순환하는 동안 땅이 기름진지 아니면 척박한지에 달려 있다.

'건강이 돈'이라는 옛말에는 진실이 담겨 있다. 건강하고 튼튼해야 한다는 것은 중요하고 의심할 것 없는 원칙이다. 우주의 삼라만상과 마찬가지로 사람 또한 행복하려면 건강해야 한다. 사람이 건강을 지키려면 사람이라는 유기체에 고체와 액체(음식과 음료), 공기, 빛, 햇빛, 그리고 모호하기는 하나 여러 가지 다양한 전자기라는 근원, 우주의 에너지를 주어야 한다.

사람의 몸은 주로 물로 이루어져 있다. 사람의 몸속에는 물 말고도 땅에서 나는 열두 가지쯤의 요소가 들어 있다. 그리고 이 요소들은 주로 음식물을 통해 몸 안으로 들어온다. 사람을 구성하는 세포는 조직과 기관이 움직임으로써 끊임없이 닳아 없어지며, 몸속을 도는 피는 몸이 활동하면서 내놓는 폐기물을 허파, 살갗의 털구멍, 배설기관으로 전해 주느라 바쁘게 움직인다. 이처럼 소화기관으로 들어가는 음식은 세포, 조직, 기관을 재건하는 데 쓰이는 물질로 끊임없이 탈바꿈한다.

질로나 양으로나 형편없는 음식을 먹을 때, 사람 유기체를 고치고 재건하는 물질의 양과 질도 떨어진다. 피가 돌면서 세포, 조직, 기관에 전달하는 물질이 어떤 성격을 가졌느냐에 따라 뼈, 근육, 신경 구조의 특징이 달라진다. 이런 뜻에서 사람의 몸은 소화기관과 피의 순환을 거쳐 몸속으로 들어가는 물질로 이루어져 있다고도 말할 수 있다. 이것은 철도와 고속도로를 거쳐 바로바로 공사 현장에 도착하는 건축자재들로 집이 만들어지는 것과 같다.

몸이 제대로 자라고 기능할 것인지 아닌지는 피가 돌면서 공급하는 영양소에 달려 있다. 소화기관으로부터 피의 흐름을 타고 세포, 조직, 각 기관까지 가는 영양소는 몸을 만들고 고치는 물질을 공급한다. 이런 뜻에서 우리는 우리가 먹는 음식 바로 그것이다. 사람은 영양을 얻어 살아가려고 고체와 액체로 된 음식, 물, 공기, 햇빛, 그리고 무어라고 느끼기 어려운 물질과 에너지 같은 것에 의존한다.

이 영양소들 가운데에서도 고체와 액체 음식이 중요한 자리를 차지한다. 심장과 허파처럼 날마다 활발히 움직이는 기관들은 끊임없는 운동으로 지치게 된다. 몇 해 지나지 않아 몸의 중요한 부분들은 낡아 가고 그 폐기물은 몸 밖으로 빠져나간다. 이렇게 지친 조직들을 고체와 액체 음식, 공기, 햇빛 들이 새 조직으로 바꾼다. 음식은 이 과정에서 매우 중요한 일을 한다.

세포, 조직, 기관 들은 저마다 무기질 균형을 이루고 있다. 몸을 구성하는 화학 요소 사이에 알맞은 균형 관계가 이루어져 있는 것이다. 세포마다, 몸의 각 기관마다 그 균형이 다르다. 건강한 몸을 가지려면 피가 돌면서 공급하는 영양소가 이 무기질 균형을 이루어 주어야 한다.

다른 모든 것들이 그렇듯이, 몸을 재건하는 데 성공할 수 있을지는 몸 안에 들어오는 물질의 양과 질, 다양함에 달려 있다. 집을 짓는 건축업자에게는 돌, 시멘트, 목재, 유리, 철물이 필요하듯이 우리 몸에는 단백질, 지방, 탄수화물, 알맞은 비율로 결합된 비타민 말고도 스무 가지가 넘는 무기질이 필요하다. 칼슘, 코발트, 비타민 A 같은 성분들이 한 가지만 없어도 몸 전체는 고통스러운 혼란에 빠질 수 있다. 따라서 음식의 양과 질만으로는 충분치 않다. 음식에 있는 성분이 알맞은 균형을 이루고 있어야 한다.

음식마다 영양에 꼭 필요한 요소들이 서로 다르게 들어 있다. 그러므로 알맞은 영양이 모여 있는 알맞은 음식을 먹어야 균형 있는 건강을 지킬 수 있다. 시장에 가 보면 몇십, 몇백 가지나 되는 서로 다른 먹을거리들이 나와 있다. 아무 정보도 없이 먹을거리를 사는 사람은 갑작스러운 기분, 요란한 상표, 라디오나 잡지의 선전, 싼값에 끌려 잘못된 먹을거리를 살 수 있고, 그래서 식구들의 건강을 해칠 수 있다.

우리는 앞 장에서 사람이 먹는 곡식과 채소의 대부분이 몇 센티미터밖에 안 되는 겉흙의 직접 또는 간접 도움을 받아서 자라난다고 말했다. 건강한 땅은 튼튼하고 건강한 식물을 키우는 데 꼭 필요한 성분들을 포함하고 있다. 서로 다른 식물들은 서로 다른 영양소를 요구하며, 그것들을 먹은 동물과 사람에게 무기물, 비타민, 효소를 골고루 섞어 준다.

그런데 흙의 침식, 곡식 재배, 부적절한 비료 때문에 땅의 건강이 나빠질 수 있다. 땅이 균형을 되찾을 때까지는 그 땅에서 자라난 곡식 또한 균형을 잃은 식물이 될 것이다. 이 식물을 누군가 먹어 그 불균형이 소비자에게 옮겨 간다면, 보통의 기준으로는 '좋은 음식'을 먹었다고 하겠지만, 그 사람의 건강은 결코 좋아지지 않을 것이다.

건강한 땅에서 자란 것이어야 좋은 곡식이며, 아울러 이것을 밭에서 곧바로 가져와 싱싱한 채로 가공하지 않고 그대로 먹어야 한다. 로버트 맥캐리슨 경은 자기가 쓴 책에서 이렇게 말하고 있다.

"싱싱한 음식, 특히 신선한 채소에는 무언가 특별한 것이 있다. 그것은 어떤 에너지일 수도 있다. 다시 말해 광선이나 전기의 속성을 가진 것일 수 있다. 바로 이것 때문에 곡식이 건강에 좋은 음식이 될 수 있다. 지금까지 내가 만든 그 어떤 인공 식품보다도 자연이 준 신선한 음식이 건강에 훨씬 이로운 것이라고 분명히 말할 수 있다."

가장 좋은 땅에서 가꾼 가장 좋은 곡식이라도 일단 가공 과정을 거치면 영양분을 어느 만큼 잃어버린다. 어떤 변화든 그것은 자연식품에 있는 영양분이 줄어들게 한다. 토마토의 껍질을 벗기고, 당근을 잘게 자르고, 밀을 맷돌에 갈고, 완두콩을 삶게 되면 음식의 영양 성분이 사라지며, 화학변화가 일어나고, 비타민이 날아가 버린다. 음식을 말라 비틀어지게 하거나 시들게 하는 것도 비슷한 결과를 가져온다.

자연식품은 건강을 준다. 자연식품은 또 다른 장점을 갖고 있는데 바로 맛있다는 것이다. 가공하지 않은 사과나 체리, 자연 그대로의 완두콩이나 옥수수, 당근, 비트, 무나 순무, 아스파라거스의 줄기, 상추, 냉이, 시금치, 꽃상추, 치커리, 잘 익은 라즈베리, 토마토는 본래의 맛을 그대로 간직하고 있기 때문에 온 정성을 들여서 가공한 음식보다 맛이 있다. 아울러 퇴비로 기른 과일과 채소가 화학비료나 동물의 배설물로 기른 채소보다 맛있다는 사실을 아는 사람은 알 것이다. 퇴비로 기른 과일과 채소가 맛이 부드럽고 순한 데에 견주어 화학비료 따위로 기른 채소는 자극이 강하고, 뻣세며 보통은 쓴맛이 난다.

콩, 완두콩, 옥수수 낟알이나 다른 씨앗들도 자연 그대로의 건강식품이다. 이 씨앗들에는 생명의 씨눈, 다시 말해 영양의 모든 원천이 들어 있다. 알곡을 포함한 모든 씨앗들은 단백질, 기름, 비타민은 물론 생명력을 주는 여러 풍부한 원천을 갖고 있다. 이것은 새로 심은 씨앗이 뿌리를 내리고 새싹을 틔워 스스로 영양을 얻을 수 있을 때까지 씨눈을 키울 수 있도록 자연이 배려한 것이다. 여러 종류의 씨앗들은 덮개, 다시 말해 껍질을 갖고 있다. 그리고 이 안에는 씨앗이 생명의 순환을 시작할 때까지 그 씨눈을 지켜 줄 보호 물질이 포함되어 있다.

또한 씨앗들은 자신이 나중에 이루게 될 식물의 특별한 요구에 맞는 무기질 균형을 갖추고 있다. 이를테면 해바라기씨에는 사람 몸에 필요한 만큼의 칼슘-불소가 들어 있다. 이가 튼튼하기로 이름난 동유럽 사람들은 해바라기씨와 호박씨를 무척 많이 먹는다. 이 사람들은 이로 껍질을 까기 때문에, 알맹이는 물론 껍질에 있는 무기질까지 먹는다.

가공하지 않은 완전한 씨앗은 씨눈 속에 단백질을, 기름에는 지방을, 알맹이에는 녹말을, 보호막인 껍질에는 무기질을 갖고 있다. 따라서 이 씨앗들은 동물의 생명을 오랫동안 지켜 줄 수 있는 완전한 음식이 된다.

사람이 영양을 섭취해 온 역사를 보면, 먹을 것을 찾아내자마자 바로 집어 들고 그 자리에서 먹어 치웠던 때가 있었다. 이것은 새들이 씨앗을 먹거나, 곤충, 토끼, 사슴이 풀과 푸른 싹을 먹고 나서 자리를 옮기는 것과 같은 모습이었다. 이러한 형편에서 동물은 자연 그대로의 식물을 먹고 살았다.

현대인들은 자연 속에 있는 곡식을 바로 얻어 오는 경우가 거의 없다. 도시에서 사는 사람들은 대개 논밭에서 자라는 곡식을 구경조차 해 본 적이 없다. 도시 사람들은 슈퍼마켓에서 요리, 가공, 냉동 보관 따위의 여러 단계를 거친 식료품을 사기 때문에, 그 사람들이 자연 속에 있는 곡식을 바로 가져온다는 것은 있을 수 없다.

도시 학생들에 대한 우스갯소리가 이 사정을 잘 보여 준다. 뉴욕 시내에 있는 어떤 진보적인 학교가 학생들에게 삶의 현장을 보여 주려고 채소 도매시장에 견학을 보냈다. 윤기가 흐르는 비트, 당근, 양배추, 상추, 토마토가 길가에 산더미처럼 쌓여 있고, 트럭이 부지런히 나르는 것을 본 아이들이 감탄사를 터뜨리고 있을 때 교사가 물었다. "너희들은 이렇게 아름다운 과일과 채소들이 어디에서 온다고 생각하니?" 학생들이 한 목소리로 대답했다. "물론 에이앤피A&P(유명한 슈퍼마켓 회사)에서죠."

도시에 사는 사람들은 두 곱의 부담으로 고통받는다. 먼저 도시 사람들은 밭의 신선함을 거의 간직하고 있지 않은 먹을거리를 사다가 먹는다. 게다가 이 곡식들은 대부분 여러 과정을 거치며 가공된 것들이다. 오늘날 슈퍼마켓을 한번 살펴보라. 선반 위에 놓인 상품은 거의가 깡통에 들어 있거나 포장지에 싸여 있다. 곡식을 가공하고, 깡통에 넣고, 곳곳에 배급하는 일은 미국의 가장 큰 산업의 하나가 되었다. 오늘날 슈퍼마켓은 아기 음식에서부터 깡통에 든 개밥, 고양이밥에 이르기까지 없는 것이 없을 정도로 모든 것을 팔고 있다. 미리 요리해서 섞은 뒤 깡통에 넣어 파는 것이다. 마음대로 쓸 수 있는 빈터가 있는 사람조차도 자기네 텃밭에서 기른 곡식보다 깡통이나 포장지에 든 상품을 집는 것이 더 쉽다는 것을 알고 있다. 그 사람은 깡통 따개로 느릿느릿 깡통을 딸 것이다. 그리고 안에 든 음식을 숟가락으로 떠서 냄비에 넣고 데우면, 한 끼 식사가 해결된다.

어린 아기에서 어른이 될 때까지 모든 세대가 이렇게 자라고 있다. 공장에서 가공해 깡통이나 포장지에 넣어 만든 식품을 주로 먹으면서 자란다. 가공업자들은 이 식품들을 깡통이나 포장지에 넣기 전에 먼저 껍질을 벗기고, 갈고, 베고, 얇게 저미고, 부드럽게 만들고, 저온살균하는 따위 갖가지 방법으로 건강에 좋은 성분을 빼앗는다. 소비자들 앞에 놓인 것은 완전한 음식이 아니라, 식품 가공업자들이 완성된 상품에 넣기로 결정한 것만 들어 있는 음식, 다시 말해 무엇인가 중요한 것이 빠져 있는 음식이다.

자본주의사회에서 먹을거리의 어떤 부분을 없애고 어떤 부분은 남길지 결정하게 만드는 중요한 요인은 이윤을 남길 가능성이다. 이윤을 얻으려면 사람들의 눈에 띄어야 하고 사람들의 입맛을 당겨야 한다. 그렇지 않으면 먹을거리를 많이 팔 수 없다. 또한 팔려는 제품은 좋은 품질을 간직한 채로 시장에 나가야 되고, 시장에서 손님이 고를 때까지 가장 보기 좋은 모양으로 무한정 대기하고 있어야 한다. 요리된 음식이 소비자들의 밥상에 오르기까지는 단순히 몇 시간이나 며칠이 아니라, 몇 주, 몇 달이 걸려야 한다.

농산물이 이리저리 돌다가 생산자로부터 소비자에게 가는 동안, 이 농산물을 보존하려면 엄청나게 높거나 낮은 온도가 필요하다. 특히 썩거나 상하기 쉬운, 그래서 상품성을 떨어뜨릴 수 있는 성분은 마땅히 제거된다. 비록 그 성분이 건강에 중요하더라도 말이다. 식료품을 만드는 기준은 시장에서 갖는 상품성이지, 소비자의 건강이 아니다.

곡식을 빻는 것이 알맞은 본보기가 될 것이다. 사람은 지난 오랜 세월 동안 논밭에서 곡식을 털어 껍질째 그대로 저장했다. 잘 말리기만 하면 곡식을 무한정 보관할 수 있었고, 낟알을 덮은 단단한 껍질 때문에 영양소도 거의 잃지 않았다. 하지만 껍질을 벗긴 밀은 그대로 보관할 수 없다. 산화 과정이 이 곡식의 화학 특성을 바꾼다. 낟알에 있는 기름은 썩어 악취를 내거나 날아가 버린다. 그리고 짧은 시간 안에 시큼해지고 곰팡이가 핀다. 그러므로 가장 좋은 상태에서 빵을 만들려면, 빵을 만들기 바로 전에 껍질을 벗겨 밀가루를 빻아야 한다. D. T.

퀴글리 박사는 《국가적인 영양실조 The National Malnutrition》라는 책에서 이렇게 말하고 있다.

"제분과 제빵에 대한 규칙은 다음과 같아야 한다. 어느 빵집이든 빵을 굽는 그날 아침에 바로 그 빵집에서 기술 좋은 제분업자가 밀가루를 빻아야 한다. …… 집에서 쓰려고 한다면 신선한 밀가루를 우유처럼 날마다 배달시킬 수도 있을 것이다."

거대한 사업체가 제분 산업에 뛰어들면서, 투자한 것에 대한 이윤을 확보하기 위해 머리를 짜냈다. 첫 번째 단계는 비용을 줄이는 방법을 찾아내는 일이었다. 농작물 이용에 대한 정부 보고서에 이것에 걸맞는 표현이 나온다. "더 싸게 만든 제품을 더 좋은 제품처럼 보이게 하려고."

두 번째 단계로 그 사람들은 밀가루를 '정제'하고, '밀가루를 부드럽게 하는 따위 잘 팔릴 만한 성질을 덧붙였으며', 조금만 씹어도 삼킬 수 있는 더 가벼운 빵과 과자를 만들려고 '밀가루 입자를 더욱 작게 만들기' 시작했다. 그리고 곡식 낟알에서 씨눈과 껍질을 없앴다. 이와 함께 기름, 단백질, 무기질도 함께 사라졌다.

세 번째로 이 사람들은 희게 보일수록 더 깨끗하거나 고급이라고 생각하면서 밀가루를 희게 만들었다. 이렇게 하면 밀가루 안에 있는 생명력 있는 것들을 완전히 없앤다는 또 하나의 장점이 있었다. 이제 밀가루는 화학작용을 일으키지 않게 되어 더 이상 썩지 않는다. 이 사람들은 염소 같은 화학물질을 써서 밀가루를 표백했으며, 그러면 밀가루는 살균되어 죽은 흰색이 되었다.

네 번째로 요즘에는 제분 과정에서 고속의 금속 기계가 밀가루를 가열하여 남아 있는 모든 영양소를 빼앗는다.

다섯 번째로 이번에는 밀가루에 대체 물질, 다시 말해 '합성 화학약품'을 다시 집어넣음으로써 '영양을 풍부하게' 만든다. 이렇게 하는 까닭은 가공 과정에서 영양에 꼭 필요한 요소들을 제거하기 때문이다. 다시 한번 정부 보고서를 보자.

"많은 밀가루와 빵에는 인, 불소, 규소, 백반(황산염), 니코틴산, 브롬산칼륨과 그 밖에도 스무 가지가 넘는 다른 독성 약품이 들어 있다. …… 빵집에서 만드는 빵도 다른 많은 가공식품들과 똑같기 때문에 소비자들의 돈뿐 아니라 건강까지 희생시켜 가면서, 화학약품과 그 대체 물질을 만들어서 먹고사는 사람들에게 많은 이익을 준다."

제분이 식품 가공의 끔찍한 예처럼 들릴 수도 있다. 하지만 이 예는 많은 것 가운데 하나일 뿐이다. 우리가 제분에 대해 꽤 자세하게 설명한 데는 까닭이 있다. 그것은 오늘날 서구인들이 색깔도 맛도 생명도 없는 흰 밀가루로 자기들이 먹는 음식의 대부분, 곧 빵, 크래커, 국수, 케이크, 과자를 만들어 먹기 때문이다. 퀴글리 박사의 보고대로 "뉴욕 시로 들어오는, 비타민이 제거된 밀가루 제품은 사람들이 먹는 전체 음식의 55퍼센트를 차지한다"고 말할 수 있다.

현대에 들어와서 어떤 장사치들은 이윤을 얻으려고 일부러 사람들을 무기력하게 만들고, 약품과 독극물을 먹이기까지 한다. 요즘 같은 시대에 일부러 독살한다고 말하는 것이 우습게 들릴지도 모르겠다. 사람들은 음식에 독극물을 넣는다고 하면 중세 시대 집안싸움이나 야만스러운 전투, 아니면 한 순간에 끓어 오르는 분노와 시기로 앙심을 품는 경우를 떠올린다. 하지만 연구 결과는 이런 일들이 중세 시대보다 오늘날에 더 많이 저질러지고 있음을 보여 준다.

백과사전에는 독극물이 이렇게 설명되어 있다.

"본디 해로운 성질을 갖고 있어서 생명체 안에 들어왔을 때 생명을 파괴하거나 건강을 해치기 쉬운 물질."

따라서 생명을 파괴하거나 건강을 해치기 쉬운 어떠한 식품도 독극물 명단에 오를 수 있다. 이 낱말 풀이를 마음에 새기면서 미국에서 생산되어 팔리고 있는 식품과 관계된 몇 가지 사실을 간단히 살펴보자.

첫째, 표백된 흰 밀가루, 흰 설탕, 껍질을 완전히 벗겨 버린 쌀 같은 가공식품은 건강에 해롭다. 흰 밀가루 제품은 장 기능을 떨어뜨리고, 신경중추를 약하게 한다. 흰 설탕은 이빨을 상하게 한다. 껍질을 완전히 벗겨 버린 쌀은 각기병을 일으키며, 다른 결핍성 병을 일으킨다. 흰 밀가루, 흰 설탕, 흰 쌀로 만든 파이, 케이크, 쿠키, 크래커 같은 제품들은 사전의 낱말 풀이를 생각한다면 마땅히 독극물로 분류해야 한다. 베이킹소다와 베이킹파우더, 그리고 일반 소금도 독극물의 정의에 포함되는 제품이다. 그리고 자극성 있는 양념과 소스도 마찬가지다.

둘째, 미국의 식품 가공업자들과 포장업자들은 음식을 물들이고, 맛있게 하고, 오래 보존하려고 몇백 가지의 화학약품을 쓰고 있다. 식료품 가게에 가서 여러 가지 음식 포장에 붙어 있는 상표를 검토해 보면, 거의 모든 가공업자들이 이런 행동을 한다는 것을 금방 알 것이다. 우리는 얼마 전에 슈퍼마켓을 둘러보면서 빵, 파이, 마가린, 깡통 제품, 아침밥으로 먹는 간이 음식, 푸딩, 치즈, 사탕, 탄산음료 따위 몇십 가지 제품에 '썩지 않도록' 다음과 같은 화학 성분을 넣었다는 표시를 발견했다. 이초산나트륨, 인산나트륨, 구연산, 염화칼슘, 프로피온산칼슘, 황화칼슘, 시클라메이트 칼슘, 안식향산나트륨, 이인산, 이산화황, 소르비톨, 프로필렌글리콜…….

우리 두 사람은 이렇게 무시무시한 이름들이 식품과 우리에게 어떤 영향을 미치고 있고 앞으로 또 어떤 영향을 미치게 될지 알고 있었을까? 아마도 몰랐던 것 같다. 그러면 이 글을 읽는 분들은 알았을까? 여러분들도 잘 몰랐을 것이다. 그러면 가공업자들은 알고 있었을까? 역시 몰랐을 것이다. 이 성분들은 사람 몸에 그다지 해가 없을 수도 있고, 대단한 독성을 갖고 있을 수도 있다. 정부 보고서는 다음과 같이 말하고 있다.

"현행법이 국민의 안전을 지키는 데 충분치 않다는 것은 미국식품의약국FDA 대표의 다음과 같은 증언에서 잘 나타난다. 오늘날 식품용으로 쓰이는 704가지 화학약품 가운데 단지 428가지만이 안전하다는 것이 확실하다. …… 연방 식품 의약품 화장품법은, 소비자들에게 팔려는 식품 속에 위험한 화학약품을 넣는 것을 효과 있게 막지 못하고 있다. 왜냐하면 이 법은 오직 주들 사이에 거래가 오가는 식품에만 적용되기 때문이다. 따라서 이 법은 소비자들에게 큰 피해를 줄 수도 있다. 그리고 식품에 들어간 화학약품이 안전한지 어떤지 미리 과학적으로 결정을 내려야 한다는 내용도 없다. 하지만 그런 조치를 내려야 피해를 막을 수 있다."

분명한 것은 적어도 200가지가 넘는 화학약품에 대해서는, 그것이 사람 몸에 어떤 영향을 미치는가를 제대로 연구한 적이 없었다는 사실이다. 이런 약품들이 식품을 보기 좋게 만들고 음식을 맛있게 하고 더

디 썩게 만든다면, 화학약품 제조업자와 식품 가공업자와 소매상들은 자기들의 이익을 위해 그 약품들을 계속 쓸 것이다. 오직 소비자들만이 이런 식품이 건강과 행복에 미치는 결과에 대해 관심을 가질 뿐이다. 다음과 같은 정부 보고서는 이 문제를 잘 파악하고 있는 듯하다.

"식품을 생산, 가공, 보존, 포장하는 과정에서 갈수록 더 많은 화학약품을 넣기 때문에 국민 건강에 심각한 문제가 일어나고 있다."

셋째, 여전히 또 다른 방법으로 음식에 독극물이 들어가고 있다. 거의 모든 과일과 상추, 셀러리, 양배추같이 잎이 많은 채소에는 곰팡이와 해충을 막으려고 비소, 수은, 구리, 유황 또는 다른 여러 물질을 뿌린다. 아무리 조금이라도 이것들을 먹으면 몸에 해로울 수밖에 없다. 그리고 많이 먹거나 오랫동안 먹으면 병에 걸리거나 죽게 될 것이다. 사람들은 점점 이런 위험을 깨닫고 있지만 어떤 것으로도 이런 독성을 씻어 낼 수는 없을 것이다. 이 독극물들은 오래 지속되도록 만들어진 것들이다. '디디티DDT의 놀라운 지속 효과'를 광고하는 다음과 같은 구절을 읽어 보라. "그놈들을 잡아 죽인다." "새로운 살충제와 살균제는 독성이 강하며, 효과가 오래 지속된다. 이것이 바로 신제품이 좋은 까닭이다."

정부 보고서는 다시 한번 우리에게 이렇게 경고한다.

"사람들은 흔히 가게에서 어떤 물건을 사면서 그것이 안전한 게 틀림없다고 느낀다. …… 주부들은 흔히 가게에서 살 수 있는 살충제, 곧 디디티, 클로르데인, 셀레늄 따위 많은 화합물들에 죽음으로 이끄는 독성이 있으며, 따라서 무척 조심해서 써야 한다는 것을 깨닫지 못한다. 셀레늄은 셀레늄 화합물의 형태로 살충제에는 기본으로 쓰이는 중금속이다. …… 우리는 동물실험으로, 셀레늄이 백만분의 3쯤만 들어 있는 음식을 먹어도 간경화가 일어나고, 계속해서 먹으면 간암으로 발전할 수 있다는 사실을 알게 되었다. 셀레늄 화합물을 과일이나 채소에 뿌렸을 때, 그 가운데 많은 양이 그대로 남는다. 예를 들어 씻지 않은 사과에는 셀레늄 화합물이 백만분의 1쯤 들어 있다. 또 이 살충제는 사과 껍질을 뚫고 들어갈 수 있기 때문에 백만분의 3쯤까지 사과 속에 들어 있을 가능성도 있다."

또 다른 정부 보고서를 보라.

"페닐 수은 화합물은 살충제로서 과일과 채소에 매우 폭넓게 쓰이고 있다. 이 화합물을 연구 조사한 것을 보면, 이것이 콩팥에 쌓이며, 독성이 아주 강하다는 것을 알 수 있다. …… 음식에 디디티를 백만분의 5쯤만 넣어 쥐에게 먹이면, 약하지만 분명히 간에 손상이 일어난다는 실험 결과가 있다.

최근에는 디디티를 뿌린 젖소만이 아니라 디디티가 뿌려진 목초를 먹거나 심지어 디디티가 뿌려진 축사에서 사육되는 젖소의 지방에도 디디티가 쌓여, 마침내 우유로 나온다는 사실이 밝혀졌다. 조심스럽게 상황을 통제한 실험에서, 낙농업자들이 보통 하는 것처럼 낙농 축사에 디디티를 뿌렸다. 하지만 소에게는 전혀 뿌리지 않았다. 24시간 안에 젖소의 우유에서 디디티가 나왔고, 약 48시간 뒤에는 백만분의 2라는 최고 수치에 이르렀다.

클로르데인은 집은 물론 꽤 여러 가지 과일과 채소에 쓰기를 권하는 약품이며, 실제로 쓰이고 있는 염소화 탄화수소 살충제이다. 미국 식품의약국 약리학 분과 국장은 클로르데인이 디디티보다 네다섯 배나 독성이 강하며, 따라서 자기는 클로르데인이 남아 있는 음식이라면 무엇이든 먹고 싶지 않다고 증언했다."

《사이언티픽 아메리칸 The Scientific American》에는 독약 구실을 하는 히드라진을 다룬 논문이 실린 적이 있다.

"말레산 히드라진은 저장된 양파와 감자에 싹이 돋는 것을 막으려고 점점 더 많이 쓰이고 있다. 이것은 또한 서리의 위협이 물러갈 때까지 과일나무에 꽃이 피는 것을 억제하기도 할 것이다."

따라서 이제 많은 사람들이 즐겨 먹는 겨울 채소 두 가지가 독성 약품으로 오염될 수 있다.

넷째, 음식을 가공하고, 화학약품과 독극물을 넣어 만드는 것 말고도 식품 산업은 카페인, 콜라 열매 추출물, 니코틴, 알코올과 같은 습관성 약재가 들어간 여러 제품을 전국으로 광고하면서 팔고 있다. 이 모든 약재들은 사람 몸에 얼마 만큼씩 해로운 독성을 지니고 있으며, 다음 세대의 건강과 행복에도 불길한 그림자를 드리운다. 니코틴과 알코올이 들어간 제품을 사느라 미국에서만도 소비자들이 한 해에 100억 달러 넘게 쓰고 있다.

독극물과 화학약품을 넣고 가공한 식품들은 영양부족을 일으킨다. 영양이 부족한 식품은 아무리 많이 먹어도 영양의 균형을 이룰 수 없기 때문이다. 불완전한 영양은 몸의 건강과 정서의 안정, 그리고 정신의 능력에 당장 영향을 미친다. 몸 안에 들어온 독극물은, 머리가 무겁고 나른한 느낌에서부터 두통, 변비, 배탈은 물론이고 더 심각한 병을 잇달아 일으킨다. 문제는 그것만이 아니다. 질서가 깨진 몸의 원인을 발견하는 대신 끊임없이 약물에 빠져드는 미국의 몇백만 남자, 여자들을 생각할 때 문제는 더 심각하다.

더욱 중요한 것은, 불완전한 영양 상태로 오랜 세월을 지내면 마침내 병에 걸려 죽게 된다는 것이다. 공중 위생국 장관의 최근 보고서는 미국 성인 2천800만 명이 병 때문에 신체장애를 겪고 있다고 추정했다. 이들 환자의 4분의 1은 관절염으로 고통받고 있다. 공중 위생국 보고에 따르면 미국인의 사망 원인 가운데 절반이 심장병이고, 7분의 1이 암이다. 그다음이 순환계 병과 당뇨병 따위다. 접촉이나 간접전염으로 얻는 병은 얼마 되지 않는다. 한마디로 미국인은 생명을 지키는 데 반드시 필요한 조직과 기관이 쇠약해져서 고통받고 있다. 이 모든 것이 좋지 못한 음식을 먹어서 조직이 쇠약해진 것이라고 생각할 만한 충분한 까닭이 있다.

독성분을 넣은 가공식품을 먹고 습관성 약물을 점점 많이 쓰는 것이 점점 여러 연령층의 사람들이 퇴행성 병을 앓고 있는 것과 어떤 관련이 있는지 토론이 많이 벌어지고 있다. 암을 노인들의 병이라고 생각한 것이 겨우 몇 해 전 일이다. 오늘날 암은 어린아이까지 공격해 들어가고 있다.

불완전한 영양이 몸을 쇠약하게 만든다는 가정을 뒷받침해 주는 증거가 또 있다. 독성분이 들어간 현대의 가공식품을 결코 맛보지 못한 문명 이전의 미개인들은 현대인들을 괴롭히는 퇴행성 병에 절대로 걸리지 않았다. '세상에서 가장 건강한 사람들'에 대한 렌치의 연구, 앞서 말한 《건강의 수레바퀴》라는 책에 나오는 쿨루 계곡에 사는 훈자족, 카슈미르인, 인도인에 대한 연구도 그렇고, J. I 로데일이 쓴 《건강한 훈자족 The Healthy Hunzas》과 웨스턴 프라이스의 《영양과 몸의 퇴화 Nutrition and Physical Degeneration》 같은 책은 그 건강한 부족들이 서양인들의 음식을 먹기 시작할 때 우리와 똑같은 병에 걸린다는 사실을 잘 보여 주고 있다.

퀴글리 박사는 《국가적인 영양실조》에서, 백인과 음식물을 주고받기 전에는 건강과 장수를 누렸던 캐나다 북서 지역의 인디언에 대해 말하고 있다.

"그 사람들은 한때 알코올에 그랬던 것처럼 앞뒤 가리지 않고 백인 음식에 빠져들었다. 그리하여 관절염, 결핵, 충치가 많아졌고, 목숨은 짧아지고 일하는 힘도 떨어졌다. 하지만 백인의 음식을 맛보지 않은 오지의 인디언들은 건강하게 살고 있었다. 그 사람들은 결핵은 물론 앞에서 말한 병들에도 걸리지 않았다."

음식을 가공하고 음식에 독성분과 약품을 넣는 사업을 벌이고 있는 사람들과 회사는 엄청난 돈을 벌었을지 모르지만 현대인들의 건강은 날로 나빠지고 있다. 도시 사람들이 돈을 아무리 많이 벌어 그 돈으로 좋은 음식을 많이 살 수 있더라도, 어떤 음식을 어떻게 먹을지 깊이 신경을 써야만 앞으로 일어날 위험을 피할 수 있다. 시골 사람들조차도 유기농법으로 곡식을 기를 수 없다면, 또한 식품을 가공하는 일과 식품에 독성분을 넣는 일을 최소한으로 줄이지 못한다면, 또는 화학 독성분이 없는 신선한 자연식품을 어디서 구해야 하는지조차도 모른다면, 이러한 위협에 꼼짝없이 희생당할 것이다.

이 장 앞에서도 말했듯이 영양이 모든 사람의 건강, 행복, 능력을 결정하는 빼놓을 수 없는 요소라고 우리 두 사람은 믿는다. 또한 식품 가공업자, 약 제조업자, 제약 회사가 광고, 홍보, 로비 따위로 '대중과 관계 맺기' 위해 엄청난 돈을 쓰는 것이 현대인 모두의 건강에 매우 나쁜 영향을 미치고 있다고 우리는 확신한다. 우리가 도시를 떠나 시골로 간 중요한 까닭 가운데 하나는 식품을 가공하고 거기에 독성분을 넣어서 우리의 건강을 위협하고 있는 현실을 깨달았기 때문이다. 그래서 우리 스스로를 지키기 위해 떠나기로 결심한 것이다.

우리가 내놓은 문제의 해결책, 다시 말해 자기가 먹을 음식을 손수 가꾸어 먹는 방법을 따르더라도, 나머지 몇백만 미국인들이 여전히 식품 산업의 힘없는 희생자로 남기 때문에, 이것이 혼자만의 해결 방법이라는 것을 우리도 인정한다. 이것에 대한 답으로 두 가지를 말하고자 한다.

첫째, 한 사람이나 한 집안이 이런 사정을 깨닫고 고쳐 나가려는 작은 발걸음을 내디딜 때마다, 그 사람이나 그 집안은 물론 그 사람들을 보고 영향받은 사람들은 조금이라도 달라지게 된다.

둘째로 말하려는 것이 더욱 중요하다. 지금은 적은 수의 사람들만이, 음식을 가공하고 음식에 독성분을 넣는 따위의 위협에 대항하여 행동하고 있지만, 결심만 확고하다면 많은 사람들이 적어도 다음과 같은 일을 할 수 있다고 우리는 생각한다.

하나, 자기 땅이 없으면 땅을 빌려서라도 제대로 된 유기농법으로 자기가 먹을 것을 조금이라도 기른다.

둘, 더 많은 사람들이 유기농법으로 지은 자연식품을 찾게 만들어 생산을 늘리고, 그래서 더 많은 사람이 먹을 수 있게 한다.

셋, 화학약품을 넣고, 가공하고, 포장해서 시장에 내놓고 파는 식품 대신에 자연식품을 사서 집에서 요리해 먹는다.

로데일은 《예방 Prevention》이라는 잡지에서 슈퍼마켓에 숨어 있는 위험을 깨닫고 있는 사람들을 위해 한 가지 힘있는 제안을 하고 있다.

"만일 식구들의 압력이나 무슨 사정 때문에 어쩔 수 없이 화학약품, 색소, 방부제, 조미료를 넣어 가공한 듯한 식품을 사야만 한다면, 생산자와 가공업자에게 편지를 써서 이러이러한 제품에 위와 같은 것이 들어 있는지 물어보는 글을 보내라. 그 사람들에게 정중하지만 단호하게 화학약품이 들어간 제품을 먹고 싶지 않다고 말하고, 이제 곧 의회에서 식품에 약품을 넣는 것을 금지하는 법안을 놓고 토론할 예정이라고 알려 주라. 그리고 이 법안이 통과되기 전에 한 걸음 앞선 자세로 자기 제품에서 화학약품을 자진해서 빼는 식품업자가 되라고 말하라. 곰팡이가 피는 것을 막으려고 방부제를 넣은 빵보다는 곰팡이가 필 수 있는 빵을 더 좋아한다고 아주 단순하게 말하라. 염색된 오렌지보다는 자연색 그대로인 오렌지를 더 좋아한다고 말하라. 맛이나 색깔이 어떻든 간에 인공 조미료나 색소가 들어가지 않은 음식을 더 좋아한다고 말하라."

한마디로 말해, 불완전한 영양에 대한 우리의 해결책이 단순히 우리만의 것은 아니다. 다가오는 성장의 계절에, 마음만 먹는다면 수많은 집들이 신선하고 독성이 없는 자연식품을 풍성하게 가꾸는 일을 시작할 수 있으며, 그래서 건강한 몸으로 오래도록 살 수 있을 것이다.

해마다 농사를 짓는 5월에서 10월 사이에 우리는 유기질비료로 곡식을 기르고, 그것을 먹고 더욱 건강해졌다. 그러자 다음 질문이 꼬리를 물고 일어났다. 이렇게 신선하고 맛있고 건강에도 좋은 음식을 어떻게 하면 사철 내내 먹을 수 있을까?

버몬트에 겨울이 오면 11월에서 4월까지 온 땅이 꽁꽁 얼어붙었다. 우리가 유기질비료로 기른 곡식을 이 기간에도 먹고 싶다면, 그것을 보관할 방법을 찾아야 했다. 우리의 단순한 생활 속에는 아이스박스나 냉장고, 냉동 시설이 없었다. 우리는 원하는 때 원하는 음식을 주지만, 전기 걱정할 필요도 없고 커다란 기계를 살 필요도 없는 다른 방법을 생각해 보았다.

우리는 채소가 겨울을 날 수 있도록 채소 구덩이, 다시 말해 저장소를 만들 작정이었다. 먼저 땅에 구덩이를 파서 나뭇가지, 나뭇잎, 짚을 덮어 두고, 공기가 통하도록 구멍을 뚫어 놓았다. 추운 날이 이어지는 겨울에는 이런 조치가 효과가 있었다. 하지만 날씨가 얼었다 녹았다 하는 겨울에는 효과가 줄어들었다. 채소들이 썩곤 했다.

마침내 지하실에 식품을 저장하기로 마음먹었다. 집을 지으면서 우리는 지하실을 세 개 만들었다. 첫 번째 지하실은 우리가 사는 집 부엌 밑에 있었다. 집을 지으면서 이 지하실을 팠는데 단풍 시럽, 잼, 주스, 그리고 과일과 채소를 당장 쓸 수 있도록 그곳에 저장해 둘 생각이었다. 지하실은 물건을 아주 오래 보관할 수 있을 만큼 서늘하지는 않았다. 왜냐하면 이 지하실은 단지 나무판자를 두 겹으로 붙인 바닥을 사이에 두고 부엌 아래 있었기 때문이다.

더 오래 채소를 저장할 수 있는 곳은 나중에 손님들의 사랑채가 된 작업실 아래 있는 지하실이었다. 이 지하실 위쪽에 있는 방에서 불을 피우는 일은 가끔씩만 있을 뿐이었다. 지하실 온도는 영하 7도까지 내려갔으며, 겨울에 된서리가 내린 밤에는 더 내려갔다. 이 지하실에는 바위층 아래로 흐르는 샘이 있었다. 흐르는 물은 지하실 온도를 일정하게 유지하고, 공기를 축축하게 하는 데 도움이 되었다. 바닥에는 거친 자갈을 깔아 바닥으로 그냥 물이 흐르게 두었다. 하지만 완전히 물이 빠지도록 배수 시설을 마쳤다. 우리는 이 지하실에 선반과 저장통을 만들어 두었다. 저장통은 깊이가 30센티미터, 폭이 1미터쯤이었다. 이 저장통에 단풍나무 잎사귀를 많이 쏟아 넣었다. 가을에 처음으로 잎이 떨어지면 마르고 더러워지기 전에 모아 두었다. 뿌리채소와 과일은 가랑잎으로 쌌다. 먼저 가랑잎을 한 층 깔고 그 위에 채소를 놓았으며, 다시 가랑잎을 깔고 채소를 놓았는데, 통이 가득 찰 때까지 그렇게 했다. 그리고 마지막 층에는 꽤 두툼하게 잎사귀를 놓았다.

모든 것이 계획대로 잘 되고 있었다. 감자, 당근, 비트, 순무, 셀러리 뿌리, 사과. 원할 때마다 우리는 맨 위의 잎을 헤치고 단단하고 아삭아삭한 채소들을 꺼냈다. 가랑잎들은 서리가 생기는 것을 막아 주고, 공기 때문에 채소와 과일에 있는 수분이 증발하는 것을 막았다. 거의 해마다 우리는 당근, 비트, 양파, 순무, 감자와 사과 따위를 가을에 저장한 뒤 이듬해 7월까지 이 지하실에서 꺼내다 먹었다. 그리고 꽤 여러 가지 채소를 8월까지도 계속 보관할 수 있었다. 노아 웹스터는《매사추세츠의 곡식 창고 The Massachusetts Agricultural Repository and Journal》라는 글에서 이렇게 말했다.

"나는 내가 가꾼 싱싱한 과일을 한 해 내내 먹는다."

웹스터는 가랑잎을 많이 얻을 수 없는 사람들을 위해, 봄에 먹을 음식을 보존하는 독특한 방법을 알려 주고 있다. 그이는 마른 모래를 켜

켜이 쌓는 방법을 쓰라고 권한다.

"이런 식으로 저장할 때 뛰어난 장점은 다음과 같다. 첫째, 모래는 사과에 공기가 닿지 않도록 막아 준다. 둘째, 모래는 사과에서 수분이 빠져나가는 것을 막아, 맛을 온전히 간직하게 해 준다. 또 사과에서 나오는 모든 수분이(어느 정도의 수분은 조금 있을 수 있는데) 모래에 모두 흡수된다. 따라서 사과를 습기 없이 보관할 수 있고, 곰팡이가 피는 것도 완전히 예방할 수 있다. 오뉴월에 내 손에 들고 있는 사과는 처음 땄을 때만큼 신선했다. 꼭지도 나뭇가지에서 바로 딴 것처럼 보였다. 셋째, 모래도 가랑잎처럼 서리와 부패를 막아 준다."

지하 저장실이 양배추를 보관하기에는 너무 축축하다는 것을 안 우리는 더 높은 곳에 흙으로 바닥을 깔고 저장용 지하실을 또 하나 만들었다. 이것은 온실 뒤켠 연장 창고 밑이었다. 먼저 콘크리트 지하실 벽에 나무판자를 둘러댄 뒤 30센티미터 간격으로 못을 박았다. 그리고 양배추를 뿌리째 뽑아서 끈으로 묶어 지하실 벽에 돌아가며 거꾸로 매달았는데, 서로 붙지 않도록 조심했다. 이 방식으로 이듬해 5월까지 양배추를 웬만큼 싱싱하게 보관할 수 있었다.

또 이 지하실을 셀러리와 셀러리 뿌리, 파슬리 뿌리를 저장하는 데도 썼다. 된서리가 내리기 전 축축한 구시월의 어느 날 이 채소들의 뿌리를 뽑으면 흙이 많이 달라붙어 있곤 했다. 그것들을 공기가 통하도록, 바닥이 새는 낡은 수액 통에 네다섯 뿌리씩 넣은 뒤 뚜껑을 덮고 지하실 흙바닥에 나란히 세워 놓았다. 형편만 좋다면 셀러리는 두 달 동안 변하지 않을 것이다. 된서리가 처음으로 내리기 바로 전에 밭에서 셀러리를 뽑아 온다면, 크리스마스와 설날 밥상에서 셀러리 맛을 볼 수 있다.

꽃상추, 에스카롤, 배추도 이것과 비슷한 방법으로 저장하면 8주까지는 싱싱함을 지킨다. 우리는 오래된 단풍나무 수액 통에 치커리 뿌리를 넣고 흙을 덮어 놓아서, 겨울 내내 치커리 잎이 자라게 했다. 조금만 신경을 쓰면 골파와 파슬리 모종도 봄까지 계속 키울 수 있었다. 겨울 호박도 이 지하실에 보관했다. 우리 지하실은 좀 건조하긴 했으나 그렇게 서늘하지는 않았다. 우리의 목적에는 너무 덥지 않은 다락이 더 좋을지도 모른다.

이렇게 여러 저장 방법을 가지고 우리는 한 해 내내 신선한 음식을 얻을 수 있었다. 분명한 것은 겨울 동안, 가공하지 않은 자연식품을 만족스럽게, 또한 믿음직스럽게 제공해 준 곳은 밭이 아니라 태양열 온실이었다. 다른 고장의 기후는 이곳 버몬트보다 지독하지 않으므로 더 효과 좋은 저장 방법을 생각해 낼 수 있을 것이다.

이런 습관에 익숙지 않은 독자들은 우리가 양배추, 감자, 파스닙 같은 것을 기나긴 겨울 내내 먹으면서 질리지 않았는지 물을 것이다. 우리의 대답은 "아니오"이다.

우리는 밭에서 난 곡식과 채소를 몇 가지로 나누었다. 먼저 거두자마자 바로 먹는 여름작물로 완두콩, 옥수수, 상추 같은 것이 있다. 여름작물은 말리거나(완두콩과 콩) 깡통에 넣어서(딸기와 토마토) 겨울까지 계속 보관할 수도 있다. 그리고 양배추, 감자, 순무, 호박 같은 가을작물이 있다. 이 가을작물은 여름에는 거의 먹지 않았다. 양배추를 예로 들어 보자. 우리는 여름 양배추, 다시 말해 조생 양배추는 아예 심지도 않았다. 양배추 씨앗은 5월 말이나 6월 초쯤 심었는데, 무와 겨자를 뽑아낸 밭고랑에 여러 줄을 심었다. 양배추는 10월이나 11월 초에 뽑을 때까지 계속 자랐으며, 이때가 되면 뽑아서 저장했다. 그런 식으로 11월 말이나 12월 초 함박눈이 내릴 때까지 계속해서 상추, 셀러리, 콜라드, 케일, 브로콜리, 냉이, 에스카롤, 배추를 뜯어다 먹을 수 있었다(이런 채소들은 서리를 잘 견디는 힘이 있다).

거의 한 해의 마지막 날까지 우리는 이렇게 싱싱한 밭 채소들을 먹었다. 그때가 되어서야 비로소 양배추, 순무, 겨울 호박, 감자, 양파에 눈을 돌렸다. 밭에서 가꾼 다른 모든 것처럼, 우리는 채소들을 제철에 먹었으며, 그리고 그 기간이 그닥 길지 않았으므로 지하 저장실에서 겨울 채소를 꺼내 먹는 일에 결코 질리지 않았다. 존 이블린은《프랑스의 텃밭 The French Gardiner》에서 이렇게 자랑하고 있다.

"한겨울에 예쁘고 상태가 좋은, 정말 처음 땄을 때보다 더 먹음직스러운 과일을 보는 것만큼 기분 좋은 일은 없다. 당신은 그 과일에서 말할 수 없는 기쁨과 만족스러운 맛을 느낄 것이다. 실제로 과일이 아주 많이 나는 여름철보다도 이때가 더 맛있는데, 사실 여름에는 과일을 먹으면서 기분이 좋기보다는 질리게 된다. 그래서 겨울 내내 과일을 저장하는 가장 틀림없고 확실한 방법을 당신에게 가르쳐 주고 싶다. 겨울이 아무리 길더라도 새 과일이 나와 이전 과일이 필요 없을 때까지 오래 저장하는 법을 알려 주려는 것이다."

말이 난 김에 겨울에 먹는 채소를 한 가지 더 말해야겠다. 이것은 아주 중요한 채소로, 싹이 난 씨앗이다. 동양인들은 싹이 난 콩을 지금까지 훌륭하게 쓰고 있다. 집에서 닭 같은 집짐승을 키우는 사람들은 닭에게 주려고 귀리에 싹을 틔운다. 우리는 콩, 완두콩, 밀에 싹을 틔우는 데 성공했다. 싹은 샐러드에 섞어서 먹거나, 중국식으로 수프에 날 것으로 넣어 먹을 수 있으며, 그 밖에 원하는 대로 요리해서 밥상에 올릴 수 있다.

우리는 밭에서 키운 향기로운 약초를 말렸다. 그 약초들은 바질(향신료나 약으로 씀), 세이지(샐비어의 하나로 잎을 약으로 쓰거나 먹음), 백리향, 층층이꽃, 마저럼(약이나 향료로 씀), 파슬리, 셀러리 잎사귀 따위로, 이것들은 모두 겨울 샐러드와 수프에 잘 어울렸다. 캐모마일, 페퍼민트, 라즈베리와 딸기의 잎은 차에 넣어 마시려고 말렸다. 우리는 잎이 달린 가지를 작은 다발로 묶어 부엌 난로 위에 매달아 놓았다가, 완전히 말랐을 때 내려 잎을 빻아 단지에 저장했다.

지금까지 말한 이 저장 방법들은 단단한 채소와 과일에 효과가 있다. 그러면 썩기 쉬운 것들은 어떻게 할 것인가? 한여름에 주부들을 괴롭히는 골칫거리를 통조림을 만드는 것으로 깨끗이 해결할 수 있을까? 실제로 우리는 통조림을 만들었지만 그 양은 아주 적었다. 과일주스(라즈베리, 블랙베리, 블루베리, 딸기, 포도), 토마토주스, 수프스톡을 통조림으로 만들었으며, 늦은 봄에서 초여름까지 '사과 없는' 철을 잘 넘기려고 상태가 안 좋은 사과(보관할 수 없는 것들)로 사과소스를 만들었다.

과일주스를 만드는 일은 아주 간단하므로, 그 방법을 여기에 옮겨 적는 것도 괜찮을 것이다. 우리는 먼저 유리병을 난로에 올려놓고 살균했다. 그리고 끓는 물을 한두 주전자 준비했다. 유리병 속에 끓는 물을 2.5센티미터 깊이로 붓고, 설탕 한 컵을 섞고서 녹을 때까지 저었다. 우리는 갈색 설탕, 단풍 설탕, 또는 뜨거운 단풍 시럽을 썼다. 그런 다음

과일즙을 한 컵이나 반 컵 붓고 나서 끓는 물로 단지를 가득 채웠다. 그리고 마개를 돌려서 닫았고, 그것으로 끝이었다. 끓이거나 가공하는 일은 없었다. 그래서 라즈베리는 강렬한 붉은 색을 그대로 간직하고 있었다. 병뚜껑을 열었을 때 풍겨 나오는 맛깔스럽고 기막힌 향기는 제철에 나온 과일 향과 똑같았다.

또 이와 같은 방법으로 만든 우리 포도주스는 전통 방법으로 공들여 만든 주스만큼 감칠맛이 났다. 전통 방법은 포도를 부대에 넣고 매달아 포도액을 걸러 내고, 병에 넣기 전에 주스를 끓이는 것이었다. 우리가 만든 주스를 보관하면서 못 먹게 된 주스가 있다면 허술한 병이나, 병뚜껑, 고무마개 탓이었다.

이것과 비슷한 간단한 방법으로 우리는 사과소스와 수프스톡을 만들어 먹었다. 이 수프스톡은 우리가 먹는 모든 겨울 수프에 들어가 산뜻한 맛을 더해 주었다. 그 까닭은 아무래도 가장 풍성한 계절에 가장 좋은 채소를 따서 보관했기 때문일 것이다.

이블린이 말하듯이, 이제 채식이 가져다주는 건강과 장수의 문제를 다시 생각할 필요가 있다. 우리가 먹으려고 고른 음식들은 가장 단순하고, 가장 가까이에 있으며, 땅과 가장 자연스러운 관계를 맺고 있는 것들이었다. 재러드 엘리엇은 채소를 '땅의 깨끗한 산물'이라고 불렀다. 채소는 물론이고 모든 음식과 동물이 다 땅의 산물이다. 하지만 자연 그대로의 과일, 열매, 채소는 가장 단순하며 바로 손에 넣을 수 있는 것이며 우리와 가장 가까운 관계에 있다. 이것들은 불순물과 조미료가 들어가지 않은 맛으로 우리의 입맛을 끌며, 비타민과 무기물이 가득 찬 상태로 우리에게 온다. 거의 손보지 않아도 되고, 전혀 요리할 필요도 없다. 우리는 이것을 1차 음식으로 부를 수 있다.

유제품은 2차 또는 3차 음식이다. 그것은 흙에서 나는 것을 먹는 동물의 몸을 거쳐 사람에게 전달된다. 우유는 젖소, 염소, 양의 젖샘에서 나오는 분비물이다. 치즈는 이 액체가 엉겨 굳어진 것이다. 알은 조류가 번식하는 수단이다. 우유는 영양이 고도로 농축된 음식으로, 갓 태어난 동물이 몸이 쑥쑥 자라는 단계에서 성장을 돕는 식품이다. 정상대로라면 사람의 젖은 아기를 위한 것이고, 우유는 송아지를 위한 것이며, 이 사실은 다른 동물들도 마찬가지다. 젖 덕분에 송아지는 한 달 안에 몸무게가 두 곱이 되고, 사람의 아기는 여섯 달 만에 두 곱이 된다. 자연이 한 생물을 위해 만든 음식이 다른 생물에게도 반드시 좋다고 말할 수는 없다. 하지만 요즘은 어느 집에서 태어난 아이라도 젖을 떼고 난 뒤에는 거의 너 나 없이 우유병을 빨고 있다.

사람이 먹는 음식 가운데 땅에서 가장 멀리 떨어져 있는 것이 또 있다. 짐승, 새, 물고기의 시체를 요리해 먹는 것이다. 이 동물들은 식물을 먹고 살거나 아니면 식물을 먹는 초식동물을 잡아먹고 산다. 사람이 함께 사는 동물의 시체를 먹는 관습은 너무 오래된 것이어서 많은 사람들이 정상 행동이라고 생각한다.

《문화의 회복 The Recovery of Culture》이라는 최근 연구에서 헨리 베일리 스티븐스는 전쟁과 관계가 있다고 여겨지는 이러한 '피의 문화'가 사실은 인류의 역사에서 얼마 오래되지 않은 일임을 말해 주고 있다. 짐승을 기르면서 시작된 피의 문화가 있기 전에는 기본으로 과일, 나무 열매, 씨앗, 싹, 뿌리를 주로 먹는 '나무 문화'가 있었다. 로버트 브리폴트는 《인류의 어머니 The Mothers》에서 "원시인류는 유인원들과 마찬가지로 과일을 주로 먹은 것이 분명하다"고 말하고 있다.

　이런 생각이 사실이라면, 육식을 하는 관습은 사람의 음식 역사에서 가장 최근에 등장한 것이다. 육식을 하는 관습에는 다음과 같은 뜻이 포함되어 있다.

　동물을 노예처럼 가두어 둔다.
　동물을 새끼를 낳고 우유를 내는 기계로 전락시킨다.
　사람이 먹으려고 동물을 죽인다.
　사람이 쓰려고 동물의 시체를 보존하거나 가공한다.

　우리는 인정이 넘치고, 분수에 맞으며, 깨끗하고, 단순한 생활 방식을 찾고 있었다. 이미 오래전에 우리는 동물을 죽이지도 않고 먹지도 않는 채식주의자로 살기로 결심했다. 그리고 요즘에는 유제품까지도 먹지 않으면서 완벽한 채식주의자 대열에 끼게 되었다. 완벽한 채식주의자들은 동물에서 나온 생산물은 모두, 버터, 치즈, 달걀, 우유 따위까지도 쓰지도 먹지도 않는다. 이것은 가장 적은 생명체들에게 가장 적게 피해를 주고, 가장 많은 생명체들에게 가장 많이 행복을 준다는 우리의 철학과 일치한다.

　존 레이가《식물의 역사 Historia Plantarum》에 써 놓은 다음 구절을 보자. "식물을 이용하는 것은 우리 삶에서 누구에게나 중요한 관심거리다. 우리는 식물들 없이는 품위 있고 편리하게 살아갈 수 없으며 지속해서 살아 있을 수도 없다. 사실 전혀 목숨을 이어 갈 도리가 없다. 생명을 이어 가는 데 필요한 어떤 음식도, 우리에게 기쁨과 신선함을 주는 그 무엇도, 식물이라는 엄청난 저장 창고로부터 공급되고 생겨난다. 아, 푸줏간 주인과 도살자들이 잡은, 역겨운 냄새가 나는 고기보다 채소로 밥상을 가득 채우는 것이 얼마나 떳떳하고, 싱싱하고, 건강에도 좋은가! 분명히 자연은 사람을 고기를 먹는 생물로 만들지 않았다. 사람은 잡아채거나 빼앗을 수 있는 무장이 전혀 안 되어 있다. 뾰족한 이빨도 없으며, 잡아 뜯고 찢기 위한 날이 선 발톱도 없다. 하지만 열매와 채소를 모으는 따뜻한 손과 그것을 씹을 수 있는 이빨을 가지고 있다."

우리는 우리가 먹는 음식의 비율이 과일 50, 채소 35, 단백질과 녹말 10, 지방이 5가 되도록 애썼다. 우리가 먹는 과일 종류는 철따라 바뀌었다. 하지만 전체 음식에서 과일이 차지하는 비중은 실제로 늘 같았다.

채소를 먹으면서 우리는 3분의 1은 푸른 잎이 많은 채소를, 3분의 1은 노란색 채소를, 나머지 3분의 1은 즙으로 먹으려고 했다. 이렇게 먹으면 필요한 영양소를 골고루 얻을 수 있었다. 여름에는 과일과 즙이 많은 채소가 우리 음식에서 적어도 4분의 3을 차지했다. 겨울에는 3분의 1이나 절반쯤 되었을 것이다.

우리가 먹는 단백질은 딱딱한 열매(견과류), 콩, 올리브, 그리고 채소와 곡식과 씨앗에 들어 있는 것이다. 단백질은 사람들이 흔히 말하는 것보다 훨씬 적게 필요하며, 그것이 건강에도 좋다고 우리 두 사람은 믿는다. 농축된 단백질 음식을 먹으려는 욕심은 나중에 생긴 위험한 습관이다. 그것은 사람의 몸 안에 에너지를 너무 많이 주고, 산을 만드는 물질이 많아져 인체 조직에 부담을 준다. 우리가 먹는 지방은 식물성기름에서 나온 것이었다. 이를테면 올리브, 콩, 옥수수, 땅콩, 해

바라기기름이었다. 우리는 올리브기름이 몸에 좋다고 생각한다. 아보카도 또한 채식을 하는 사람들에게는 식물성 지방을 얻는 중요한 먹을거리다.

우리는 단순한 생활을 찾고 있었으므로, 공들여 여러 가지 음식을 차리기보다는 한 가지 음식만 먹는 습관을 길렀다. 조지 매켄지 경은 《도덕 에세이 A Moral Essay》에서 이렇게 말하고 있다.

"한 가지 음식만 먹는 것은 사람들이 더 이상 먹을 수 없을 때까지 음식을 먹도록 유혹하지 않는다. 그리고 병을 일으키지도 않는다. 그것은 몸을 건강하게 해 주고 더 오래 살게 한다."

몇 가지 안 되는 음식을 조금만 먹는 것은 건강하고 단순한 삶으로 이끌어 주는 훌륭한 길잡이다. 예를 들어 트리스탄다쿠냐섬에서 원시 생활을 하는 사람들은 몸도 건강하고 이빨도 튼튼하다는 보고가 있는데, 런던 《타임스 The Times》지 기사에 따르면 이 사람들은 "한 번에 한 가지가 넘는 음식을 먹는 적이 없다"는 것이다.

서양에도 채소와 과일을 섞어 먹지 않고, 단백질과 녹말과 산성 음식을 함께 먹지 않는 사람들이 있는데, 이 사람들은 이렇게 하면 소화가 잘 된다고 생각한다. 이 문제를 여기서 다 이야기할 수는 없다. 사실 우리는 아직도 이것을 실험하고 있다. 하지만 한 가지 음식만 먹는 습관을 가질수록 소화가 잘 될 뿐 아니라 음식을 차리기도 수월해진다고 우리는 분명히 말할 수 있다. 자연에서 난 것을 그대로 먹고 또 한 가지 음식만 조금 먹게 되면 주부가 할 일이 거의 없어진다.

채소와 과일을 먹되 자연에서 난 것을 있는 그대로, 밭의 싱싱함을 느끼며, 그리고 한 끼 식사에 한두 가지만을 먹는 원칙을 지키면서 살아 보라. 그러면 여러분도 단순하게 먹는 것이 좋다는 우리 주장에 공감하게 될 것이다. 실제로 이 원칙을 바탕으로 우리는 식단을 정해 놓게 되었다. 아침에는 과일, 점심에는 수프와 곡식, 저녁에는 샐러드와 야채를 먹었다.

아침에 과일을 먹으면서 우리는 흔히들 같이 먹는 오렌지주스 한 잔을 마시지 않았다. 또한 마른 자두는 물론 사과소스를 가볍게 떠 먹는 일도 없었다. 토스트와 커피, 그것에 따라 나오는 콘플레이크나 부풀린 밀도 먹지 않았다. 우리의 아침밥은 과일이었다. 오직 과일만 많이 먹었다. 과일은 철에 따라 딸기, 라즈베리, 블랙베리, 블루베리로 바뀌었다. 우리는 숲이나 밭에서 딸기를 따서 한 사람이 한 그릇씩 먹었던 것 같다. 멜론과 복숭아도 제철이 되면 따 먹었다.

바나나, 건포도, 오렌지, 대추 같은 과일도 우리 고장에서 나는 철이 되면 사서 먹었다. 우리는 사과나무가 많이 있었는데, 사철 내내 중요한 먹을거리라 겨울에도 잘 관리했다. 사과는 좋은 음식이다. 알칼리성이 높고 철분과 중요한 무기질이 아주 풍부하게 들어 있다. 우리는 때때로 기운을 차리고 신체 조직을 깨끗이 하려고 하루 종일 사과만 먹기도 했다.

오렌지는 즙을 내서 먹지 않고, 길게 여섯 조각으로 잘라서 수박처럼 껍질 근처까지 발라 먹었다. 딱딱한 열매는 쪼개서 사과와 함께 먹었다. 딸기는 단풍 시럽이나 꿀과 함께 먹거나, 아니면 말려서 먹었다. 아침상은 한 줌의 해바라기씨로 더욱 풍성해졌다. 약초차는 꿀이나 뜨거운 물에 섞은 시럽을 한 숟가락 타서 달게 마셨다.

우리가 아침밥으로 먹은 과일 가운데 여기서 말할 만한 것이 또 있다. 로즈힙(장미 열매)과 장미사과에서 추출한 것이다. 우리는 이것을 종종 시럽이나 박하차에 넣어 마셨다. 로즈힙에는 비타민 C가 많아, 신선한 오렌지주스보다 비타민이 30배나 많이 들어 있다. 아델 데이비스는 《제대로 음식 만들기 Let's Cook It Right》에서 "어떤 로즈힙에는 비타민 C가 감귤류에 포함된 것보다 무려 96배나 많은 것으로 밝혀졌다"고 말하고 있을 정도다. 우리는 먼저 로즈힙주스에 흥미를 느꼈는데, 이웃에 사는 로이스 스미스 씨가 어느 해 가을인가 로즈힙주스를 만들어 날마다 한 숟가락씩 아이들에게 먹이는 것을 보았던 것이다. 그것은 마치 마술처럼 아이들의 감기를 씻은 듯 낫게 했다.

이렇게 '간단히' 아침을 먹으면 일하는 사람들이 정오까지 버티지 못할 것이라고 생각할지도 모르겠다. 그것은 버릇 들이기 나름이다. 우리는 한때 아침을 전혀 먹지 않고 몇 달을 지낸 적이 있었다. 그래도 건강을 지킬 수 있었고 계획대로 일하는 데 아무런 무리가 없었다. 십 년 동안 하루의 첫 끼니로 과일을 먹었지만, 점심시간까지 꼬박 네 시간 동안 육체노동이나 정신노동을 계속할 수 있었다. 아침밥으로 녹말이 가득하고 단백질이 풍성한 음식보다 과일을 먹음으로써 기분도 좋고, 일도 잘하고, 생활 방식도 더 단순해졌다.

점심은 늘 같았으며 또 언제나 달랐다. 수프와 곡식 몇 가지를 먹었다. 수프는 언제나 채소수프였지만 재료는 날마다 달랐다. 하지만 주로 한 가지 채소로 만들었다. 감자, 양배추, 당근, 토마토, 양파, 파슬리, 셀러리, 콩, 완두콩, 비트, 옥수수 따위였다. 수프에다가 양념으로 마른 약초와 바다 소금을 조금 넣었다. 가끔 보리, 콩가루, 귀리, 쌀이 들어가기도 했다. 점심때 우리는 그날 하루에 필요한 곡식을 다 먹었다. 거기에는 밀, 메밀, 수수도 들어 있었다.

우리는 이 곡식들을 한꺼번에 많이 사서 양철통에 저장했다(시골의 어느 곡식 가게에 가든지 곡식을 한 부대씩 샀다). 낟알 몇 줌을 밤새 물에 담갔다가 이튿날 물을 좀 뿌리면서 오븐에 굽거나, 이중 냄비에 넣은 뒤 스토브 위에 올려놓고 천천히 가열했다. 그러면 낟알이 원래 크기보다 두 배로 부풀어 오르고, 뜨겁게 먹든 차게 먹든 아주 맛이 있었다. 또한 거기에 기름, 버터, 식물성 소금과 함께 집에서 만든 잼이나 시럽 또는 땅콩버터 따위를 곁들여 먹기도 했다. 수프 두 접시와 자기가 원하는 자연 그대로의 온갖 곡식이 한 사람을 위한 밥이었다. 이렇게 먹으면 저녁때까지 속이 든든했다.

우리는 빵에 이스트를 넣어 부풀려 구운 적도 없고, 이런 빵을 사지도 않았다. 케네스 조지 헤이그는 《건강을 지켜 주는 먹을거리 Health Through Diet》에서 이렇게 말하고 있다.

"대체로 빵은 그다지 만족할 만한 음식이 아니다. 빵에는 산 성분이 많아서 발효되기 쉽고, 그래서 배에 가스가 차게 만들기 때문이다. 과일을 곁들여 먹으면 특히 그렇다. 이렇게 발효가 잘 되는 성질이 있으므로 하루에 빵은 되도록 적게 먹어야 한다. 빵과 음료를 덜 먹자 배에 찬 가스가 사라지는 것을 나는 자주 경험했다. 빵은 밀에 있는 산성 소금 때문에 산성을 띨 뿐 아니라 가끔 베이킹파우더를 통해 산성 인산염과 황산칼슘이 더해진다. 이 성분이 계속 남아 있기 때문에 빵은 신경통에도 좋지 않다."

우리는 가공하지 않은 자연 그대로의 낟알로부터 똑같은, 아니 더 좋은 영양을 더 싸게 얻었다. 가끔 대충 빻은 자연 그대로의 곡식인 옥수숫가루와 눌린 밀과 귀리로 '여행용 빵'처럼 생긴 옥수수빵을 만들기도 했는데, 여기에 단풍 시럽으로 단맛을 내고 수프스톡, 땅콩버터, 기름으로 촉촉하게 만들었다. 가끔은 당근주스를 만들고 남는 건더기로 작은 빵을 만들기도 했다. 그것을 껍질이 노릇노릇해지도록 구워 점심으로 먹거나 여행 갈 때 가져갔다.

저녁상에 주로 오르던 음식은 풍성한 샐러드였다. 모든 사람에게 적어도 한 대접 넘치게 줄 수 있을 만큼 양이 많았다. 샐러드는 과일이나 채소였으며, 그것은 그때 밭에 무엇이 있느냐에 달려 있었다. 큰 나무그릇에 레몬주스나 라임주스를 붓고 로즈힙주스와 올리브기름을 넣어 저은 뒤, 거기에 후추, 셀러리, 양파, 무, 파슬리, 토마토, 오이, 상추 따위 밭에서 자라고 있는 모든 것을 넣었다. 때때로 비트, 당근, 호박, 셀러리 뿌리, 순무를 잘라 넣기도 했다. 아울러 딱딱한 열매, 건포도, 레몬을 함께 넣어 완벽한 샐러드를 만들었다.

겨울에는 상추 대신 희거나 붉은 양배추가 아주 많았다. 여기에다 사과 조각, 딱딱한 열매, 오렌지, 셀러리 들을 곁들여 먹었다. 여름에는 어린 완두콩, 아스파라거스, 신선한 옥수수(날것)를 함께 먹을 수 있었다. 우리는 상 차리기 바로 전에 밭에서 채소를 뽑아 왔고, 먹기 바로 전에 샐러드로 만들었다. 따라서 샐러드에 들어 있는 모든 비타민이 하나도 손상되지 않고 그대로 남아 있었다. 저녁을 먹기 30분 전에 무엇을 먹을지 궁리해서 채소를 뽑아 올 수 있었다. 에벌린의 책에 나온 것처럼 "구색을 잘 갖춘 밭이 얼마나 편리한지"를 실감할 수 있었다. 이블린의 책 《채식에 대한 짧은 글》은 우리가 누린 그 즐거움을 이렇게 대신 말해 주고 있다.

"봄을 느끼게 하는 채소들이 언제나 가까이에 준비되어 있어 쉽게 요리할 수 있었다. 고기나 다른 음식처럼 끓이고, 굽고, 요리하느라 불을 피우거나 돈을 들이거나 신경 쓸 필요가 없었다. 주부들은 모든 것을 가까이에 갖고 있었으므로, 순식간에 멋진 마술을 펼쳐 보일 수 있었다."

어느 날 저녁때는 그저 채소를 깨끗이 씻는 일만 하기도 했다. 그러고 나서 채소를 한꺼번에 밥상 한가운데 있는 그릇에 놓고, 사람들이 원하는 것을 저마다 갖다 먹도록 했다. 고를 게 참 많았다. 그릇에는 양상추 속, 에스카롤, 꽃상추, 민들레, 시금치잎, 꽃양배추 싹, 방울양배추 싹, 브로콜리 잔가지, 그리고 파슬리, 갈거나 썰지 않은 당근, 무, 토마토, 오이, 셀러리, 아스파라거스 줄기, 어린 사탕옥수수, 완두콩, 후추 따위가 가득 담겨 있었다. 샐러드에 넣을 모든 채소들을 자르지 않고 그대로 내놓았다. 밥상에 둘러앉은 사람들은 저마다 마음껏 먹었고, 특히 입맛을 당기는 것들만 모아서 먹기도 했다.

겨울철 저녁밥 때가 되면 샐러드 재료를 씻고 다듬기 전에, 감자와 호박을 불에 올려놓고 구웠다. 감자는 물론 호박도 껍질까지 통째로 구웠다. 껍질 안에서 생겨난 김이 그 열매 속을 부드럽게 해 주고, 자연식품의 모든 가치를 그대로 간직하게 해 주었다. 옥수수, 아스파라거스, 완두콩, 콩이 밭에서 익으면 다른 것들과 함께 저녁상에 올라왔다. 이것들을 되도록이면 물을 적게 넣고 살짝 익혀 먹었다.

우리는 이미 여러 해 전에 부엌에서 알루미늄으로 된 모든 주방 기구를 없애 버렸다. 우리는 지금도 알루미늄이 다른 금속보다 더 잘 녹으며, 음식에 나쁜 영향을 주는 침전물을 냄비에 남겨, 사람의 몸 안에 천천히 독성을 퍼뜨릴 수 있다고 믿는다. 불에 익히는 요리를 한 것은 얼마 되지 않지만 스테인리스 강철, 법랑, 도기, 유리그릇을 썼다.

우리는 늘 나무 탁자에 앉아 나무그릇에다 밥을 먹었으며, 다 먹을 때까지 한 그릇만 썼다. 이렇게 하면 실제로 설거지할 것이 별로 없었다. 소스를 얹거나 튀긴 음식 들이 없었으므로 접시를 씻거나 냄비를 문질러 닦을 일이 거의 없었다.

샐러드는 젓가락으로 집어 먹었다. 왜냐하면 이 '날렵한 녀석들'이 삽처럼 생긴 포크보다 원하는 것만 더 잘 집어낸다는 것을 알았기 때문이다. 또한 나무 밥그릇들이 금속 밥그릇보다 더 중성이며, 음식 맛을 덜 변화시킨다고 느꼈다.

이렇게 먹는 버릇은 단순하고, 돈도 적게 들며, 사는 데도 도움이 된다. 물론 20세기 현대인들은 보통 이렇게 먹지 않는다. 문명이 발전하면서 많은 것들이 변했듯 사람이 밥을 먹는 모습도 완전히 바뀌고 있다. 산과 밭, 부엌, 식구들로부터 생활필수품을 얻던 시절에서 이제는 공장과 대기업을 통해 모든 것을 얻는 시대로 변했다.

우리는 중심축을 땅으로 되돌려 놓았다. 우리는 땅에서 양식을 얻었고, 그것을 먹었다. 또한 그 음식이 풍족하고 맛있으며 영양이 풍부하다는 것을 알게 되었다. 이런 음식을 먹으며 좋은 건강을 유지했기에 우리는 어떤 의사에게도 돈을 보태 주지 않았다. 사무엘 톰슨의 말마따나 "우리의 약방은 숲과 밭"이었다.

지은이를 알 수 없는 어떤 책에 이런 말이 있었다.

"음식에 관심을 돌림으로써 많은 병을 예방할 수 있고, 다른 여러 가지 병의 증세를 누그러뜨릴 수 있다. 규칙대로 살고 건강한 음식을 먹는 사람은 스스로를 치료하는 의사라는 말이 정말 맞는 말이다."

채소, 과일, 딱딱한 열매, 곡식을 먹음으로써 건강해질 수 있다는 것을 우리는 증명했다. 또한 건강한 몸이 건전한 마음을 가져다주며, 다른 생명에게 해로움을 주지 않는 삶을 살 수 있다는 것을 우리는 증명했다.

"장사를 해서 돈을 버는 것이 더 이로울 때가 있는 것도 사실이다. 다만 그렇게 위험한 일만 아니라면. 마찬가지로, 돈을 빌려준 다음 이자를 받아 먹고사는 것이 훨씬 이로울지도 모른다. 그게 정말 떳떳한 일이기만 하다면."

마르쿠스 포르키우스 카토, 《농업에 대하여 De Agri Cultura》, 기원전 149년

––––⊗––––

"시골 살림은 검소하면서도 넉넉하다. 생필품을 꼭 가게에서 살 필요가 없다. 상에 올라오는 음식들도 시장에서 사 온 것이 아니다. 양식은 언제나 스스로 장만하며, 계절의 변화에 따라 제철 음식을 먹는다."

안토니오 데 게바라, 《시골 생활 예찬 The Praise and Happiness of the Countrie-Life》, 1539년

––––⊗––––

"만일 진지한 마음으로 시골에서 사는 삶을 꿈꾸고 그 생활이 자기에게 맞는가를 시험해 보고자 한다면, 멀리 떨어진 도시에 살면서 재미 삼아 한번 시도해 봐서는 안 된다. 자기 발로 이슬을 헤치며 걸어가야만 한다. 그 일에 등부터 들이미는 것이 아니라, 머리부터 들이밀어야 한다."

D. G. 미첼, 《에지우드의 우리 밭 My Farm of Edgewood》, 1863년

살림 꾸리기

　사람들은 저마다 먹고사는 문제의 해결을 삶의 중심에 놓는다. 물론 예외는 있다. 하지만 많은 사람들이 자기의 귀중한 시간과 세월을 돈을 버는 데 바치며, 그 돈으로 끼니를 해결하고 살아가는 데 필요한 물건들을 사들인다. 이런 일은 산업사회에서 특히 두드러진다. 아이들, 노인들, 손발을 놀릴 수 없는 사람이나 병자들, 아니면 아예 남에게 얹혀살기로 작정한 사람들은 적어도 먹고사는 문제에서 어느 만큼 자유롭다. 그러나 일할 능력이 있는 어른이라면 달리 선택할 길이 없다. 이 사람들은 무조건 생계를 이어 가야 하며, 그러지 않으면 주위 사람들의 따돌림과 불안, 걱정에 시달리다가 끝내는 몸이 괴로워도 노동 현장에 뛰어들 수밖에 다른 길이 없다.

　생존에 필요한 여러 가지 것, 특히 생필품이 없이는 하루도 살 수 없으므로 우리는 이를 얻으려고 날마다, 달마다, 해마다 어김없이 부지런히 뛰어다닌다. 잠시 동안이라도 생활에 필요한 물건과 서비스를 받을 수 없으면 어려움을 겪게 됨은 물론 불안과 걱정, 두려움에 휩싸이게

제당소에서 시럽을 끓이고 있는 헬렌

된다. 그렇다면 모두가 안정되게 먹고살 수 있는 방법은 없는 것일까? 우리는 길게 늘어놓지 않고, 안정되고 안전한 생활을 최대한 보장할 수 있는 일곱 가지 원칙을 다음과 같이 말하고 싶다.

첫째, 일할 수 있는 모든 어른은 일을 해 주고 돈을 벌어 자기들의 생계를 해결한다. 이렇게 되면 거의 모든 사람들이 노동력을 주고받아 생계를 이어 가게 되고, 사회의 일부 계층이 불로소득으로 먹고사는 일이 없어진다. 따라서 계층간의 벽도 사라질 것이다.

둘째, 사람들의 위치에 따라 벌어들이는 돈이 너무 차이가 나서는 안 된다.

셋째, 공동체의 경제계획을 세우고 예산을 짠다.

넷째, 공동체의 회계장부를 기록하고, 그 내용을 누구나 조사할 수 있도록 공개한다.

다섯째, 돈을 쓰지 말고 노동력을 제공하거나 물건으로 값을 치른다. 그러면 인플레이션을 피할 수 있다.

여섯째, 절약이 몸에 배게 하고, 자원을 보호하며, 할 수 있는 대로 많이 생산하고 소비하는 것이 아니라 필요한 만큼만 생산하고 소비한다.

일곱째, 전문성과 협동을 바탕으로 자기가 몸담고 사는 사회에 폭넓게 봉사한다.

먹고사는 문제를 해결하는 일에 관심이 있는 사람들에게 이 일곱 가지 원칙은 주목할 만한 가치가 있다. 먹고사는 문제는 그전에 펴낸 《현대를 위한 경제학 Economics for the Power Age》이라는 책의 주제이기 때문에, 여기서는 그 줄거리가 되는 것만을 간추려 말하고자 한다. 이 일곱 가지 원칙은 우리가 버몬트에서 먹고사는 문제에 맞닥뜨려 그것을 해결하기 위한 길을 선택하는 데 중요한 기준이 되어 주었다.

그때 버몬트 골짜기에서도 뉴욕이나 보스턴 교외에서 지내는 것처럼 살 수 있었다. 가까운 도회지에 있는 슈퍼마켓에 자주 드나들면서 필요한 물건들을 사고, 독성 농약으로 자라 먼 곳에서 실려 온 과일과 채소를 사 먹으면 그만이었다. 뿐만 아니라 공장에서 가공해 깡통에 넣어 파는 물건을 사도 됐다. 그렇게 하면 모든 식생활이 간단히 해결되었다. 굳이 허리를 굽히고 손발에 흙을 묻히며 농사를 짓지 않아도 되었다. 버몬트 골짜기에서도 살림이 넉넉한 여남은 집이 그렇게 살고 있었다. 그런데 사실을 따지고 보면 그들은 신선도도 떨어지고 건강에도 안 좋은 음식을 제값 다 주고 사 먹고 있었다.

우리가 이런 생활에 마음이 끌릴 리 없었다. 왜냐하면 유기농법으로 가꾼 싱싱하고 생기 있는 음식이 더욱 가치가 있고 소중하다고 믿었기 때문이다. 할 수만 있다면 우리 손으로 모든 양식을 길러 먹고, 집 밖에서 돈으로 사야 할 물건들은 아주 적게 한다는 생각으로 살림 계획을 세웠다.

우리 소비생활의 토대는 순전히 알맞은 크기의 밭에 있었다. 앞의 두 장에서 어느 정도 말했듯이 우리는 밭에서 거의 모든 양식을 길러 먹었으며, 그렇게 해서 필요한 먹을거리의 거의 80퍼센트를 얻을 수 있었다. 랄프 보르소디의 조사에 따르면 "식비가 평균 도시 가정 생활비의 40퍼센트를 차지한다"고 나와 있다.

수입이 적은 집의 생활비에서 먹을거리 다음을 차지하는 것이 주거

비인데, 이미 집 짓는 것은 앞에서 설명했다. 우리는 숲에서 나무를 잘라다 땔감으로 썼다. 어떤 이웃들은 석탄, 기름, 가스, 전기 따위로 난방을 하기도 했다. 우리는 즐거운 마음으로 숲에서 일했다. 나무들은 계속해서 자라 주었으며, 우리는 그것들을 자르거나 가지치기해다 쓰면 되었다. 숲에서 나무를 해다 썼기 때문에 연료를 사는 데 따로 돈을 쓸 필요가 없었다. 이것은 노동의 대가가 바로 돌아오는 것을 뜻했다. 소로는 《일기 Journal》에서 잔가지들을 잘라 땔감으로 쓰는 일에 대해 이렇게 말하고 있다.

"그것은 우리를 두 번 따뜻하게 해 준다. 첫 번째는 사람을 건강하게 만들고 추억을 안겨 주는 따뜻함이며, 이와 견줄 때 두 번째 따뜻함은 단순히 그것에 빠져들게 되는 따뜻함이다. …… 우리는 나무가 집과 하나가 되기 전에 이미 가장 가치 있는 것을 얻는다."

우리는 버몬트에 살면서 먹고 자고 입고 집을 따뜻하게 하는 데 필요한 거의 모든 것들을 자급자족할 수 있었다. 이것들은 생활필수품 가운데 가장 큰 것들이었으며, 쓰려고 생산하는 살림살이의 중심, 아니 거의 모든 것이었다. 보르소디는 그 조사에서 이렇게 말하고 있다.

"시골에 살면서 제대로 계획을 세워 먹을 것과 집 문제만 해결해도, 보통의 집이라면 필요한 것을 거의 절반 넘게 얻는 셈이다."

여러 가지 한계가 있었긴 해도, 기꺼이 시간을 바쳐 일한 땀의 대가로 우리는 그것들을 얻을 수 있었다. 그러나 먹을거리와 집, 땔감이나 생활필수품들을 더 많이 얻으려고 우리가 도회지를 떠나 버몬트 산골짝으로 이사 간 것이 아니었다. 오히려 우리 몸에 활력을 주고, 그러면서도 바라는 활동을 할 수 있는 충분한 자유 시간을 얻기 위해서 갔다.

우리에게는 먹고사는 것이 목적이 아니었다. 먹고사는 것을 해결하는 것은 풍요롭고 보람 있는 삶 속으로 들어가는 문간에 지나지 않았다. 따라서 우리는 그러한 삶을 제대로 꾸려 갈 수 있을 만큼만 생활필수품을 얻는 일에 매달렸다. 그 수준에 이르고 나면 먹고사는 문제에서 완전히 눈을 돌려 취미 생활과 사회 활동에 관심과 정열을 쏟았다.

그때 미국 경제는 생활필수품에 만족하고 나면 바로 안락과 편리함을 주는 물건에 관심을 돌리고 그다음에는 호화 사치품에 눈길을 돌리도록 사람들을 부추기고 있었다. 그렇게 해야만 이윤을 남기는 것에 기초를 둔 경제에서 이윤을 더 많이 얻는 데 필요한 경제 팽창을 기대할 수 있고 새로운 산업에 투자한 사람들도 들인 돈을 건질 수 있기 때문이었다.

우리는 사람들과 정반대로 움직였다. 우리가 쓰는 생활필수품을 거의 모두 집에서 손수 만들었다. 안락하고 편리한 생활을 위한 물건들은 농장 밖에서 가져왔는데, 물물교환을 하거나 아니면 돈을 주고 사와야 했다. 우리는 되도록 여러 가지 물건들을 다른 것과 맞바꿔 마련했다. 그것들은 주로 뉴잉글랜드 기후에서는 가꿀 수 없는 농산물들이었다.

돈을 쓴다는 것은 다시 그 돈을 벌어야 한다는 것을 뜻한다. 그래서 스티븐슨이 《크리스마스 설교 A Christmas Sermon》에서 한 충고에 따라서 행동하려고 했다. 스티븐슨은 "적게 벌고, 그보다 더 적게 쓰라"고 말한다.

밭에서 난 채소, 숲에서 가져온 나무는 우리가 손에 흙을 묻히고 시간을 바쳐 얻은 것들이었다. 그 일을 하는 데 따로 돈이 드는 것은 아니었다. 집은 우리 손으로 지었기 때문에 임대료를 낼 필요가 전혀 없었다. 세금은 우리 형편으로 내기에 버겁지 않았다. 사탕, 과자, 고기, 청량음료, 술, 차, 커피, 담배 따위는 전혀 사지 않았다. 이렇게 자잘해 보이는 물건들이 쌓이면 보통 집들이 쓰는 생활비의 큰 몫을 차지한다. 우리는 옷이나 치장에 거의 돈을 쓰지 않았다. 그리고 열다섯 해 동안 기름과 초로 어둠을 밝혔다. 우리 집에는 전화기나 라디오가 없었다. 세간살이들은 거의 다 우리 손으로 만든 것이었다. 한 달에 두 번 넘게 시내에서 물건을 사는 일이 없었고, 따라서 우리가 돈 주고 산 물건은 한 해를 통틀어 얼마 되지 않았다.

마크 트웨인의 말마따나, "문명이란 사실 불필요한 생활필수품을 끝없이 늘려 가는 것이다."

시장경제는 떠들썩한 선전으로 소비자를 꼬드겨 필요하지도, 원하지도 않는 물건을 사도록 만든다. 그리고 돈을 내고 그런 것들을 사기 위해 자기의 노동력을 팔도록 강요한다. 노동력을 팔 때 생기는 착취에서 벗어나는 것이 우리의 목적이었기 때문에 우리는 현명한 쥐가 덫을 조심하는 것처럼 시장의 유혹에 빠지지 않도록 조심했다.

독자들은 이렇게 빈틈없는 생활 태도를, 고통스러울 만큼 욕구를 억누르고 절제하는 것으로 여길 수도 있을 것이다. 다시 말해 스스로 원해서 엄한 벌을 받는 것이 아니냐고 할 수 있다. 우리 두 사람은 그런 느낌을 조금도 갖고 있지 않았다. 필요하지도 않은 물건들을 지나치게 전시해 놓고, 음식과 기계에서부터 시간과 에너지에 이르기까지 모든 것을 낭비하는 뉴욕시에서 살다 온 우리는 그 많은 도시의 잡동사니 쓰레기들을 한꺼번에 내던져 버릴 수 있다는 사실이 놀랍고도 기뻤다. 이런 점에서 새장 속 새가 자기가 다시 날 수 있음을 발견했을 때처럼 자유로움을 느꼈다. 필요한 물건을 사야 한다든지 하는 것처럼, 도시의 소비자들을 짓누르고 있는 그런 중압감에 더 이상 시달리지 않았다.

우리는 우리 힘으로 먹고사는 데 필요한 것들을 얻을 수 있었기 때문에, 이제까지 기대 있던 시장경제에서 조금씩 벗어났다. 버몬트에 살면서 우리는 시장경제의 한계, 제약, 강요에 시달리는 소비자의 처지에서 벗어날 수 있었다. 이것은 이제 생산자가 된 우리에게 아주 큰 뜻이 있었다. 되도록이면 많은 것을 자급자족하는 살림을 꾸려 가야 하므로 그만큼 더 무거운 책임을 지게 된 것이다.

무언가를 팔려고 만드는 것이 아니라 쓰려고 만드는 생활 방식을 따르는 사람들은 스스로 일해서 물건을 마련해야 한다. 그것도 필요한 양을 알맞은 때에 마련하지 않으면 안 된다. 먼 골짜기에 사는 사람은 도시 골목에 사는 사람처럼 저녁 먹기 한 시간 전에 동네 채소 가게에 가서 채소를 사 오거나 전화로 주문할 수 없다. 그 사람들은 한 철 앞서 무엇을 먹을지 계획하고 마련해야 한다. 만일 6월 1일 밥상에 무를 올려놓을 작정이라면 5월 첫째 주가 가기 전에 씨를 뿌려야 한다. 그리고 풍성한 수확을 거두기 바란다면, 씨를 뿌리기 전에 밭을 기름지게 해야 한다. 밭을 기름지게 하려면 퇴비가 필요하다. 퇴비 더미를 봄에 쓰려면 한 해 전 여름 중순까지는 퇴비를 만들어 놔야 한다. 6월 1일 싱싱한 무를 즐기려고 우리는 열 달 또는 열두 달 전에 준비를 시작했다.

땔감을 마련하는 것도 이와 비슷하다. 나무를 때기 전에 생나무를 오븐 안에 넣거나 난로 아래 놓고 껍질의 섬유질을 바짝 말린 다음에 생나무를 태울 수도 있다. 이렇게 하면 나무가 활활 잘 타지는 않을 테지만 타다가 꺼지지도 않을 것이다. 그러나 가장 좋은 방법은 밖에서 나무를 쪼개 햇볕과 바람이 나무를 말릴 때까지 쌓아 두었다가, 벽이 트인 목재 창고에 적어도 반 년 동안 저장하는 것이다. 이것은 사실 겨울에 나무를 쓰려면 그해 봄에 나무를 마련해 보관해야 한다는 것을 뜻한다. 나무를 한 해 전에 잘라 올 수만 있다면, 자른 나무를 덮어 두었다가 이듬해에 때는 것이 훨씬 좋다.

앞날을 미리 내다보는 통찰력이 필요한 또 다른 예로는 집 짓는 일을 들 수 있다. 우리는 목재 창고 안에 시멘트를 보관하고 있었다. 맨체스터는 20킬로미터, 이와 다른 방향에 있는 브래틀보로는 40킬로미터 떨어져 있었는데, 도시로 길을 떠나기 앞서 우리는 언제나 남아 있는 시멘트를 살펴보고, 남은 것이 다섯 부대가 안 되면 다섯에서 열 부대를 새로 사 왔다. 이렇게 해서 필요할 때에 언제든지 시멘트를 쓸 수 있었다. 만일 이런 식으로 미리미리 준비하지 않았다면, 시간과 돈을 들이면서 몸까지 움직여 두 도시 가운데 하나로 아무 때고 먼 길을 다녀와야 했을 것이고, 그동안 손을 놓고 있어야 했을 것이다. 한마디 덧붙이자면, 시멘트를 몇 부대씩 한꺼번에 사서 그것을 우리 차로 실어 옴으로써 돈을 꽤 아낄 수 있었다. 이런 방법을 써서 우리는 시멘트를 싼값으로, 늘 가까이 마련해 놓고 있었다.

외딴곳에서 자급자족하는 사람은 자기 손으로 집을 짓듯이, 그것들을 수리하고 유지하는 일까지도 해야 한다. 다시 말해 목재, 철물, 연장 따위를 손 닿는 곳에 늘 알맞게 갖춰 놓고, 제때에 고치고 바꾸어야 하는 것이다. 이렇게 하면 일을 끝마쳤을 때 비록 전문가의 솜씨를 기대하긴 어렵더라도, 자기 재능을 쓰게 해 주고, 집주인의 상상력을 키워 주며, 훌륭한 연습 기회가 되어 준다. 어쨌든 전문 건축가들만이 생각해 내고 궁리하고 집을 짓고 일을 잘 끝내고 나서 짜릿한 기쁨을 느끼게 한다면 그것은 바보 같은 짓이며 낭비다.

소로는 이렇게 묻는다.

"집 짓는 즐거움을 영원히 목수만 누리도록 할 것인가?"

동력의 시대에 들어와 전문화된 기계와 조립 라인이 장인을 몰아냈으며, 그 결과로 많은 기술자들이 기계를 돌보는 사람으로 전락했다. 그리하여 얼마나 좋은 것을 만들어 냈느냐가 아니라 얼마나 많이 만들어 냈느냐에 관심을 쏟게 되었다. 평범한 도시 노동자는 자기가 갖고 있는 기술에 대한 자부심과, 공구와 재료를 다루며 느끼는 만족감 대신 월급이나 일당을 받는 것으로 만족해야 한다.

버몬트에서 자급자족하며 우리는 더 나은 길을 찾는 데 힘을 쏟아야 했는데, 그럼으로써 보통 도시인들이 거의 알지 못하는 수없이 많은 재능을 다시 펼칠 수 있는 기회를 얻었다. 이 재능들 가운데 가장 중요한 것은 밭을 일구고, 양식을 가꾸고, 먹을거리를 장만하는 것과 관련된 재능이었다. 뿐만 아니라 집을 짓고, 여러 가지 시설을 만들고, 집을 고치고, 도구와 장비를 만들고 고치는 일 들은 우리에게 무언가를 만들어 내는 일거리를 가져다주었다. 그것은 우리에게 단순한 것이 아니라 큰 기쁨이었다. 통나무를 자르고 장작을 패고, 숲에서 나무를 해 오는 일을 하면서는 숲은 물론 그것과 관련된 많은 것들에 대해 배울 수 있었다. 이 모든 분야에서 우리는 생각하고, 계획하고, 재료와 공구를 모았으며, 우리가 기대하는 결과를 얻으려고 필요한 기술을 익혔다.

여러 가지 폭넓은 서비스에 익숙한 도시인들은 날마다 생기는 중요한 문제들을 주로 전화를 걸어 이야기를 나눔으로써 풀 수 있다고 믿기에 이르렀다. 10달러짜리 지폐를 가진 손님은 백화점에서 그 돈에 걸맞는 훌륭한 물건을 얻을 수 있다. 하지만 문제를 갖고 있는 이 사람에게 해결에 필요한 재료와 도구를 충분하게 주지 않고서 숲속에 갖다 놔 보라. 그 사람에게 돈은 아무 짝에도 쓸모가 없다. 대신에 재능, 기술, 인내, 끈기가 당장 쓸 수 있는 밑천이 될 것이다. 물건 한 꾸러미를 팔에 끼고서 집에 돌아오는, 가게의 단골손님들은 10달러짜리 지폐가 힘의 원천이라는 것 말고는 배운 것이 아무것도 없다. 그러나 도구와 기술을 가지고 자기에게 주어진 원료를 필요한 물건으로 바꿀 줄 아는 사람들은 그 일을 하는 과정에서 정신이 크게 자란다. 전화를 쓰는 것과 돈을 주고 물건을 사는 것이 현대인들이 삶을 꾸리는 모습의 핵심이다. 되도록이면 많은 것을 자급자족하며 살려는 사람에게는 이와는 아주 다른 것이 필요하다.

인정사정 봐주지 않는 이 사회는 누구에게나 무자비한 곳이다. 누구든 가게 점원, 택시 운전사, 교통경찰과도 싸울 수 있다. 복잡한 광장, 울퉁불퉁한 도로, 벽에서 튀어 나온 뒤틀린 판자, 잘못 섞은 콘크리트 더미, 물이 새는 파이프, 전깃불이 나가는 일 따위가 어찌할 수 없이 우리를 괴롭힌다. 이것들은 부주의하고 무식하고 서투른 일꾼들에게 비난의 손가락질을 보내며 그곳에 서 있다. 이런 형편에서 잘못된 것을 고치려는 사람이라면, 방법은 이미 해 놓은 일들을 모두 쓸어 버리고 처음부터 다시 시작하는 것이다.

시골에서 아무리 자급자족하는 삶을 산다 해도 세금을 내고, 철물과 공구를 사자면 돈이 필요하다. 그리고 옷가지들을 사는 데도 조금은 돈이 필요하다(우리는 버몬트에서 사는 동안 한 번도 옷을 손수 만들어 입지 않았다). 월급을 믿고 살아야 한다고 배운 도시 사람들은 월급을 받지 못하고 몇 달, 몇 해를 지내야 한다고 생각하면 불안과 두려움에 휩싸일 수밖에 없다. 도시 사람은 이렇게 물을 것이다.

"그러지 않으면 도대체 어디서 돈을 번단 말인가?"

조지 브린 씨가 코네티컷에 살다가 처음 이 산골짝으로 들어왔을 때, 도시에서 영업 사원으로 너무 오랫동안 일한 탓으로 월급 없이 한 달을 사는 것이 어떤 것인지 상상할 수 없는 듯했다. 걱정과 불안이 가득 찬 마음으로 낯선 나라로 들어가는 사람처럼 그이는 이곳에 조심조심 발을 들여놓았다. 우리 또한 소용돌이치는 뉴욕 생활에서 숲과 언덕의 고요함 속으로 뛰어들었을 때 그런 비슷한 느낌을 받았다. 돈은 우리가 떠나온 도시 왕국에서는 전능한 힘이었다. 다시 말해 필요한 것이나 바라는 것을 주어서 사람을 만족하게 만드는 '열려라 참깨'였다.

도시를 떠날 때 우리는 이제 돈을 주고받는 일에서도 떠나왔다고 느꼈다. 버몬트의 황무지에서까지 돈이 추악한 머리를 치켜들 때, 우리는 돈이 자기 본분을 지키고 더 이상 나서지 않게 했다. 다만 쓸 돈보다 더 많이 벌지나 않았는지 살펴보는 게 고작이었다. 윌리엄 쿠퍼는 《시골 생활 안내서 A Guide in the Wilderness》라는 책에서 다음과 같이 지혜롭게 말했다.

"바라는 것은 큰돈이 아니다. 결코 마르는 법이 없는 작은 시내처럼 꾸준히 들어오는 돈이다. 작은 사업을 하는 데는 큰돈이 필요하지 않다. 다만 주머니에 돈이 조금만 들어 있으면 된다."

갖가지 무료교육, 노인 연금, 사회보장제도는 일단 접어 두고 생각할 때, 한 집안의 안정된 생활은 어디까지나 버는 돈과 쓰는 돈의 균형에 달려 있다. 또 집안 식구들의 건강과 일에 대한 의욕, 또는 집안 전체의 생존이 걸려 있는 물건과 서비스를 얻으려고 그 집 식구들이 얼마나 노력하는가에 달려 있다.

자기 집을 깨끗하게 정리해 놓으려면 먼저 그 집 식구 모두가 시간을 들여 일을 부지런하게 해야 한다. 우리 고장에는 이런 노력을 하고 안 하고에 따라 잘 정리된 집과 어수선한 집, 산뜻한 집과 지저분하고 을씨년스러운 집이 있었다. 미국 농림부 장관의 보고서인 〈뉴잉글랜드 지방의 농사 Farming in New England〉에 이런 글이 실려 있다.

"너르고 너른 땅에 있는 많은 농장이, 노망기가 심해지고 있는 신경통 환자들에게 내맡겨져 있다. …… 그 사람들은 집을 고칠 힘도 없고, 형편이 나아지게 해 보려는 욕심도 없으며, 누추한 생활을 벗어날 수 있으리라는 기대도 하지 않는다. …… 그 사람들에게 필요한 것은 오직 힘을 내는 일이고, 비관론자들의 말을 물리치는 것이다. 그리고 자리를 털고 일어나 자기들이 가진 힘과 기술을 써서 스스로 일을 하는 것이다."

사실 산골짝에 사는 집들은 모두 여러 가지 밭을 이것저것 갖고 있었다. 사람들은 봄이 오면 밭에 나가 씨앗을 뿌렸지만, 여름이 되면 마지못해 밭을 돌보았고, 가을에는 그냥 내버려 둬 잡초만 수북하게 자랐다.

우리 골짜기는 스트래턴산이 한가운데에 솟아 있는 '야생 지대' 바로 옆에 있었다. 벌목을 한 뒤 그냥 내버려 둔 그곳에는 사람의 발길이 뜸해 야생동물이 우글우글했다. 어떤 곳은 사슴이 너무 많아 밭을 만들기가 몹시 어려웠다. 하지만 골짜기를 통틀어 울타리를 친 밭은 거의 없었다. 버몬트 주민들은 자기 집 둘레에 밭을 만들기를 좋아했으며,

개와 고양이를 기르면서 모든 것을 밭의 운명에 맡겨 둘 뿐이었다.

이 고장에는 한 해에 1천 150밀리미터쯤의 비가 내리는데, 철마다 아주 골고루 내렸다. 하지만 거의 해마다 여름이면 좀 가물었다. 때맞춰 비가 오지 않으면 땅이 바짝 말라 먼지만 풀풀 날렸다. 골짜기에는 옹달샘과 시내가 많이 있었다. 굴러다니는 돌들이 곳곳에 널려 있고, 모래와 자갈은 누가 가져가기만을 기다리고 있었다. 하지만 어느 집도 물탱크나 수로를 만들려고 하지 않았다.

밭은 대개가 비탈진 땅에 있고, 꽤 여러 군데의 밭이 아주 가팔랐지만 골짜기를 다 둘러봐도 계단식 밭을 만든 곳은 없었다. 이 골짜기에 들어와 스무 해를 살면서 우리는 이곳에서 등고선식 농사라든가, 물을 대고 빼는 배수장치를 한 곳도 보지 못했다.

골짜기에 있는 집들은 너 나 할 것 없이 허술했다. 많은 집들이 널빤지로 지붕을 얹어서 불날 위험이 아주 컸다. 마을에서 집으로 물을 끌어 쓰는 곳이 별로 없었고, 건조한 기간에 불을 끄려고 한 드럼통이라도 빗물을 저장해 두는 집은 아무 데도 없었다. 물론 지난 스무 해 동안 이 골짜기에서는 단 한 집에서만 불이 났다. 하지만 굴뚝에서는 자주 불이 났는데, 불이 났을 때 당장 달려올 수 있는 소방서는 멀리 떨어져 있었다.

이곳 사람들은 종이에 적어 두는 일, 다시 말해 계획하고 예산을 짜고 돈을 얼만큼 벌고 썼는가를 기록하는 습관이 거의 없었다. 많은 집들이 가진 것을 먼저 쓰고 나서, 모자라면 빚을 지면서 그 뒤로는 어떻게 되겠거니 하며 막연히 기대하고 있었다. 영은《농부들의 달력》에서 이렇게 말하고 있다.

"농부가 자기 삶에서 일어나는 모든 일들을 빠짐없이 기록해 두는 것이 도움이 된다는 것은 분명한 사실이다. 하지만 그렇게 하는 사람은 천 사람에 하나도 안 된다."

우리는 우리가 가진 시간의 절반 이상을 먹고사는 일에 바칠 생각이 전혀 없었지만, 일할 때만큼은 먹고사는 문제를 진지하게 생각했다. 우리 두 사람은 농업과 임업, 토목공학, 기계공학, 사회공학에 대해 배우고 익힌 게 조금 있었다. 이 분야에서 마주치는 문제들을 해결하는 것처럼 먹고사는 문제도 똑같이 중요하게 다루었다.

우리는 가까이 있는 문제들을 살피고, 그것들에 대해 생각을 나누고 이야기를 주고받았으며, 계획을 짜고, 필요한 재료와 도구를 한곳에 모으는 버릇을 들였다. 그리고 특별한 형편까지도 고려하면서 문제들을 하나씩 해결해 나가기 시작했다. 이렇게 해서 우리는 울타리를 만들고, 물 대는 시설을 하고, 계단식 밭을 일구고, 또다시 계획을 세워 집을 지었다.

이웃 사람들은 우리가 그이들의 기준과는 너무 멀리 떨어진 기준에 따라 사는 것을 보고, 우리를 이상하고 별나며 지나친 욕심을 가진 사람, 심지어 하찮은 일에 쓸데없이 목숨 걸고 매달리는 사람으로 보았다. 그래서 우리를 가까이 지내기 어려운 이웃으로 생각했다.

"사람은 누구나 자기의 이익을 늘리는 목적 하나만을 갖고 일해서는 안 된다. 다시 말해, 다른 사람들의 행복에 관심을 가져야 한다는 말이다. 실제로야 어떻든 이를 수긍하기는 쉬울 것이다. 어떤 이는 어떤 곳에서 일하고, 다른 사람은 또 다른 곳에서 일한다. 사람들은 저마다 자기가 일하는 곳에서 열심히 지식을 쌓고 기술을 터득한다. 그리하여 모든 사람이 다른 이에게 쓸모 있는 존재가 되고, 다른 사람들에게 도움을 줄 수 있다. 이렇게 서로 돕고 조화를 이루어 살 때, 모든 사람이 행복해질 수 있다."

제임스 도널드슨,《행복의 지름길 The Undoubted Art of Thriving wherein is Shewed》, 1700년

------- ❧ -------

"서로 무관심한 이웃들이여, 우리가 서로에게 도움이 되는 존재라는 걸 깨달아야 한다. 감탄할 만큼 뛰어난 능력을 베풀 수는 없어도, 우리는 서로에게 쓸모가 있다."

헨리 데이비드 소로,《소로우의 강 A Week on the Concord and Merrimack Rivers》, 1849년

------- ❧ -------

"돌다리도 두들겨 보고 건넌다는 말이 있다. 사람을 잘못 만나 마음에 동요는 없는지, 평정을 잃지는 않았는지 돌다리를 두드리듯이 늘 되짚어 보아야 한다."

허버트 제이콥스,《시골을 선택했다 We Chose the Country》, 1948년

함께 사는 사람들

우리는 '외지인'으로 버몬트에 왔다. 이곳 토박이들은 새로 이사 온 사람을 입에 올리면서 '타지 사람들'이라는 말을 가끔 쓴다. 외부인들을 의심스러운 눈초리로 바라보며 이웃으로 인정하기를 꺼리는 토박이들이 그 사람들을 '침입자'로 부르는 것은 어쩌면 당연한 일인지도 모른다.

어떤 공동체든지 외부에서 온 사람들에게 공동체의 법을 따를 것을 요구하고, 그곳의 풍습과 인습을 받아들이길 바란다. 그리고 자기 자식들 말고는 낯선 곳에서 침입해 온 어느 누구도 정다운 이야기를 나누는 난롯가에 다가오는 것을 반기지 않는다. 외진 데 있는 작은 마을일수록 이런 애향심이 다른 어떤 생각보다도 앞서곤 한다.

1932년 공황으로 이곳 버몬트 산골짝에도 어려움이 밀어닥쳤다. 버넷 슬래슨 씨는 본드빌에서 7킬로미터 북쪽에 있는 런던데리 출신이었는데, 본드빌에서 그곳 여자 에바 크라우닌쉴드와 결혼해 그곳에 정착해서 살았다. 그이는 목수 일과 페인트칠에 솜씨가 있었다. 그이는 이웃 사람들의 톱을 손보고, 나무를 잘라 주는 것으로 먹고살았다. 그 밖에

두 사람이 지은 돌집

도 갖가지 일을 하면서 빠르게 자리를 잡아 갔다. 본드빌의 토박이 가운데 한 사람은 버닛 씨의 갑작스러운 침입에 대해 이런 반응을 보였다.

"외지인들이 왜 여기까지 와서 우리 애들의 일자리를 뺏어 가는지 모르겠군."

버몬트에서 태어난 사람이 언덕 두엇 너머에 있는 작은 마을로 갔을 때 이런 반응을 불러일으켰다면, 다른 주에서 태어나 뉴욕시에서 살다가 버몬트의 윈홀 마을로 이사 온 사람은 어떤 대접을 받을지 상상해 보라. 넘어야 할 커다란 장벽이 여기 있었다. 우리는 조화로운 삶을 살려면 공동체와 더불어 살아야 한다고 생각했다. 어떻게 하면 사람들이 우리를 받아 줄 것인가? 우리는 대체로 법을 잘 지키는 시민이었지만, 그곳 인습을 하나에서 열까지 곧이곧대로 따를 생각은 없었고 또한 그곳 토박이의 자손도 아니었다.

처음 우리가 이곳에 도착했을 때, 이웃 사람들은 우리를 아래위로 훑어보았다. 그리고 순식간에 우리 집 숟가락이 몇 개인가까지 알아냈다. 우리가 어디서 왔는지, 그곳에서 무엇을 했는지, 나이가 몇인지, 어떤 차를 몰고 다니는지, 그 차의 상태와 성능은 어떤지, 우리가 무슨 옷을 자주 입는지, 무슨 음식을 먹는지, 이 밖에도 백 가지가 넘는 사실을 알아냈다.

버몬트에 와서 우리가 처음으로 한 일이 있었다. 그것은 우리 집에서 300미터도 안 되는 곳에 사는 가장 가까운 이웃 잭 라이트풋 씨에게 이렇게 물은 것이었다. "우유를 배달해 주실 수 있나요?" 그이는 그렇게 하기로 했고, 라이트풋 씨의 딸 한둘이 날마다 우유를 배달하러 우리 집에 왔다. 때로는 우유를 갖고 딸 셋이 함께 올 때도 있었다. 우리 집 부엌에는 뚜껑에 큰 경첩이 달린 아주 낡은 나무 궤짝이 하나 놓여 있었다. 그곳에 조그만 꼬마 여자아이 셋이 새처럼 한 줄로 나란히 앉아 있곤 했다. 맏딸 미니는 발이 바닥에 간신히 닿았고, 메리는 다리를 늘어뜨리고, 너덧 살이 분명한 글래디스는 다리를 앞으로 쭉 뻗고 있었다. 아이들은 크고 진지한 눈을 굴리며 모든 것을 보고, 기억하고, 집으로 돌아가면 틀림없이 소꿉동무들과 식구들에게 하나도 빠뜨리지 않고 다 얘기했을 것이다.

우리가 사는 모습을 본 이웃 사람들은 어처구니없어 하고, 당황하고, 불쾌해했다. 이웃 사람들이 끝까지 단호하게 받아들이지 않았던 것은 아마도 우리가 먹는 음식이었을 것이다. 그이들이 인정하는 음식을 우리가 먹었다면, 그들은 우리를 더 쉽게 받아들였을 것이다. 우리는 나무그릇에 음식을 담아 젓가락, 포크, 숟가락으로 먹었다. 그이들처럼 사기그릇을 쓰지 않았다. 우리는 또 버몬트의 관습을 따른다면 반드시 요리해서 먹어야 할 것을 그냥 날것으로 먹었다. 그리고 먹으면 절대로 안 된다고 생각하는 잡초와 보도 듣도 못한 것들을 요리해 먹었다. 고기를 먹지 않는 것도 몹시 이상한 행동이었다.

스무 해 동안 버몬트에 살면서 우리는 한 번도 파이를 굽지 않았고, 케이크나 쿠키도 거의 먹지 않았으며, 도넛을 먹는 일도 드물었다. 하루에 세 끼 다는 아니더라도 두 끼 정도는 파이, 케이크, 도넛을 상에 올리는 마을에서 우리의 행동은 믿기 힘들 뿐 아니라, 괘씸하기까지 한 짓이었다. 우리는 버몬트 사람들이 받아들이는 생활양식을 전혀 따르지 않으면서 살았다.

버몬트 사람들의 보수주의를 잘 보여 주는 일로 꼭 말해야 할 것이 있다. 스무 해 동안 살면서 우리는 흰 밀가루, 흰 빵, 흰 설탕, 파이, 과자의 문제점에 대해 이웃들과 밤을 새면서 수없이 많이 토론을 했다. 그리고 채소를 날것으로 먹는 것이 건강에 좋으며, 썩어 가는 동물의 시체를 먹는 것은 역겨운 일이라는 것에 대해서도 입이 닳도록 얘기했다. 하지만 고백하건대 그 스무 해 동안 우리의 충고에 따라 먹는 습관을 바꾼 집은 하나도 없었다.

우리는 이웃들과 사이좋게 지내기를 바랐지만, 그이들의 생활 방식을 따를 생각이 없었고, 그이들도 우리 방식을 받아들이려 하지 않았다.

그래서 우리는 서로 다르게 사는 데 동의했으며, 서로의 독특한 취향을 인정했다. 그이들은 자기들 전통을 지켰고, 우리는 우리 나름의 계획에 따라 버몬트 사람답지 않게 살았다.

그때 우리는 배워야 할 것이 많았고, 우리가 생각하고 있는 것들 가운데는 버몬트 실정에 맞지 않는 것도 있었다. 존 로레인은 《농사짓기 속에서 조화를 이루는 자연과 이성 Nature and Reason Harmonized in the Practise of Husbandry》에서 이렇게 말한 적이 있다.

"아무것도 모르는 일에 덜컥 돈을 투자하기에 앞서, 그 말끔한 신사는 지저분한 농부 밑에서 당분간 일꾼 노릇을 해야 할지도 모른다."

이를테면 비가 많이 오는 철이면 나뭇잎과 덤불로 하수구가 막혔는데, 우리는 이 일로 굉장히 골치를 썩이고 있었다. 우리는 워싱턴의 록크리크 공원에서 본 것처럼 돌로 바닥을 깔고 얕은 물길을 만들었다. 이것을 본 이웃 사람들은 겨울에는 이 물길을 쓸 수 없을 거라고 장담했다. 왜냐하면 흐르는 물이 물길 가운데 덮인 눈을 쓸고 내려가면서 양옆에만 높은 눈 제방을 만들 것이고, 곧 이 눈이 무너져 내려 물길을 막기 때문이라는 것이었다. 우리는 고집스럽게 서너 개의 물길을 만들었지만, 마침내 이웃 사람들의 말이 옳다는 것을 알게 되었다. 게다가 물길 가장자리에 있는 돌 몇 개가 서리 때문에 자꾸 움직여서, 골칫거리를 하나 더 안겨 주었다. 우리는 끝내 물길 만드는 일을 포기했고, 이웃 사람들은 콧방귀를 뀌며 만족스럽게 말했다. "그것 봐요. 내가 뭐라 그랬어요."

하지만 콘크리트 굴뚝에 대해서는 우리 말이 맞았다. 버몬트의 제당소에는 아연도금한 굴뚝이 세워져 있었는데, 쓸 때는 세우고 안 쓸 때는 내리고 하는 것이었다. 물론 우리 농축기에도 굴뚝이 있어야 했다. 굴뚝은 여러 부분으로 이루어졌는데, 부피가 너무 커서 땅에 내려놓아도 한 사람이 다루기에는 부담스러웠다. 사람들은 늘 해 오던 대로 수액을 모으는 철이 시작될 때 굴뚝을 세웠다. 굴뚝을 세우려면 여러 사람들이 함께 일해야 했다. 낮은 곳은 일하기가 쉬웠지만 높은 곳에서 하는 일은 어렵고 위험했다. 수액을 모으는 철이 끝나면 조심스럽게 굴뚝을 내려서 보관해 두었다. 하지만 무신경한 사람들은 다음 철까지 녹이 슬든 말든 굴뚝을 매달아 두었다.

두어 해 동안 굴뚝을 올렸다 내렸다 해 본 뒤에 우리는 오래 가는 굴뚝을 세우기로 결심했다. 처음에는 벽돌을 쓸까 생각했지만, 결국은 콘크리트로 결정했다. 오래된 아연도금 굴뚝을 안쪽 거푸집으로 쓰고, 정사각형의 바깥 거푸집은 여러 부분으로 만들었으며, 그것들을 자기 자리에 놓고 볼트로 고정시킨 뒤 콘크리트를 부어 굴뚝을 만들었다.

콘크리트 기반과 콘크리트 바닥을 가진 제당소가 이미 세워져 있었으므로, 우리는 굴뚝을 제당소 바깥 면에 대고 아연도금된 벽을 뚫어

안으로 연결했다. 작은 문제 몇 가지를 극복한 뒤에 우리는 굴뚝을 완성했고, 다음 번 시럽 철에 써 보았더니 굴뚝으로 연기가 잘 나갔다. 우리가 아는 한 이것은 버몬트 제당소에 세워진 최초의 콘크리트 굴뚝이었다. 전혀 수리를 하지 않았지만 굴뚝은 열다섯 해가 넘도록 그 자리에 서 있었다. 봄마다 힘들고 위험스럽게 아연도금 굴뚝을 세우는 대신에, 두 사람이 20분 동안만 시간을 내서 굴뚝과 농축기 사이에 아연도금한 부분을 집어넣기만 하면 수액을 끓일 준비는 다 된 것이다.

굴뚝을 세우자 이웃 사람들이 몰려와 저마다 한마디씩 했다. 그 가운데 버몬트 사람들조차 보수주의자라고 생각하는 루스 해밀턴이 있었다. 이 사람이 굴뚝이 제대로 구실을 하는지 보려고 찾아왔다. 그이는 여러 해 동안 수액을 만들어 온 사람이고, 따라서 그 일에 대한 모든 기술을 터득하고 있었다. 잠깐 지켜보고 난 그이는 구경꾼처럼 한 발 물러서서 굴뚝의 성능을 인정하며 이렇게 말했다. "글쎄, 이 사람들이 사회주의자인지는 모르겠지만, 생각은 그런대로 쓸 만하군."

이렇게 마지못해 인정하는 말이 우리가 이웃에게서 들었던 가장 따뜻한 말의 하나였다. 우리가 들은 말들은 거의가 칭찬과는 거리가 멀었다. 우리를 좋아한 여러 이웃들조차도 우리의 기이한 생활 방식을 의심스러운 눈으로 보았다.

우리는 이웃과 힘을 합쳐야 한다는 생각을 갖고 있었고, 이 생각을 실천에 옮기려고 애썼다. 처음부터 이웃들과 함께 일했는데, 사정에 따라서 이웃집이나 우리 집에서 일했다. 원칙을 세울 때부터 우리는 임금을 주고받는 관계를 거부했다. 서로 일을 돕는 노동 교환으로 임금을 피할 수만 있다면, 실제로 임금을 주고받는 관계를 절대 맺지 않을 작정이었다. 노동력을 사고파는 것은 건강한 사회관계가 아니기 때문에, 우리는 시간과 생산물을 공평하게 교환하는 것을 훨씬 좋아했다. 할 수만 있다면 언제든 우리는 힘을 모아 함께 일하고, 서로서로 도우려고 했다. 필요한 때에는 임금노동과 타협하기도 했지만 그 비중을 아주 적게 했으며, 그럴 때면 언제나 이웃들이 원하는 임금을 받아들였다. 임금을 주는 계약을 할 때면, 우리는 그이들이 해야 할 일을 모두 얘기하고 나서 이렇게 말했다. "이 일에 얼마를 받기 원하세요?" 그렇지 않으면 일이 끝난 뒤 이렇게 물었다. "얼마를 드려야 할까요?" 우리는 한 번도 그이들이 요구하는 돈을 주면서 뭔가 토를 달거나, 망설인 적이 없었다.

이웃과 함께 일하면서 가장 즐거웠던 일은 벽난로를 원하는 이웃 사람과 계약을 맺고 일한 것이다. 앨리스와 척 본 씨 부부는 우리 집에서 15킬로미터 떨어진 곳에 있는 오래된 농가를 한 채 사서, 스키 철에 쓸 방갈로로 고치고 있었다. 그 고장 일꾼들은 벽돌 벽난로와 굴뚝을 만드는 데 600달러를 요구하고 있었다. 우리는 본 씨 부부에게 벽난로를 스스로 만들어 보라고 권했지만, 그 사람들은 일에 달려들기는커녕 한숨만 쉬고 있었다.

그때 우리는 숲속의 오두막까지 돌계단을 만들고 있었다. 꽤 힘든 일이어서, 누군가 도와주기를 바라고 있었다. 우리는 이 문제를 본 씨 부부와 함께 의논해, 다음과 같이 계약을 맺었다. 우선 그이들이 먼저 바닥 높이로 벽난로의 기초를 만들어 놓기로 했다. 그러면 우리가 가서 그이들과 함께 벽난로를 만들고 굴뚝을 올려 주기로 했다. 이 일을 하는 데는 엿새쯤 걸릴 것으로 예상되었다. 이렇게 우리가 일해 준 것에 대한 보답으로 그이들은 엿새 동안 우리와 돌계단을 만들기로 했다.

일은 훌륭하게 이루어졌다. 열이틀 동안 서로 돕는 노동을 하고서 (물론 여기에다 그이들이 벽난로의 기초를 만든 일을 더해야 한다) 그이들은 자재비 말고는 현금을 한 푼도 쓰지 않고 벽난로를 얻었다. 어떻게 했어도 자재는 사야 했을 것이다. 우리가 얻은 것을 생각해 보면, 무거운 돌로 계단을 만드는 데 똑같은 양의 도움을 받았다.

이렇게 관계를 맺는 것은 '경제'로 봐도 건전하다. 서로 착취하지 않고 양쪽 모두에게 이익이 되는 교환을 했기 때문이다. 사회라는 차원에서 보면 이러한 관계는 서로 노동시간을 교환하는 평등주의 원칙을 바탕으로 하고 있다. 그것은 사람들이 저마다 똑같은 시간을 투자해, 자기 힘닿는 대로 최선을 다해 일한다는 것이다. 소로는 《월든》에서 이렇게 말하고 있다.

"만일 어떤 사람이 믿음을 갖고 있으면, 그 사람은 모든 곳에서 이 믿음을 갖고 협동할 것이다. 하지만 그 사람에게 믿음이 없다면, 어느 회사에서 일하든 그 사람은 세상의 나머지 사람들과 똑같이 살아갈 것이다. 가장 낮은 차원은 물론 가장 높은 차원의 협동도 우리가 함께 살아간다는 것을 뜻한다."

우리 생각에는 함께 일할 수 있는 또 다른 이웃 사람이 몇 있었다. 하지만 이웃들 거의가 서로 돕는 일에 무관심했으며, 내놓고 반대하는 사람들도 있었다. 사람들은 함께 일하려면 계획을 세워야 하고, 함께 일하는 사람들이 그 계획을 지켜야 하며, 자기 일에 책임을 지고 자기 의무에 충실할 때만 그 일이 성공한다는 것을 알고 있었다. 하지만 바로 여기서 이 사람들 대부분은 협동하는 것보다 더 좋은 방법이 생각났고, 엘리엇이 말한 대로 "모든 사람이 저마다 자기 힘으로 자기 일을 한다"는 개인주의 모습으로 돌아갔다. 엘리엇은《수필집 Essays》에서 이렇게 말하고 있다.

"그런 일을 별로 좋아하지 않는 사람들이 있다. 그 사람들은 당신이 산더미 같은 금을 내걸지 않는 한 새로운 계획을 세우지 않을 것이고, 자기에게 익숙지 않은 일에 뛰어들지 않을 것이다."

이런 태도는 우리가 합리화한 방법으로 단풍 시럽을 만드는 것을 보고 해럴드 필드 씨가 보인 행동으로 잘 설명할 수 있을 것이다. 해럴드 씨는 한 번 일에 몰두하기 시작하면 마음에 들게 일하는 성격이었다. 독특한 발명을 하기도 좋아했고 일할 때는 몸을 아끼지 않았다. 그이는 머리로는 서로 도와 일하는 것이 좋다고 생각하고 있었다. 하지만 실제로는 자야겠다고 생각하는 순간 잠자리에 들기를 좋아했고, 또 일어나고 싶을 때 일어나서, 일할 마음이 생길 때 일했다. 우리와 함께 한 해 동안 단풍 시럽을 만들 때 그이는 그 일이 자기에게 어울리지 않는다는 것을 알았다. 시럽을 만드는 철이면 우리는 일을 순서대로 순조롭게 진행하는 데 많은 주의를 기울였다. 왜냐하면 통에 수액이 차자마자 그것을 가져와서, 발효되기 전에 농축기에 넣는 작업 과정을 잘 지켜야 시럽을 많이 얻을 수 있기 때문이었다.

해럴드 씨는 여러 종류의 사탕단풍나무 숲을 갖고 있었다. 하지만 그이의 나무들은 너무 작았고, 수액이 별로 많이 나오지 않는 무른 사탕단풍나무였다. 그리고 무엇보다도 그이에게는 제당소가 없었다. 그래서 해럴드 씨는 우리와 함께 단풍 시럽을 만들기로 계약을 맺었다. 조건은 일한 시간과 수액 통 몇 개와 다른 도구들을 쓴 것에 대한 대가로 생산된 시럽을 날마다 그이와 나눈다는 것이었다. 그 철에는 운이 좋아서, 해럴드 씨는 일을 끝내고 한 달 반쯤 일한 대가로 거의 568리터의 시럽을 가져갔다.

해럴드 씨는 자기가 얻은 시럽 양에 매우 만족했다. 하지만 그이는 자기가 숨 돌릴 짬도 없이 너무 힘들게 일했다고 생각했다. 게다가 이런 생각까지 들었나 보다. 이렇게 많은 시럽을 이렇게 적은 힘을 들여 만들 수 있다면, 내 나무를 쓰고 내 제당소를 지어 모든 수입을 혼자 독차지하지 못할 까닭이 무엇인가? 그래서 다음 번 수액을 받는 철에는 해럴드 씨가 단풍 설탕 제조 시설을 만들어, 실제로 혼자 힘으로 일하는 모습을 볼 수 있었다.

시럽을 만들려면 그 일을 여러 가지로 나누어야 하며, 일의 순서를 잘 세워야 한다. 가장 효과 있게 수액을 모으려면 서너 사람으로 팀을 짜야 한다. 수액 받기가 한 가지 일이라면 수액을 농축기에 넣고 바짝 졸이는 것은 또 다른 일이다. 수액을 여기저기 늘어놓아 상하지 않게 하려면, 두 가지 일을 동시에 해야 하는데, 특히 따뜻한 날 하는 것이 좋다. 해럴드 씨는 시련과 고뇌에 차서 그 철을 보냈고, 마침내 시럽을 만드는 데 들인 시간만큼 일당이 빠지지 않는다고 투덜거리며 시럽 만드는 일을 그만두었다.

조와 플로이드 허드 부부는 시럽 만드는 방법을 우리에게 처음으로 가르쳐 준 사람들이었다. 일곱 해 동안 우리는 그이들과 함께 단풍 시럽을 만들었다. 허드 씨네 식구들은 제칠일안식일교 사람이었다. 안식일교 사람들은 하느님께서 일요일이 아니라 토요일에 쉬도록 정했다는 믿음을 갖고 있었으므로 토요일에는 일이나 돈거래를 하지 않으려고 했다. 하지만 허드 씨 부부는 토요일에도 우유를 짜고, 소에게 물을 주고, 급하게 해야 할 집안일을 했다. 또 이웃 사람이 부탁하면 우유와 달걀 같은 생활필수품을 팔았다. 하지만 이분들은 보통 다음 날까지 물건값을 받지 않았다.

이웃 사람인 월터 트윙 씨는 제칠일안식일교 지도자 가운데 한 사람이었는데, 깨끗하고 품질이 고른 건축용 모래가 있는 채취장을 갖고 있었다. 그이는 남을 생각하는 마음에서 언제나 먼저 다정한 말을 건네는 사람이었지만, 토요일만큼은 우리가 자기네 채취장에서 모래를 퍼가는 것을 허락하지 않았다. 월터 씨는 산골짝에서 단풍 설탕을 가장 잘 만드는 사람 가운데 하나였다. 그이는 봄이 오면 누구보다도 먼저 일을 시작해서 다른 사람들보다 더 자주 수액 통을 비웠고, 가장 좋은 품질을 자랑하는 시럽과 설탕을 만들었다. 그리고 언제나 3월 초 신도들을 만나는 날에 맞춰 첫 번째 단풍 설탕을 가져가려고 했다. 우리 골짜기에는 다음과 같은 관습도 있었다. 종교에 한참 빠져 있을 때, 월터 씨는 금요일 해가 지고 나면 자기네 단풍나무로 가서 수액 통을 비운 뒤, 통을 거꾸로 세워 놓고 토요일 해가 질 때까지 그대로 두었다. 하느님의 날에 떨어지는 수액은 쓰지 않겠다는 뜻이었다.

허드 씨 부부는 월터 트윙 씨보다는 엄격하지 않았다. 그이들은 처음 우리와 일할 때, 무슨 요일이든 수액이 떨어지면 곧바로 통을 들고 단풍나무 숲으로 갔다. 하지만 나중에 불행한 일을 몇 차례 겪게 되자, 그이들은 그런 일들이 일어난 것을 자기들이 안식일을 지키지 않은 탓으로 돌렸다. 그리고는 무슨 일이 있어도 토요일에는 교회에 가며, 그날은 일을 하지 않겠다고 마음을 먹었다. 이분들이 그러한 마음을 굳힌 때가 공교롭게도 수액이 흐르는 철이었다. 금요일부터 흐르기 시작한 수액은 토요일 내내 쉼 없이 흘러내리고, 마침내 그날 밤에는 통이 넘쳤는데, 이런 일이 주말마다 일어났다.

허드 씨 부부는 자기들의 원칙을 철저히 지켜서, 수액이 흐르든 말든 교회에 갔다. 우리는 이런 금기가 없었으므로, 토요일에도 수액을 모아 불 위에 얹어 놓고 졸였다. 그런데 아주 중요한 의문이 떠올랐다. 허드 씨 부부는 안식일에 흘러내린 수액을 모아서 만든 시럽에 대해서도 자기 몫을 요구해도 되는 것일까? 이 문제에 대해 열띤 토론을 한 끝에, 그분들은 자기들 몫을 가져갔다.

서로 돕는 전통을 세우려는 우리 노력이 성공했다면, 주민들이 함께 일하는 것이 마을에 중요한 구실을 했을 것이다. 몇 사람은 서로 돕고 힘을 합쳐 일하는 것이 좋다고 생각했지만, 마을 사람들 대부분은 그것에 깊은 관심이 없었고, 그런 방향으로 가려는 생각도 별로 없었다.

우리가 살던 골짜기는 외따로 떨어져 있어 자급자족하는 경제생활을 하도록 자연이 만들어 준 곳이라고 할 수 있었다. 따라서 공동 사업을 했다면 번창할 수 있었을 것이다. 자메이카에서 서쪽으로 8킬로미터 떨어진 파이크스 폴스 도로에는 가파른 협곡이 있었다. 웨스트강의 지류가 흐르고 있는 이 협곡은 800미터쯤의 폭으로 동서 방향으로 이어져 있었다. 남쪽으로는 스트래턴산이 솟아 있었다. 북쪽에는 피너클산이 있었다. 동서 방향으로 접근하는 길은 높은 언덕으로 가로막혀 있었는데, 여기로 너덧 줄기의 시냇물이 흘렀다. 시냇물은 가파른 골짜기를 거쳐서 낮은 지대를 가로질러 웨스트강으로 흘러들어 갔다.

우리 골짜기의 전체 넓이는 어림잡아 120만 평쯤 되는 듯했다. 나무가 우거진 400만~500만 평의 또 다른 고지대가 있었지만 이 고장 전체를 통틀어 일 등급 낙농업을 할 만큼 좋은 땅은 없었다. 그리고 이곳은 과일을 키우기에는 너무 높았다(해발 450~600미터). 우리가 이곳에 사는 스무 해 동안 칠팔월에 서리가 세 번 내렸으며, 그 서리는 호박, 토마토, 옥수수, 심지어 감자 이파리까지 죽여 버렸다. 비나 눈 녹은 물이 흘러내려 홍수가 나는 낮은 지대라는 것은 둘째 치더라도, 심각한 침식 위험을 피해 농사를 지을 수 있는 땅이 6천 평도 안 되었다. 집짐승들을 놓아먹일 수 있는 기간도 짧았다. 한번 내린 눈은 종종 추수감사절에서 부활절까지 그대로 쌓여 있었다.

한편 골짜기 전체에는 사탕단풍나무 숲이 열한 개 있었다. 게다가 아직 줄을 그어 수액을 받지 않은 단단한 사탕단풍나무가 몇천 그루나 있었다. 둘레 언덕에는 몇만 그루에 이르는 가문비나무, 전나무, 솔송나무, 단단한 단풍나무, 노란 자작나무, 흰 물푸레나무, 참피나무, 너도밤나무, 무른 단풍나무, 미루나무가 하늘을 가릴 만큼 우거졌다. 숲의 나무들은 그냥 내버려 둬도 다시 자라났고, 자라는 속도도 빨랐다. 이러한 형편이라면 다음과 같은 일을 할 수 있었을 것이다.

하나, 마을 공동으로 제재소를 만들어, 필요한 만큼 목재를 잘라서 알맞은 땅에 스무 채쯤의 집을 고치거나 새로 짓는다.

둘, 마을 사람들에게, 밭을 만들고, 과일나무를 심고, 필요한 집을 지을 수 있도록 땅을 준다.

셋, 마을 사람 모두에게 이익이 돌아가는 낙농 단지를 세운다.

넷, 골짜기의 중심이 되는 곳에 철물점, 목공소, 온실 단지, 자동차

정비소를 만들어 관리한다.

다섯, 숲을 잘 관리하고, 그곳에서 가져온 나무로 장난감이나 나무 제품을 만들 수 있게 제재소 옆에 목공예 공장을 짓는다.

여섯, 서로 힘을 합쳐 단풍 시럽을 만들고, 포장하는 곳을 세워 단풍 시럽과 단풍 설탕을 멋지게 포장하고, 기회가 있으면 내다 판다.

일곱, 수를 놓거나 실을 꼬아 만든 양탄자, 목공예품, 농기구, 가구 따위를 만든다. 지역 학교, 도서실, 마을 회관을 세우고, 지역 사람들의 품위 있는 생활에 필요한 시설을 짓는다.

조직이 잘 꾸려지고, 이상과 열정을 가지고 힘을 모았다면, 이 일은 백여 명에 이르는 마을 사람들에게 충분히 먹고살 수 있는 돈과 어느 만큼 만족스러운 생활환경을 마련해 주었을 것이다. 두말할 필요 없이 이런 일이 이루어지려면 마을 사람들이 공동의 목표, 서로 거들고 힘을 모으려는 마음, 원칙을 지키는 정신, 그리고 적어도 십 년 넘게 계획을 밀고 나가려는 굳은 의지를 지니고 있어야만 했다.

젊은 이상주의자들이 며칠, 몇 주, 몇 달, 심지어 몇 해 동안 머물면서 골짜기 이곳저곳을 떠돌아다니고 있었다. 하지만 우리의 제안은 그이들이 팔을 걷어붙이고 무언가 일에 뛰어들게 만들 만한 호소력이 없었다. 많은 모임과 토론이 있었지만, 공동 사업체는 끝내 만들어지지 않았다. 이따금 그런 일들을 시작해 보려는 움직임이 있긴 해도, 어떤 계획도 성공이라는 열매를 맺기까지 이어지지는 못했다.

마침내 전문 목재업자가 잠깐 동안 임시 제재소를 만들어 여기저기를 옮겨 다니며 가끔씩 목재들을 치워 주는 형편이 되었다. 이 골짜기에 사는 동안 우리는 그 사람들이 아깝기 그지없는 수많은 통나무와 목재들을 트럭에 싣고 런던데리, 자메이카, 뉴페인으로 가져가는 것을 보았다.

평균 내서 보면, 마을 사람들은 한 해에 사탕단풍나무 숲에 있는 나무들 가운데 절반에도 못 미치는 나무에서만 수액을 받았다. 나머지 나무들은 그냥 방치된 상태였다. 사람들은 시럽을 통에 담아 얼마 되지도 않는 돈을 받고 도매상에게 넘겼다. 지역 사업으로 빵 굽는 일을 몇 번 해 보려고 했지만 체계가 안 서고 오래가지도 않았다. 유아원과 유치원을 만들려는 일도 이와 똑같은 까닭으로 성공을 거두지 못했다.

어린 자식들이 줄줄이 딸린 집들이 이 골짜기에 정착해서 살아 볼 마음으로 우리 마을을 찾아오는 일도 많았다. 그러나 이들 가운데 아주 적은 수의 집들만이 발을 붙이고 살 수 있었다. 그리고 그이들도 시간이 조금 지나면 이곳을 떠나갔다. 스무 해가 지난 뒤, 골짜기 전체 인구는 처음 우리가 살기 시작한 때보다 조금 줄어들었다. 서로 거들고 힘을 모으는 모습이라고 해 봐야 이웃끼리 이따금 물건을 교환하거나 품앗이를 하는 정도였다. 때때로 병을 치료하거나 어린아이들을 돌봐 주면서 서로 돕기도 했는데 이런 모습은 세계 어느 마을에 가도 볼 수 있는 일이었다.

우리 골짜기에는 버몬트 출신 사람들과, 한때 회사를 다녔던 외지인들이 살고 있었다. 외지인들은 거의가 기업 경제에서 밀려난 사람들이었다. 이 사람들은 개인의 자유를 소중하게 생각하면서, 공동 사업을 시작하면 더 심한 통제와 구속을 받을 것이라고 여겼다. 이 사람들은 여럿이 함께 일하거나 계획을 세우는 일을 의심스러운 눈초리로 바라보았다. 설령 기회가 있더라도 한 가지 일도 같이 하지 않을 것이다. 그러니 우리 공동체가 세울 수 있는 계획이라곤 오로지 여가 활동, 다시 말해 서로 만나 떠들고 노는 일뿐이었다.

사실 사교 모임은 골짜기 전체에 사는 사람들의 생활에서 중요한 부분을 차지하고 있었다. 마을 공동의 경제활동은 없었지만, 여러 가지 다른 차원에서 이웃들을 한데 모으려는 노력은 계속되었다. 마크햄은 《만족스러운 시골 생활 Country Contentments》에서 이렇게 말하고 있다.

"기운을 돋우기 위해서도 쉬는 시간을 갖는 것이 몹시 중요하다. 누구보다도 농사꾼에게 이런 시간이 주어져야 한다. …… 아무리 하찮은 사람이라도 어느 만큼은 여가 시간을 가져야 한다."

처음에는 여름과 초가을에 바깥에서 마을 행사를 열었다. 파이크스 폴스나 여러 이웃집에서 마시멜로 구이 만들기, 옥수수 껍질 벗기기 대회, 상량식, 댄스 파티 같은 잔치가 벌어졌다. 햇빛이 눈부시고 따뜻한 날에 집 밖에서 모임을 갖는 것은 더없이 즐겁고 기분 좋은 일이었다. 하지만 폭풍이 치거나 추운 날에 할 수 있는 다른 행사도 필요했다. 우리 집에는 돌바닥에 소나무 판자를 깐 거실이 있었다. 그리고 벽난로 앞에는 긴 소파, 의자, 방석이 놓여 있었는데, 마흔 명쯤 되는 사람들이 그 자리에 앉을 수 있었다. 이곳은 여러 해 동안 세계정세와 철학 또는 그 밖의 문제를 토론하는 모임 장소로 쓰였다. 보통 이런 모임은 토요일이나 일요일 저녁에 열렸다.

우리 집에서 동쪽으로 25킬로미터쯤 떨어진 웨스트 타운센드에도 토론 모임이 있었다. 이분들은 수요일 저녁에 모임을 가졌다. 우리 골짜기 모임에는 서른 넘게 모이는 때가 드물었는데, 웨스트 타운센드 토론회에는 특별한 일이 있을 때엔 100명이 넘게 참석했다. 때로는 웨스트 타운센드 사람들이 우리 모임에 참여하기도 했고, 우리 골짜기에서 열 사람쯤이 그이들 모임에 가는 일도 가끔 있었다.

1939~1945년에는 제2차세계대전 때문에 모임은 초기부터 긴장이 감돌았다. 나중에는 냉전과 한국전쟁에 자극을 받은 사람들이 격렬한 감정을 드러내어 제대로 모임을 갖기가 어려웠다. 그러지 않은 사람도 있었지만 버몬트 사람들은 모임에 참석한 사람들이 너무 과격하다고 우리 집이나 웨스트 타운센드에서 열리는 토론회에 참석하지 않았다. 거의 모두가 공화당원인 버몬트 사람들은 민주당원을 좌파에 가깝다고 생각했으므로, 이런 일은 결코 놀랄 일이 아니었다.

토론회가 열린 처음 몇 해 동안 웨스트 타운센드의 모임에 참석한 고등학생들은 릴랜드 앤 그레이 아카데미에서 온 자유주의자 교장 선생님의 말씀을 듣고 자기들 생각에 자신감을 얻었다. 가까이에 있는 윈덤의 뉴턴 학교에서도 학생들이 왔다. 그러나 사람들 사이에 긴장감이 높아지면서 학생들은 토론회에 더는 나오지 않았다. 마을 사람들의 중심에 서 있고 능력 있고 경험 많은 지도자들이 이끄는 토론회라 할지라도 오랫동안 지속되기는 어려웠다. 비록 평화로운 시절이라도 말이다. 하지만 전쟁 기간 동안 외딴 작은 공동체에서 열린 이 토론회들은 사람들에게 변함없이 진지한 주제를 던져 주었다.

골짜기에는 서로 관심이 다른 그룹이 두 개 있었다. 한 그룹은 세계 정세와 삶의 의미, 목표에 관심을 갖고 있었다. 다른 그룹은 단호하게 그 고장의 문제와 여가 활동만을 다루기를 바랐다. 다시 말해 아이들 보호시설, 유아원, 댄스 사교장, 그리고 이와 같은 사업을 펼칠 알맞은 장소로 마을 회관을 세우는 일에 관심이 있었다. 그래서 세계정세에 관한 모임과 지역 문제와 여가 활동을 다루는 모임을 번갈아 여는 방법을 쓰게 되었다. 그런데 전쟁의 긴장감이 높아지면서, 골짜기 주민들은 토론에 참석하기만 하면 서로 상대방을 비난하기 시작했다. 끝내 토론 모임은 사라지고 오락은 제자리를 지켰다.

골짜기의 마을 공동체가 조금씩 모습을 갖춰 가던 초기에 마을 회관을 세우자는 말이 여기저기서 나왔다. 그 장소로 우리 고장의 학교 건물을 얻어 쓰려던 계획은 실패했다. 그때 노먼 윌리엄스 씨가 자기 땅에 버려져 있는 목재 창고를 위탁 증서를 쓰고서 마을 회관으로 내놓았다. 청소와 수리를 끝낸 뒤 우리는 이곳을 여가 활동과 마을 사람들의 모임 장소로 쓸 수 있었다.

골짜기에 들어올 때부터 노먼 씨는 누구나 평등하다는 생각을 강하게 갖고 있었다. 그이는 지역 주민들이 공동체 활동에 무관심한 것을 보고 당황했다. 그이는 이웃들이 모두 참여하지 않는 한 '진정한 공동체'를 이룰 수 없다고 믿었다. 이웃들을 참여시키려면, 모두가 즐겁고 기꺼이 참가할 수 있는 활동을 해야 한다고 주장했다. 다시 말해 가장 낮은 공통분모로 활동 수준이 내려가야 한다는 것이었다.

버몬트 사람들이 토론회에 나오지 않는다는 것은 이미 겪어 아는 사실이기 때문에, 더 많은 사람을 끌어들일 수 있는 공동체 행사를 만들어 낼 필요가 있었다. 노먼 씨는 야유회, 저녁 식사, 춤이 여기에 꼭 맞는 행사라고 생각했다. 우리는 마을 회관을 고쳐서 그 목적에 썼다.

아코디언과 축음기, 그리고 아마추어 무용가 여남은 사람의 도움으로 스퀘어댄스와 포크댄스는 날로 발전했고, 이웃 마을들에서 우리 골짜기의 무용단을 초청해 가기에 이르렀다. 스퀘어댄스는 토요일 저녁에 열렸다. 이 행사는 너무나 성황을 이룬 나머지 몇 킬로미터나 떨어진 먼 곳에 사는 사람들도 춤을 추려고 찾아왔다. 여전히 골짜기 사람들 가운데 누구도 토요일 밤의 진지한 토론 모임에는 나오지 않았다. 더구나 새롭게 복잡한 일이 생겼는데, 그것은 다름 아닌 술 문제였다.

마을 회관을 열 때부터 댄스 시간에는 청량음료를 나눠 주거나 팔았다. 춤추러 오는 사람들이 늘면서, 술을 한잔 걸친 사람들도 나타나기 시작했다. 댄스 시간만 마신다는 다짐을 받고 술을 가져와 마시는 사람들도 있었다. 그런데 떠들썩한 소동이 일어났다. 마을 회관의 관리 위원이던 리처드 그레그, 오파 콜리, 넬슨 로슨 씨 들이 회관 안에서 술 마시는 것을 금지하는 경고장을 붙인 것이다. 이것이 분위기를 험악하게 만들었다. 마을 사람들은 긴급 모임을 가졌고 관리 위원들은 자리에서 물러났다. 후임자로 세 명이 선출되었는데 이들은 모두 댄스 시간만 마을 회관에서 술을 마시는 것을 허용하자는 데 강하게 찬성하는 사람들이었다. 물러난 관리 위원들은 중년이나 그보다 나이가 많은 사람들이었지만, 새로 뽑힌 관리 위원들은 모두 중년이 채 안 된 젊은 세대에 속한 사람들이었다.

술 문제는 마을을 뿌리째 뒤흔들어 놓았다. 마을 회관에서 술을 마시도록 허락하는 결정에 대해 하루가 멀다 하고 뜨거운 논쟁이 이어졌다. 거의 모든 마을 사람들이 술꾼들에게 술 마실 자유가 있다고 생각하는 것에는 더 물어보고 말고 할 것도 없었다. 그런데 술을 반대하는 몇몇 사람들은 술을 마시게 한다면 마을 회관 행사에 나오지 않겠다고 했다.

그전에도 마을 사람들은 도덕이나 윤리와 관련이 있는 여러 문제에 부딪친 적이 있었다. 어떤 문제는 잘 해결되었고, 어떤 문제는 관련되지 않은 사람들로서는 심하게 다툴 것도 없어서 책상 위에 조용히 놓여 있었다. 하지만 술 문제는 마을 전체를 갈라놓고 사람들 사이에 알력을 일으켜 마을 회관 계획 전체를 완전히 백지로 돌려 버렸다. 한때는 마을 회관을 다시 짓자는 말이 많았다. 그렇게 되면 공예 센터와 학교 시설과 다양한 여가 활동 공간을 마련할 수 있었다. 하지만 술 문제로 일어난 싸움은 이런 계획들을 완전히 망쳐 놓았다.

우리는 이 일을 겪으면서 협동하는 공동체를 만드는 데 성공하려면 반드시 먼저 정신의 공감대가 이루어져야 한다는 것을 다시 한번 되새기게 되었다. 목적과 방법에 대해 의견이 같다고 해서 충분한 것은 아니다. 하지만 우리 골짜기에서는 이것조차도 제대로 이루어지지 않았다. 공동체가 계속해서 힘을 모아 일해 나갈 수 있으려면 모든 구성원들이 받아들이는 정신의 공감대가 있어야 한다. 마을 회관은 이 산골짝에 사는 사람들을 단결시키는 데 더없이 중요한 매개체가 될 수 있었다. 하지만 몇몇 사람들의 경솔함 때문에 단결은커녕 많은 사람들이 큰 혼란을 겪도록 싸움의 불씨만 던져 주고 말았다.

골짜기 전체가 서로 힘을 모아 살아가는 마을로 만들려는 노력을 다했는데도, 집집마다 사회경제적으로 독립생활을 하고 있었다. 다만 여남은 집들이 자기들끼리만 특별한 계약을 맺어 거래하는 모습이 가끔 눈에 띌 뿐이었다. 그해의 활동이 모두 끝나자 마을 회관은 그냥 방치되고 골짜기는 십 년 전 모습 그대로 그 자리에 있었다. 이따금 여가 활동을 하려고 사람들이 모이기도 했지만, 골짜기 전체 주민들이 협동하는 것은 고사하고 서로 욕하고, 집안들끼리 싸우고, 이념을 둘러싸고 서로 적개심을 보이는 것이 우리 공동체의 자화상이었다.

이것은 분명 아름다운 그림과 거리가 멀다. 또한 북아메리카에서 협동하는 자치단체, 계획된 노동 공동체를 만들려고 바쁘게 뛰는 많은 사람들과 집단들에게 희망을 주는 이야기도 아니다. 우리가 겪어 보았으므로 짐작할 수 있었던 아주 중요한 사실이 있다. 태어나면서부터 사람은 자기만의 일에 몰두하도록 습관 들게 마련이기 때문에 이런 사람들이 남들과 효과 있게 협동할 기회는 가뭄에 콩 나듯 드물다는 것이다.

전쟁이 사람들 마음을 짓누르면서, 사회문제를 토론할 때마다 서로 다른 의견이 날카롭게 맞서는 일이 자주 일어나자, 우리는 우리의 취향을 생각하면서 공동체의 화합을 위해 또 다른 실험을 했다. 그것은 일요일 아침마다 음악회를 여는 것이었다. 한가한 철이 되면 우리는 날씨가 허락하는 대로 우리 집 뒤쪽 테라스에서 음악회를 열었다. 궂은 날씨에는 탁탁거리며 타오르는 거실의 불 앞으로 자리를 옮겼다.

그것은 아무런 격식이 없는 자유로운 행사였다. 아침 열 시 반이 되면 가까이에 사는 사람들이 하나둘 모여들기 시작했다. 프로그램은 그곳에 모인 사람들의 음악에 대한 관심과 재능에 따라 짜여졌다. 우리 골짜기에는 종교를 믿는 사람과 종교에 반대하는 사람이 폭넓게 있기 때문에, 되도록이면 종교의 성격을 띤 음악을 강조하지 않거나 피할 필요가 있었다. 한두 차례 삐걱거리기도 했지만, 우리는 이런 어려움을 이겨 내는 데 성공할 수 있었다. 사람들은 언제든지 돌아가면서 춤을 추거나 대중가요를 부를 수 있었다. 과감하게 합창곡에 도전할 수 있는 가수들이 늘 참석하진 않았지만, 우리는 이런 사람들을 언제나 기다리고 있었다. 가끔 날씨가 나빠 바로 옆집에 사는 사람밖에 찾아오는 사람이 없으면, 축음기를 틀거나 오르간 연주를 했다.

정기 음악회 시간은 두 부분으로 나뉘었다. 아마추어들이 노래를 하거나 악기를 연주하는 시간과 축음기를 틀어 놓고 전문가의 음악을 듣는 시간이다. 물론 운 좋게도 전문 가수나 연주가들을 그 자리에 모실 수 있다면 당연히 모두 둘러앉아 그이들의 음악을 들었다. 악기를 연주할 능력이 있거나 음악 취향을 우리에게 미리 말해 준 사람이 오면 그 사람에 맞춰 프로그램을 바꾸었다. 훌륭한 바이올린 연주자가 우리 집에 들러 오르간 반주에 맞춰 연주를 한 적도 있었다. 기타 연주자가 바흐의 곡을 기타로 쳐 주기도 했다. 언젠가는 뛰어난 목소리를 가진 여자가 우연히 들러 깊고 풍부한 목소리로 우리를 기쁘게 해 준 적도 있었다.

우리는 사람들이 가진 모든 재능을 다 살렸다. 어느 일요일에 있었던 연주회는 지금도 기억난다. 플루트 연주자와 리코더 연주자 둘이 어디에선가 나타났고, 5중주를 만들어 네 시간 꼬박 합주곡을 연주했다. 우리는 간신히 시간을 내어 밥을 먹고 다시 음악을 들어야 했다. 이 음악가들은 우연히 우리 집에 들른 것으로 그 뒤로는 그이들을 다시 볼 수 없었다.

음악회는 우리 마을에서 큰 성공을 거두었다. 공공의 문제를 토론하는 모임보다 음악회에 사람들이 더 많이 나왔다. 음악이 끝나고 나면 이웃들은 서로 방문했다. 우리 밭이나 집을 둘러보기도 했는데, 보통은 채소나 꽃을 한 아름 안고서 돌아갔다. 우리는 그이들이 토론보다는 음악에서 더 많은 것을 얻었다고 생각한다. 사람들 사이에 있던 적대감과 반감을 음악회에서는 거의 찾아볼 수 없었다.

1945년이 되자 우리 골짜기 사람들을 하나로 뭉치게 만든 주목할 만한 사건이 일어났다. 우리 골짜기가 갑자기 정부의 우편배달 구역에서 제외된 것이다. 그때는 전쟁이 계속되고 있었고, 석유를 정해진 양대로 배급하고 있던 형편이었다. 한겨울에 우리는 꼼짝도 못 하고 눈에 푹 파묻혀 있었다. 차들은 거의 없고, 차를 운전할 젊은이들도 거의 다 바다 건너 전쟁터에 나가 있었다.

특히 노인들은 우편물을 부치러 시내에 나가기가 어려웠다. 우리 고장의 우편배달부는 일주일에 세 번 우편물을 전해 주면서, 부칠 것을 가져가서 노인들이 바깥 세계와 연락을 할 수 있게끔 해 주었다. 나아가 이따금 필요한 식료품과 양식을 날라다 주었다. 이런 위태로운 형편에서 체신부(우정국)가 수지가 안 맞는다며, 딱 일주일간 통고 기간을 두고 나서 산골짝에 우편배달을 중단하라고 명령을 내렸다.

골짜기에 사는 사람들은 충격을 받아 기절할 지경이었다. 그리고 이 결정이 무엇을 뜻하는지 차차 이해하면서 분노했다. 술렁이며 의견을 주고받던 주민들은 바로 행동에 들어갔다. 자연스럽게 꾸려진 위원회가 모임 장소를 학교 건물로 정하고 우편을 이용하는 모든 사람들에게 연락을 해서 행동 방법을 결정하기 위한 회의를 열었다.

회의가 열린 때는 2월의 어느 눈 오는 밤이었다. 저녁때가 지나자 골짜기 사람들이 이곳저곳에서 몰려들었다. 근처 자메이카와 본드빌에서도 사람들이 떼 지어 술렁거리며 도착했다. 회의 시간이 되자 학교 건물은 많은 사람들로 꽤 혼잡했다. 난로는 붉게 타오르고 있었다. 학교 램프 두 개와 랜턴 서너 개가 토박이들과 새로 온 이주자들 모두의 얼굴을 희미하게 비추었다. 이 골짜기에 들어와 사는 동안 우리는 골짜기

주민들이 이처럼 모두 한데 모인 것은 처음 보았다. 장례식이 있어도 이렇게까지 많이 모이지는 않았다. 엉클 샘(미국 정부)이 갑자기 우편배달을 중단한 것이, 산골에 무료로 우편물을 배달하라고 요구하는 운동을 통해 전체 공동체를 하나로 만들었다.

회의에서 찰스 매커디가 의장으로 뽑혔다. 또한 헬렌 니어링이 서기였으며, 헬렌 니어링과 잭 라이트풋, 레이몬드 스타일스, 스콧 니어링이 '파이크스 폴스 시민 위원회' 고문으로 일하게 되었다. 우리는 머리를 맞대고 앞으로 전략을 어찌 세울지 의논했으며, 우편 중단 결정을 취소시키려고 모든 도움과 동정을 모을 수 있도록 대책을 세웠다.

우리의 계획은 단순했다. 먼저 모든 참석자들이 체신부 장관에게 이번 결정이 옳지 못하다는 것을 알리는 항의 편지를 쓰기로 했다. 그다음에는 상원 의원과 하원 의원에게 편지를 써서 지금의 사정과 우리의 분노를 알리고, 그 사람들의 도움을 요청할 생각이었다. 또 전쟁터에 나가 있는 자식들에게도 편지를 보낼 생각이었다. 그 편지에는 주민들의 편지 왕래를 중단시킨 것에 대해 정부에 항의하라고 쓸 작정이었다.

우리는 지방신문에도 편지를 보내 이 문제에 대한 기사를 요청할 생각이었다. 하지만 편지를 쓰기도 전에 《브래틀보로 리포머Brattleboro Reformer》라는 신문에 난 기사를 보고 눈앞이 노래질 정도로 실망했다. 이 신문은 사설에서 파이크스 폴스가 봄이나 여름에 낚시를 하기에는 아주 좋은 아담한 고장이지만, 정부가 열네 집밖에 안 되는 지역 주민을 위해 우편배달을 계속하는 것은 누구라도 납득하기 힘든 일이라고 망언을 늘어놓았다.

이 일로 우리 작은 골짜기에서는 분노의 고함이 터져 나오고, 곧바로 항의하는 내용을 담은 편지가 신문사로 날아갔다. 이 편지를 실은 뒤 《브래틀보로 리포머》 신문은 태도를 완전히 바꾸었다. 그 사람들은 오히려 지금처럼 화, 목, 토요일에만 변변찮게 우편물을 배달하지 말고 주민들이 날마다 편지를 받게 해야 하며, 더 나아가 우리 골짜기에 전차와 전기도 들어와야 한다고 말했다. 이 일이 있고 난 다음부터 《브래틀보로 리포머》 신문은 우리와 한편이 되어서 싸우면서, 파이크스 폴스의 우편배달 문제에 대해 스무 통이 넘는 편지와 기사를 실어 주었다.

또 다른 우리 지역신문인 《베닝턴 배너Bennington Banner》가 느닷없이 산골짝 후미진 곳에 사는 별 볼일 없는 사람들의 요구를 비웃는 사설을 싣기 시작했다. 사설을 쓴 사람은 왜 이 사람들이 백 년 전에 살았던 사람보다 더 많은 혜택을 누려야 하는지 묻고 있었다. 또한 우리들이 수도꼭지만 틀면 원하는 것이 모두 쏟아지리라고 기대하는 교육을 받았기 때문에 생긴 문제라는 것이었다. 너무 지나친 말이었다. 《브래틀보로 리포머》와 《베닝턴 배너》 신문은 시에서 물을 어디에 어떻게 공급하는지 알고 있었다. 이러한 비유는 우물이나 샘에서 힘들게 물을 길어다 쓰는 사람들을 분통 터지게 만들었다. 또한 이들 신문사가 있는 두 마을은 우리가 시장을 보는 곳이므로, 그 사람들은 자기들을 먹여 살리는 산골 사람들을 비웃고 있었던 것이다. 우리는 이런 생각을 편지로 써서 보냈다.

때마침 우리는 우연히 모든 사람들의 눈길을 끄는 조그마한 기사를 《뉴욕 타임스 The New York Times》지에서 보았다. 거기에는 다음과 같은 기사가 실려 있었다. "체신부는 다음 회계연도에 2억 6천521만 4천280달러의 흑자를 기대하고 있다." 우리 지역의 우편배달에 해마다 들어가는 총비용은 800달러도 안 됐다. 워싱턴의 거물들은 전쟁터에서 민주주의를 위해 싸우는 자식들을 가진 서민들로부터 푼돈을 빼앗아 목돈을 만들고 있었다.

그때 우리가 놓인 형편은 이러했다. 뉴잉글랜드의 겨울이 끝날 때까지 얼마 안 되는 사람들이 외딴 산골짝에 고립되어 살고 있었다. 이 고장 사람들의 작은 요구는 전쟁의 그늘 속에 묻혀 버렸으며, 이 사람들의 자식들은 전쟁터에 나가 있었다. 바로 이런 형편에 놓인 사람들이 미합중국과 싸움을 시작했다. 이것은 다윗과 골리앗의 싸움이었고, 코끼리를 공격하는 쥐와 같은 처지였다. 우리가 이길 가능성은 거의 없었다. 하지만 우리는 다윗과 골리앗의 싸움에서 누가 이겼는지 알고 있었다. 또한 쥐들이 코끼리의 코로 들어가 싸웠다는 것도 알고 있었다.

우리는 자메이카 마을의 회관을 빌려, 사람들을 많이 모아 놓고 회의를 열었다. 첫 번째 회의에서 성명서 초안을 읽었다. 일이 어떻게 일어났는지, 전체 모습을 밝히는 내용이었다. 단상 아래 있는 참가자들의 연설이 이어졌다. 아이들도 연설을 하고, 자식을 태평양에 보낸 농사꾼 아내들이나 휴가를 받아 집에 온 군인, 프리먼 회사 대표인 프레더릭 반 데 워터 씨 들이 잇달아 연설했다. 프레더릭 씨는 그때 웨스트강 골짜기에 홍수를 일으킬 댐을 만들지 못하도록 하는 운동에 열심히 참여하고 있었다.

결의문이 채택되고, 그것을 체신부 장관, 주지사, 우리 주의 하원 의원과 상원 의원에게 보냈다. 회의는 활기가 넘치고 사람들은 제 발로 앞장섰다. 이웃 사람들이 이렇게 흥분해서 들떠 있는 것은 참으로 오랜만에 보는 광경이었다.

방문객들의 발길이 끊이지 않았다

이 회의에 대한 반응은 바로 왔다. 러틀랜드나 벌링턴 같은 다른 고장의 신문들도 우리를 지지하는 기사를 실었다. 주먹만 한 제목 글씨가 눈에 확 띄었다. "파이크스 폴스 주민들이 상원의 조사를 요구하다." "대중 집회에서 우편 서비스의 재개를 요구하다."

버몬트 출신 하원 의원 찰스 플러리는 의회에서 연설을 했다. 그이는 체신부가 수익 사업을 하면서 몇백만 달러의 이익을 챙긴 것을 발견했다고 말한 뒤, 체신부의 목표는 '이익'이 아니라 '서비스'가 되어야 한다고 주장했다.

"체신부는 이익을 올리고 있으면서도 돈을 아끼려고 전국에 걸쳐 우편배달 구역을 주먹구구식으로 통폐합하고, 없애고, 배달을 중지하고 있는 것이 지금의 실정입니다. 우편 이용자들 모두가 아들딸의 편지가 도착하기만을 간절히 기다리고 있지만, 편지는 결코 오지 않습니다."(이 하원 의원은 선거구민으로부터 오는 편지를 정말로 읽는 것이 분명했다.)

우편배달이 끊긴 첫째 주에 《보스턴 글로브 The Boston Globe》 신문의 사진기자와 취재기자들은 뉴잉글랜드의 다윗과 골리앗 싸움을 세상에 전했다. "우편배달 중단으로 떨쳐 일어난 버몬트의 작은 마을." 둘째 주에는 우리 이야기가 《뉴욕 타임스》에 실렸다. "지방의 우편배달을 재개시키기 위한 투쟁 — 버몬트의 열여섯 집이 배급받은 석유를 넣은 차 넉 대를 몰고 워싱턴 정부에 정의를 요구하다." 우리는 뉴잉글랜드의 다른 지역신문들도 이 싸움에 참여시켰다. 우리가 운동을 시작한 뒤 셋째 주가 되자 체신부는 비로소 우리 골짜기에 다시 우편 서비스를 하겠다고 발표했다. 우리의 사기는 하늘을 찔렀다.

사건이 해결되는 것으로 서로 똘똘 뭉칠 계기는 사라졌지만, 적어도 축하 잔치는 성대하게 치를 수 있었다. 우리는 버몬트 주지사에게 전화를 걸어 우리 마을로 오겠다는 다짐을 받고, 자메이카 마을 회관을 빌려 축하 잔치를 준비했다.

"뭐라고? 당신들이 주지사에게 이곳으로 오라고 말했다고?"

마을 주민들은 숨가쁘게 말했다. 위원회의 한 위원이 대답했다.

"물론이지요. 그분은 버몬트의 다른 지역뿐 아니라 우리 마을의 주지사이기도 하지 않습니까?"

모임은 대성공이었다. 회관을 멋지게 장식하고 다 같이 차려진 음식을 먹은 뒤 주지사 부부가 참석한 가운데 모두 즐거운 시간을 가졌다.

"고함치는 사람에게 귀를 기울이는 법이지."

마을 사람 하나가 말했다. 그러자 또 한 사람이 재치 있게 맞받아쳤다.

"우는 아이에게 떡 하나 더 주는 법이지."

축하 잔치의 주제는 시골 지역을 의미 있는 곳으로 만드는 게 중요하다는 것이었다. 주지사는 이렇게 말했다.

"오늘 밤 이 회관을 가득 채우고 있는 정신은 과거 버몬트의 형제들이 갖고 있던 정신입니다. 여러분들은 버몬트의 형제들이 미합중국 독립 때 대륙회의에 가서 버몬트를 위해 처지를 알렸을 때 그이들이 갖고 있던 용기, 인내, 결단력을 이어받았습니다. 여러분이 워싱턴에 여러분의 처지를 알리자 버몬트의 정신이 다시 살아나고, 그 순간 워싱턴은 버몬트에서 벼락 치는 소리를 들었습니다."

우리가 이 골짜기에서 사는 동안 딱 한 번, 토박이에서 외지인까지 모든 주민들이 한뜻으로 뭉쳤다. 사람들끼리 서로 욕했던 것들이며, 모두를 갈라놓았던 적대감도 잊혀졌다. 이 일화는 사람들이 정말로 무언가 함께 해 보겠다고 마음먹는다면 공동체가 하나로 뭉칠 수 있다는 것을 보여 준 좋은 본보기였다.

"땅이 생산을 멈추고 농사일이 조금씩 줄어들면, 그때부터 농부는 무엇이 지나갔고 무엇이 다가오는지 생각에 빠져드는 기쁨을 맛본다."

J. M. 구어거스, 《뉴잉글랜드 농부 The New England Farmer》, 1828년

---------&----------

"물길을 찾은 사람은 돌로 우물을 쌓는다. 길가엔 나무를 여러 그루 심고, 과일나무도 심는다. 오래도록 튼튼할 집을 짓고 늪지를 개간한다. 집 앞에는 돌 벤치를 놓고, 땅을 기름지게 가꾼다. 돈을 벌지만 돈에 빠지지는 않는다. 그리고 그 사람이 이룬 모든 것은 세월이 흘러도 그 마을에 보탬이 된다."

랠프 월도 에머슨, 《사회와 고독 Society and Solitude》, 1870년

---------&----------

"거죽의 비순수함과 위선을 벗어던지고 본래의 순수한 모습으로 돌아가기 전에는, 그리고 더없이 단순한 생각과 소박한 삶으로 되돌아가기 전에는 그 문명은 아직 완성된 것이라고 할 수 없다."

린위탕, 《생활의 발견 The Importance of Living》, 1937년

---------&----------

"쫓기듯이 여기서 저기로 떠도는 삶이 지겨워질 때쯤에야, 권력을 가진 자가 더할 수 없을 만큼 약자를 박해하고 강자를 시기하는 약자가 더할 수 없을 만큼 강자를 방해했을 때쯤에야, 내가 살아가는 방식이 진실한 삶, 바람직한 삶으로 보이게 될 것이다. 그때 모든 사람은 이토록 단순한 지혜를 무시하고 살아왔다는 데 새삼 놀랄 것이다."

루이즈 디킨슨 리치, 《내 고향 My Neck of the Woods》, 1950년

버몬트에서 이룬 것과 이루지 못한 것

사람들은 우리에게 자주 이렇게 묻곤 했다. "이렇게 외진 시골로 도망 온 까닭이 무엇입니까? 왜 시끄럽고, 더럽고, 복잡한 대도시 한복판에 살면서 다른 사람들과 함께 불행과 고뇌를 나누지 않습니까?"

우리는 이런 물음이 일리가 있다고 생각한다. 사실 이 물음의 본질은 현대 문명에 만족하지 못하는 사람들이 그 대안이 되는 문화를 찾으려고 노력하는 일과도 관계가 깊다. 더 나아가 우리는 이 물음이 사회문제를 넘어서 윤리 영역까지 나아간다고 생각한다. 여러 가지 면에서 이 물음은 그 안에 많은 물음을 포함하고 있다. 근본이 되는 사회문제와 윤리 문제들처럼 우리는 이 물음에 쉽게 대답할 수 없으며, 분명한 대답이 있을 수도 없다. 또한 섣불리 폭넓게 대답하려고 하면 반드시 어떤 예외가 나타나거나 한계가 따르게 마련이다.

이 끊임없는 물음에 대답을 시작하면서 우리는 먼저 다음과 같은 사실을 인정받고 싶다. 머나먼 버몬트 산골짝에 사는 사람은 날마다 일어나는 노사 분쟁을 보지 않아도 되며, 대도시에서 살면서 일을 하고 여행하고 여가를 즐기는 사람들이 받게 마련인 압력을 받지 않아도 된다는 것이다. 버몬트의 생활은 대도시의 생활과 본질부터 다르다.

여기 생활이 좋은 것일까, 아니면 나쁜 것일까? 그것은 무엇을 좋다고 할 것이며 무엇을 나쁘다고 말할 것이냐에 달려 있다. 우리는 버몬트에서 한 생활이 확실히 더 좋았다. 왜냐하면 버몬트에 살면서 자연과 늘 만날 수 있었고, 자연의 힘을 잘 알아 그것에 순응할 수 있었으며, 여전히 손을 써서 일했고, 한 치도 빈틈없는 생활에 끌려다니지 않아도 되었기 때문이다.

더럽고 시끄러운 지하철과 버스 안에서 이른 아침과 늦은 저녁 시간을 보내는 대신, 주중이나 주말을 가리지 않고 우리는 언제나 우리 땅에 있었다. 우리에게 출퇴근이란 부엌에서 제당소로 200걸음쯤 걸어가는 것을 뜻했다. 눈이 소복이 쌓여 있다면, 눈 신발이나 스키를 타고 일하러 가야 했지만, 그것은 또 다른 즐거움을 안겨 주었다.

물론 이러한 대답은 물음의 알맹이에 대한 대답으로 충분하지 않다. "동료들은 도시 빈민가에서 그러한 많은 혜택을 빼앗긴 채 살아가고 있는데 왜 당신들만 그것을 누리려 하는가?"

우리가 이 물음에 한마디로 대답해야 한다면, 사람은 어떤 처지에 놓여 있더라도 될 수 있으면 바람직한 삶을 살아야 할 책임이 있다고 말할 것이다. 할 수만 있다면, 구할 수 있는 모든 자료를 모아 보고 요모조모 따져, 나쁜 것보다 좋은 것을 선택해야만 한다.

삶은 우리 모두가 몸 바쳐서 벌여 나가는 사업과 같은 것이다. 하루를 지내면서 우리가 반드시 해야만 하는 일이 있다. 이를테면 숨을 쉬는 일이다. 하지만 우리가 하거나 또 하지 않기로 결정할 수 있는 일들이 있다. 예를 들면 오늘은 집에 있고, 음식을 만들고, 동무네 집을 찾아가겠다는 결정들이다.

일상생활의 중심은 선택에 둘러싸여 있다. 직업은 먹고사는 문제를 해결해 주며 여가 활동은 삶에 여유를 주고 새로운 힘을 준다. 직업이 배우나 음악가인 사람은 날마다 일터로 출근해야 하므로 일터 가까운 곳에서 살아야 한다. 시인이나 화가라면 사는 곳을 결정하는 데 폭넓은 선택의 기회가 있다. 이런 사람들이 시끄러운 도심지에서 살아야만 하는 의무가 있는가?

우리는 이 문제를 좋은 쪽으로 풀어 가고 싶다. 시끄럽고 복잡한 곳은 별로 좋지 않으므로, 꼼짝할 수 없는 일이나 어떤 의무 때문에 그곳에 살아야 하지 않는다면, 이런 사람들이 복잡한 곳을 피해야 한다는 것은 의무라고 할 수도 있다. 이 사람들이 문제를 개선하지도 않고 그냥 사람들로 북적대는 도심에서 살아간다면, 그것은 혼잡을 더해 주는 꼴만 된다.

우리는 또 다른 방법으로 이 문제에 대해 말할 수 있다. 무엇을 믿고 있는 사람은 자기 믿음에 따라 행동하거나, 믿음에서 벗어난 행동을 할 수 있다. 자기 믿음에서 벗어난 행동을 할 때 그것은 바람직하지 않은 결과를 일으키는 원인이 된다. 동시에 그러한 행동은 이론 따로 실천 따로인 삶을 낳고 겉과 속이 다른 성격을 만든다. 가장 조화로운 삶은 이론과 실천이, 생각과 행동이 하나가 되는 삶이다.

이런 관점에서 우리는 다음과 같은 결론을 얻을 수 있다. 순간순간, 날마다, 달마다, 해마다 어떠한 시간이나 자기가 더 바람직하게 여기는 삶을 살 수 있는 좋은 기회로 삼아야 한다는 것이다. 이것은 "내일은 새로운 날"이라는 옛말과 통한다. 멕시코에서는 "좋은 하루 보내세요" 하는 오래된 인사 대신 요즘은 "언제나 더 나아지세요"라고 말한다고 한다. 건강한 몸, 균형 잡힌 감정, 조화로운 마음, 더 나은 생활과 세계를 만들고자 하는 꿈을 간직한 삶은 그것이 혼자만의 삶이든 집단의 삶이든 이미 바람직한 삶이다. 이런 점에서 우리는 다음과 같이 말하는 여러 친구들과는 완전히 다르다.

"오늘 우리가 어떻게 살지 전혀 신경 쓰지 말라. 우리는 서로 잡아먹을 듯이 경쟁하는 사회 속에서 살고 있다. 지금은 우선 이 사회에서 얻을 수 있는 것을 얻도록 하는 게 좋을 것이다. 하지만 내일이나 더욱 슬기롭고 사람다워질 미래에는 더욱 냉철하고, 규모 있고, 쓸모 있게, 사회를 생각하면서 살리라."

이것은 터무니없는 말이다. 우리가 지금 이러저러하게 살기 때문에 우리의 미래가 만들어지는 것이고, 현재를 이어받아 미래의 모습이 결정되기 때문이다.

우리가 버몬트에서 산 것은 다음과 같은 점에서 가치가 있다고 할 수 있을 것이다.

첫째, 비뚤어진 세상에서도 바로 살 수 있다는 본보기로서.

둘째, 여러 가지를 따져 보아도 사회와 만나는 것보다 훨씬 중요한 자연과 만날 수 있는 기회로서.

셋째, 지금의 사회질서에 대해 얼마쯤 바람직한 대안으로서.

넷째, 정치에 대한 태도가 관습에서 벗어나 남과 다른 사람에게는 피난처로서.

다섯째, 인생의 어느 시점까지 열심히 산 사람들이 더욱 성숙한 시간을 보낼 수 있는 환경으로서(이것은 인생의 여러 단계에 대한 동양 사람들의 생각과 같은데, 그 사람들은 한 집안의 가장 노릇을 마치고 나면 다음 단계는 성인이나 은둔자의 삶으로 이어져야 한다고 생각했다).

여섯째, 자기 일과 취미 생활을 동시에 하면서 슬기롭고 성숙한 사람이 될 수 있는 기회로서.

어떤 사람은 행동이 중요하다고 말한다. 생각이 중요하다고 말하는 사람도 있다. 행동은 거죽이나, 주변, 바깥을 향하는 경향이 있다. 행동이 이와 같은 특징을 가진 데 견주어, 생각은 그보다 안을 들여다보며 중심을 향하고 생명력이 있다.

우리는 다음과 같이 우리가 가진 사상을 말할 수 있다.

우리는 경쟁을 일삼고 탐욕스러우며, 공격하고 전쟁을 일으키는 사회질서를 옹호하는 이론들에 반대한다. 이러한 사회는 자기 배를 채우려고 짐승을 죽이고, 스포츠의 하나로써 또는 그저 힘을 뽐내려고 짐승을 죽인다. 이러한 사회질서에 가까이 가면 갈수록 우리는 점점 완전하게 그 사회의 일부가 된다. 우리는 이러한 것을 거부하는 이론을 세웠기 때문에 될 수 있다면 실천에서도 거부해야 한다.

우리는 할 수 있다면 가장 품위 있고 친절하고 올바르고 질서 있고 짜임새 있게 살아야 한다. 어떤 처지에서도 사람은 옳게도 그르게도 행동할 수 있다. 어떤 환경이 주어지든, 미워하고 공격하고 부수고 무시하고 될 대로 되라고 내버려 두는 것 따위의 더욱 해로운 행동을 하기보다는, 사랑하고 창조하고 건설하며 사는 것이 바람직하다. 우리는 대도시 한가운데보다는 산업이 아직 발달하지 않은 시골 마을에서 더 훌륭하게 조화로운 삶을 꾸려 갈 수 있다고 믿었다.

지난 몇십 년 동안 우리는 뜻이 통하는 사람들과 가까운 관계를 맺어 왔다. 이 사람들 가운데는 시골에서 사는 것을 새로운 대안으로 선택해 살아온 사람들도 있고 도시에서 새로운 삶을 시도한 사람들도 있다. 우리는 두 집단 모두 사회에 보탬이 되었고, 지금도 보탬을 주고 있다고 생각한다.

하지만 1932년 우리가 시골을 선택했듯이, 우리는 지금도 도시보다 시골에서 사는 것이 사람 하나하나에게나 집단에게 더 나은 삶을 가져다준다고 생각한다. 아서 어니스트 모건이나, 베이커 브라우넬, 랠프 보르소디는 이런 시골을 '작은 공동체'라고 말한다.

우리는 시골에 사는 사람이 자본주의 도시 생활에 대한 대안으로 사회주의 공동체를 만들 수 있다고 생각해 본 적은 없다. 몇백 년 동안 사람들이 해 온 경험에 아랑곳없이, 우리 두 사람이 그 되지도 않을 일을 하겠다고 떠맡은 것은 아니었다.

우리는 얼마 안 되는 사람들만이 이러한 공동체에서 살 수 있다는 것을 예전보다 지금 더 강하게 믿는다. 이러한 사람들은 탐욕스럽고 경쟁을 일삼는 자기중심 사회에 길들여지고, 그 속에서 억압받으며 살아왔지만, 그 뒤에 남을 생각하며 살려는 의지와 그렇게 살 수 있는 비범한 능력을 갖춘 보기 드문 사람들이다.

지난날에도 그랬지만 지금도 우리 두 사람이 여전히 주장하는 것이 있다. 그것은 도시 공동체의 붕괴로 도시에서 쫓겨난 사람들이 자기 행동의 기준이 되는 이론들을 세우고 그 계획을 실천에 옮기는 것이 충분히 가치 있는 일이라는 것이다. 그러한 행동 계획을 실천에 옮김으로써 그 사람은 지금 형편에서도 품위 있는 삶을 살 수 있다.

길게 볼 때 우리가 버몬트에서 이룬 삶은 개인이 할 수 있는 미봉책이며 응급조치에 지나지 않았다. 하지만 당장에는 이 계획으로 우리는 자존심을 지킬 수 있었고, 우리 계획을 지켜보고 귀 기울이고 함께 참여하려는 몇몇 사람들에게 다음과 같이 이야기할 수 있었다. 우리가 경제 능력을 갖추고 몸과 마음의 균형을 지킬 수만 있다면 이 죽어 가는 탐욕스러운 문화에 시달리던 우리의 삶이 개인으로나 사회로나 뜻 있고, 창조를 부르며, 정말 값있는 삶으로 탈바꿈할 수 있으리라는 것이다.

우리는 버몬트에서 실패보다는 성공을 많이 거두었다. 무엇보다도 우리는 먹고사는 문제를 해결해 주는 밭을 만들려고 생각했는데, 그 생각을 실현하는 일이 어렵지 않다는 것을 증명했다. 먹고살기 위해서 신중하게 계획을 세움으로써 우리는 몇 달만 일하고도 한 해 동안 먹을 양식을 얻을 수 있었다. 우리는 몇 주만 일해도 집에서 쓸 땔감을 마련할 수 있었고 집, 연장 따위를 고치고 새로 장만할 수 있었다.

집을 새로 짓는 일은 이것들보다 더 큰일이었다(우리는 나무로 된 집이 있던 자리에 새로 돌집을 지었다). 이 일에는 많은 궁리와 시간, 힘, 끈기와 재료와 자본이 들어갔다. 하지만 일단 돌집을 세우자 해마다 들어가는 수리비와 대체 비용은 거의 무시해도 좋을 만큼 줄어들었다.

이런 일들을 준비하면서 우리는 믿을 수 없을 만큼 건강해졌다. 건강이란, 자급자족하는 삶을 살면서 한편으로는 사회를 더 살기 좋은 곳으로 만들려는 목적을 가진 사람들에게는 무엇보다도 중요하다. 우리는 언제나 건강했지만 감기에 걸려 잠깐 몸이 굼뜨게 되는 때도 어쩌다 있었다. 이때는 이웃에 사는 개와 고양이가 하는 것처럼 건강을 되찾을 때까지 아무것도 먹지 않았다. 사람이 건강한지 허약한지에 따라 그 사람이 세워 놓은 미래의 모든 계획이 성공할지 실패할지가 갈라진다는 것은 새삼 말할 필요도 없다.

사람들이 자기가 생산한 것에 맞춰 쓰고 살려고만 마음먹는다면 생활에 필요한 것들은 쉽게 얻을 수 있다. 문제는 생계를 해결하려는 생각을 가진 사람이 시장에 발을 들여놓을 때 시작된다. 시장은 경솔하고 우둔한 사람으로부터 돈을 뜯어내려고 온갖 아바위 노름을 다 부리기 때문이다.

우리가 어떤 일이 있어도 잊지 말아야 할 것이 있다. 이 사회는 생산수단을 개인이 갖고 있으며 아주 적은 수의 사람들이 자연 자원과 특허를 독점하고 있다는 것이다. 이 일부의 무리들이 돈을 쥐고, 이자를 바칠 것을 당연하게 요구한다. 생활필수품과 증권을 거래하는 도박장이 버젓이 있다. 물론 사람들의 마음과 정부를 주무르는 이 부자들이 가격을 통제하고 지배한다. 그리고 이처럼 경쟁과 탐욕, 착취와 강제를 특징으로 하는 사회질서의 모든 장치가 돈 있고 힘있는 사람들에게 유리하고, 가난하고 힘없는 사람들에게는 불리하게 운영된다. 이러한 체제의 사악한 손길을 벗어나기만 한다면 당신은 먹고사는 문제를 충분히 해결할 수 있다. 비록 가진 자들의 독재 체제가 당신이 생각하고 말하고 행동하는 것을 인정하지 않을지라도 말이다.

이 체제를 그냥 받아들인다면 당신은 부자를 더 부자로 만들고 힘있는 자를 더욱 힘세게 만들기 위해 돌아가는, 사람을 생각하지 않고 돌아가는 무자비하고 냉혹한 기계의 힘없는 톱니바퀴가 될 것이다. 그보다 더하지도 덜하지도 않을 것이다.

돈만 있으면 시장에서 물건을 살 수 있고, 통신판매 책자를 쭉 훑어보면서 생활을 편리하고 편안하게 해 주는 물건이나, 일손을 덜어 주는 도구, 시시한 장신구, 마약 같은 것도 살 수 있다. 그것들을 사는 데 드는 돈을 벌어야 한다는 관점에서 본다면 우리의 버몬트 계획은 대실패였다. 우리 계획은 현대 문명의 거대한 천막 아래서 펼쳐지는 어마어마한 쇼와는 경쟁이 될 수가 없었다.

하지만 과감하게 자급자족하는 생활을 시도해 절약과 검소, 자기단련, 나날이 새로운 생활을 하는 연습을 한다는 관점에서 본다면, 우리 계획은 정말 성공이었다. 이런 점에서 우리는, 버몬트 계획을 실천하며 산 스무 해 동안에 하버드 대학, 콜롬비아 대학, 캘리포니아 대학을 스무 해 다니면서 알게 되는 것보다 더 중요한 것을 더 많이 배웠다고 말할 수도 있다.

우리가 버몬트에서 지내는 동안에 받은 많은 질문 가운데 가장 중요한 것은 바로 이런 질문이다.

"당신이 지금 알고 있는 지식을 가지고 처음으로 되돌아간다면 그래도 이 모든 일을 다시 시작하시겠습니까?"

우리는 이 질문에 대해 다음과 같이 분명하게 말할 것이다.

"틀림없이 거의 그대로 살아갈 겁니다."

우리는 시간과 힘을 썼지만 동시에 모험에 투자했다고 생각한다. 만일 우리가 이렇게 지내지 않았다면 그 스무 해 동안 미국의 일반 현실 속에서 과연 우리가 더 나은 기회를 만나 시간과 힘을 쏟아부으며 지

버몬트에서 이룬 것과 이루지 못한 것　224
225

냈을지는 알 수 없다. 버몬트에서 지낸 스무 해는 우리 두 사람에게 재미있고, 신나고, 깨우침을 얻고, 보람을 느낀 스무 해였다. 그리고 우리는 이것을 버몬트의 이웃들과, 끊임없이 우리를 찾아 준 친구들과 기쁜 마음으로 함께 나누고, 우리 집 문을 처음 두드린 낯선 이들과도 나누었다.

우리가 처음 골짜기에서 살던 시절에는 찾아오는 손님이 거의 없었다. 우리는 그저 새로 정착한 이주민일 뿐이고, 우리 주소를 아는 사람도 없었다. 우리 같은 사람이 세상에 알려지기 시작하면서 사람들이 먼지 날리는 길을 따라 올라와 우리 집 문을 두드리기 시작했고, 우리는 그이들을 따뜻하게 맞아들였다.

하지만 그이들이 머물 수 있는 방이 모자랐다. 엘로넨 농장의 집은 친구들을 위해 지은 집이 아니었다. 그래서 하룻밤이든 며칠 밤이든 묵고 가는 모든 방문객을 근처 학교 건물에 재우고, 그곳에 다는 아니지만 생필품 몇 가지를 넣어 두었다.

새집을 짓는 계획을 세우면서 손님들이 묵을 집도 계획에 넣었다. 우리는 이 집과 학교 건물을 빌려서 여름 내내 오는 많은 손님들을 맞이할 수 있었다. 이 손님용 집들은 손님을 끌어들이는 신기한 힘을 갖고 있는 듯했다. 외로운 방랑자나, 개와 고양이와 함께 짐을 든 사람들이 어디선가 나타나 방을 채웠다. 우리는 절대로 방문을 자물쇠로 채워 놓지 않았다. 손님용 집에 오는 사람들은 모두 환영을 받았고, 누구도 방값이나 밥값을 내지 않았다. 친구들이 이름 붙인 것처럼 그곳은 '공짜 여관(free inn)'이었다. 아침 먹을 때가 되면 온 식구가 부엌으로 어슬렁거리며 걸어와서 이렇게 말하곤 했다. "안녕히 주무셨어요? 우리는 지난밤에 당신네 손님방에서 잤습니다." 그러고 나서 그이들은 아침을 먹으려고 상에 둘러앉았다.

아, 그런데 난처한 일이 생겼다. 밥상에 앉은 사람들이 너나없이 충격을 받은 것이다. 커피, 시리얼, 베이컨, 달걀, 토스트, 팬케이크, 시럽 따위가 눈에 띄지 않아서이다. 다만 사과와 해바라기씨, 검은 당밀 음료만이 놓여 있었다. 이런 먹을거리는 많은 손님들을 서둘러 제 갈 길로 가게 했다.

M. G. 케인스는 베스트셀러로 좋게 평가된 《땅 6천 평과 독립된 삶 Five Acres and Independence》이라는 책에서 떠돌이 방문객들을 맞으면서 겪은 일에 대해 이렇게 설명하고 있다.

"시골에 보금자리를 마련한 뒤, 많은 도시 부부들(특히 아낙들!)은 시골로 오고 나서 자기들이 인기인이 된 것을 알고 여러 가지 감정을 갖게 되었다. 기쁜 마음에서부터 시작해 만족스러움, 즐거움, 놀라움, 당황, 짜증, 혐오, 분노라는 감정의 여덟 단계를 차례로 밟아 갔다. 아주 친한 친구가 화창한 일요일마다 아무 연락도 없이 찾아올 뿐 아니라 사돈의 팔촌쯤 되는 사람들도 한때 우연히 이웃에 살았다는 것만으로 갑자기 들이닥친다. 이 사람들은 여러 차에 나눠 타고 와서 점심은 물론 저녁까지 얻어먹게 되기를 은근히 바란다. 여러분도 이와 같은 문제를 해결해야 할 것 같으므로 내가 답을 알려 주겠다. 일요일 점심과 저녁으로 아주 형편없는 음식을 밥상에 올려라! 그럼 행운이 있기를!"

사람들은 요일을 가리지 않고 찾아왔다. 우리는 그 사람들에게 양배추 잎사귀와 삶은 밀을 대접했다. 때로는 우리 삶의 방식에 따라 이런 음식을 함께 먹고 나서 자기가 살아오며 먹은 것 가운데 가장 훌륭한 식사를 했다고 말하는 사람도 있었다.

우리가 찾아오는 손님들을 부담 없이 맞이할 수 있었던 또 다른 까닭이 있다. "바쁜 사람에게 게으른 방문객은 거의 찾아오지 않는다. 끓는 주전자에 파리가 앉지 못하듯이." 우리에게는 날마다 해야 할 일들이 있었고, 누가 찾아오든 그 일을 했다. 방문객이 있어도 우리는 평소처럼 우리 일을 열심히 하면서, 손님들이 스스로 알아서 자기 일을 하도록 내버려 두었다. 그이들이 바란다면 우리 일터에 와서 일을 도와줄 수 있었다. 테라스에서 손님과 서로 인생사에 대한 얘기를 주고받으면서 시원한 차를 대접하는 일은 없었다. 어떤 사람들은 우리가 성의가 없다고 생각했지만 우리는 손님들에게 지나치게 잘하려고 노력하지 않았다.

우리는 일꾼과 게으름뱅이를 구별하는 법을 배웠다. 평상에 편안히 누워 있는 사람들도 있었는데 그 사람들은 휴가를 보내며 즐겁게 놀려고 이곳에 온 것이었다. 그 사람들은 결코 오래 머무르는 법이 없었다. 우리 침대 매트리스는 스펀지 고무로 만든 훌륭한 제품이 아니었고, 커피 또한 고급 원두커피가 아니었다.

사람은 좋지만 걸리적거리는 사람들도 있었다. 이 사람들은 기꺼이 일을 도우려고 했지만 능력이 안 되거나 너무 허약했다. 우리는 이 사람들을 좋아했지만 떠나보내야 했다. 그리고 스스로 마음에 무언가 뿌듯한 것이 없으면, 그 사람들 또한 알아서 바로 떠났다. 얼마 안 되는 사람만(사실 몇 안 되는 사람들) 우리가 사는 방식에 맞추어서 제대로 적응해 나갔다. 이 사람들은 보통 다른 데서도 원하는 사람들이어서 오래 머무를 수 없었다. 이 사람들이 다시 찾아올 때마다 우리는 따뜻하게 맞이했다.

우리는 모든 방문객들에게 최소한 우리와 여러 사람들을 생각해 줄 것을 요구했다. 여기에는 집을 관리하는 데 협조해 달라는 것도 포함되어 있었다. 우리는 손님들이 우리 살림에 필요한 노동을 도와주리라고는 거의 기대하지 않았다. 지친 몸을 이끌고 휴가를 받아 이곳에 온 도시인들에게 너무 많은 것을 요구하는 것이라 생각했기 때문이다.

우리는 또한 사람들이 이곳에 도착하기 전에 우리의 숲속 농장에서 즐기겠다는 잘못된 생각을 깨우쳐 줘야 한다고 생각했다. 그래서 우리는 며칠, 한 주, 한 달 또는 그보다 길게 와서 머물 수 있을지 편지로 묻는 사람들에게 보내는 편지를 만들었다. 그 내용은 다음과 같았다.

"우리는 우리 손으로 먹고사는 문제를 해결하면서, 우리가 바라는 삶을 살아가고 있습니다. 우리 집은 자그마합니다. 우리는 오로지 그 목적을 위해서만 집을 지었으며, 여관이나 휴양 시설은 운영하지 않습니다. 우리는 적어도 하루에 네 시간은 먹고살기 위한 노동을 합니다. 그리고 채식주의자들이 먹는 간단한 먹을거리를 얻기 위해서도 일할 시간이 조금은 필요합니다. 우리는 날마다 규칙을 정해 놓고 생활하고 있습니다. 이곳에 잠시나마 들르는 손님들도 이 생활에 맞추기를 바랍니다. 이곳에서는 고기, 담배, 술이 금지됩니다. 우리의 생활은 단순하고 엄격합니다. 이런 생활이 힘들고 불편하다고 말하는 사람들도 있습니다. 우리가 사는 삶의 방식을 받아들인다면, 우리는 기꺼이 당신의 방문을 환영합니다. 우리는 우리의 생각과 생활 방식을 이해하는 사람들과 만나는 것을 언제나 즐거워하며 우리가 가진 것, 실천하고, 느끼고, 생각하는 모든 것을 기쁘게 나눌 마음이 되어 있습니다."

숲속 농장을 방문한 수많은 사람 열 가운데 아홉은 다음과 같이 말하거나, 마음에 새기고 떠났다.

"받아들일 수만 있다면 이것은 좋은 생활 방식이다. 이런 삶의 방식은 그이들에게는 훌륭한 것으로 보인다. 하지만 내가 그 생활을 참고 견뎌야 하는 일은 없었으면 좋겠다."

우리가 그이들보다 건강에도 좋고 값도 훨씬 덜 드는 음식을 먹는다는 것을 그 사람들도 인정했다. 우리가 자기들보다 훨씬 건강하고, 편안한 옷을 입고 만족스러운 집에서 살고 있으며, 아름다운 자연 속에서 여유를 누린다는 사실도 그 사람들은 알고 있었다. 하지만 그이들 스스로는 이런 생활에 따를 수 없었고, 그렇게 하고 싶어 하지도 않았다.

그 사람들은 문명이 주는 흥분, 분주함, 매혹, 편의 시설, 마취제 없이는 살 수 없었다. 그 사람들이 이곳에 눌러살았다면, 생계만 겨우 해결할 뿐 새 물건을 살 여유가 거의 없다는 사실에 맞닥뜨리고는 괴로워할 것이다. 겉만 그럴듯하지 오래 못 가는 물건들을 늘 새로운 발명품이나 신제품이라고 둘러치고, 새로 광고하는 상품들과 바꿔야 한다고 부추기는 사회에서 살던 사람들이 우리같이 사는 삶을 어찌 견딜 수 있겠는가.

젊은 부부에게는 더 중요한 문제가 있었다. 우리에게는 어린아이가 없었고, 따라서 아이들을 뒷바라지하고 고등교육을 시켜야 한다는 생각을 할 필요가 없었다. 우리 두 사람은 지금도 삶의 틀을 그다지 많이 뜯어고치지 않고도 우리 살림에 아이들을 충분히 키울 수 있었을 것이라고 생각한다. 하지만 아이들을 키웠더라도 우리 같은 부모의 형편으로는 아이를 비싼 사립학교에 보내거나 의과대학 같은 전문 과정을 밟도록 돈으로 뒷받침할 수는 없었을 것이다. 이런 대단한 생각은 도시에 사는 부자들이나 할 수 있다. 아이가 장학금을 받거나 아르바이트를 하지 않는다면 먹고사는 게 빠듯한 부모로서는 도저히 그런 일을 해낼 힘이 없다.

이 책에서 여유만 주어진다면, 우리는 교육 전반이 안고 있는 문제에 대해 기꺼이 토론할 생각이 있다. 특히 지난 세월 동안 이루어져 온, 권위를 앞세우고 어느 한쪽이 주입하기 일쑤인 교육에 대해서는 더욱 그렇다. 하지만 여기서는 다음과 같이 말하는 것으로 충분하다. 남보다 앞서기 위한 경쟁이 치열하게 벌어지고 있는 현대사회에서 자식들이 남보다 성공하기 바라는 부모들에게는 우리가 꾸리는 삶의 방식이 맞지 않는다는 것이다.

개인의 건강과 행복이라는 잣대로 본다면 우리 계획은 확실히 성공이었다. 하지만 사회로 보자면 특히 경제로 보아서도 아쉬운 점이 한둘이 아니었다. 이를테면 우리 집은 얼마 안 되는 몇몇 사람들로 이루어져 있었다. 많아야 어른 너덧 명이 고작이었다. 방문객들의 발걸음이 꾸준히 이어졌지만 그이들은 오래 머물지 않았다. 따라서 어떤 계획을 세울 때 다양한 생각과 경험의 도움을 받지 못하는 어려움이 있었다.

또 계획을 실천에 옮길 때 우리 곁에는 어떤 경쟁자도 없었으므로 선의의 경쟁자가 주는 자극을 받을 수 없었다. 다양한 기술을 가진 사람들이 일에 발 벗고 나서지 않은 것도 고민스러운 일이었다. 큰 건축 공사나 벌목 같은 일을 할 때는 사람 수가 모자라서 힘이 들었다. 이런 대공사를 할 때는 함께 일하는 데 익숙하고 경험 있는 사람들로 이루어진 팀이, 아무래도 풋내기들의 모임보다는 일을 잘할 수 있다.

함께 일하는 사람도 많지 않고 이웃과 협동할 기회도 별로 없었기 때문에 우리는 일을 전문 분야별로 나누어서 할 수가 없었다. 그러니 실험이랄 수 있는 우리 일에 동참한 사람들에게 지나치게 많은 일거리를 안겨 주었다. 두 가지가 넘는 일을 동시에 신경 써야 할 때, 우리는 당연히 부담감과 긴장을 느끼면서 힘을 여러 가지로 나누어야 했는데 그것은 바람직하지 않을 수도 있었다.

우리가 능력 있는 사람 열이나 스물로 이루어졌다면 그리고 그이들이 모두 같은 목표를 향해 활기차게 일하고 결정된 계획을 기꺼이 따르고 잘 정리된 작업 과정을 따랐다면 힘과 시간을 덜 들이고도 우리가 목표로 삼은 생활수준에 도달했을 것이고 또한 그 삶을 오래도록 지켜 나갈 수 있었을 것이다. 그래서 더욱 많은 시간과 힘을 자유 활동과 취미 생활에 쏟을 수 있었을 것이다.

우리의 버몬트 살림은 공동체를 이루려는 면에서는 맞지 않았다. 그것은 미국 모든 시골의 특징이었다. 다시 말해 시골에서는 분리주의와 개인주의 때문에 공동체라는 말이 무색할 정도로 모든 마을이 뿔뿔이 흩어져 있었다. 경제의 효율성을 생각할 때 사람 수가 너무 적다고 우리는 말했다. 손으로 농기구를 다루어서 농사를 짓고, 손으로 물건을 만드는 단순한 생활이라 해도 우리들 수는 턱없이 적었다.

우리는, 가까운 이웃들 열다섯에서 스무 집을 하나로 묶어 경제생활에서는 서로 돕고 협동하며 사회생활로는 '나를 위한 내 것'이 아닌 '우리를 위한 우리 것'이라는 서로 돕는 원칙에 기초해 잘 조직된 집단을 만들 수도 있었을 것이다. 하지만 그렇게 만들어진 공동체라 해도 여전히 다양한 기술, 재능, 사회관계가 너무 모자라기 때문에 보완이 필요했을 것이다. 이를테면 합창단을 만들기에는 고운 목소리를 가진 사람들이 충분치 않았을 것이고, 마을 오케스트라를 운영하기에는 괜찮은 음악가들이 모자랐을 것이고, 제대로 된 극단이나 무용단을 만들려고 해도 배우들이 모자랐을 것이다. 또 다른 쪽으로 생각해 본다면, 유아원이나 유치원을 세우기에는 아이들 숫자를 채우지 못했을 것이고, 1학년에 들어갈 여섯 살짜리 아이도 모자랐을 것이며, 세상살이에 어려움을 겪으며 균형을 잃기 쉬운 십 대들을 위해 적절하고 균형 있는 사회단체를 만들어 꾸리기에는 십 대들의 수가 모자랐을 것이다.

마을에서 극단, 유치원, 십 대 아이들을 위한 모임을 만들기로 했다면 마을 사람들의 생각이나 목적에 무관심하거나 반대 의견을 가진 외부인이라도 데려와서 사람 수를 채워야 했을 것이다. 한번 외부인들이 들어오기 시작하면, 바깥의 영향 때문에 공동체의 삶이 흐트러져 조각나는 것은 시간 문제다. 이것이 바로 마을 회관에서 일어났던 일이다.

B. F. 스키너는 《스키너의 월든 투 Walden Two》에서 공동체를 계획해서 만들려면 적어도 그 사회에 다음과 같은 것들이 필요하다고 정확히 지적하고 있다. 첫째로, 다양성, 차별성, 전문화를 이룰 수 있을 만큼 사람들이 있어야 한다. 둘째로, 이념의 순수성, 집단의 동질성, 집단의 목적을 유지하기 위해, 사람들이 들어오고 나가는 것을 충분히 통제할 수 있어야 한다. 버몬트 남부에 있는 우리 골짜기는 미국의 모든 시골 마을이 그렇듯이 균형 있고 자율로 움직이는 공동체를 만들려면 꼭 갖추고 있어야 하는 것들을 갖추고 있지 않았다.

어떤 뜻에서 버몬트는 미국의 다른 시골들보다 집단주의를 실험하기에 더 힘든 곳이었다. 버몬트 사람들은 강한 개인주의자들이었다. 마을 사람들이 다들 자기 집과 농장을 갖고 있었다. 그리고 얼마 되지도 않는 인구가 넓은 지역에 흩어져 살고 있었다. 또한 이런저런 중요한 전통들이 그린 마운틴에 사는 사람들의 개인주의를 더욱 부추기고 있었다. 우리 골짜기의 주민들은 미국의 다른 시골처럼 자율로 움직이는 집안을 이루고 있었다. 사실 '자율'이라는 말은 알맞지 않다. '권위'라는 말이 더 정확한 표현일 것이다.

사람마다 집집마다 폭넓은 선택의 기회를 준다는 뜻에서 버몬트의 생활은 자유로웠다. 그곳에는 어떤 정해진 방식도 없었다. 버몬트주는 눈에 띄지 않는 곳이었다. 스무 해를 살면서 우리는 한 번도 제복을 입은 경찰관이 우리 집 앞 흙먼지 길을 지나가는 것을 보지 못했다. 한 해에 한 차례 세금을 매기는 사람이 주민들의 재산을 조사하러 왔지만, 그 사람들은 형식뿐인 조사를 마치고는 곧바로 돌아가 버렸다. 날마다, 해마다 우리는 우리들이 바라는 방식대로 살았다. 우리가 나름대로 삶의 철학과 인생관을 고집해서 그렇지, 이곳에서는 굳이 인생을 계획하고, 일정한 방식으로 살아 나갈 필요가 없었다.

자기들과 같은 모습으로 살기를 바라는 이웃들의 압력이 어느 만큼 있기는 있었다. 그것을 빼놓고는, 세금을 내고 도로에서 교통법규를 지키기만 하면 우리 스스로가 완전한 주인이었다. 우리가 따랐던 원칙이나 방침 따위는 우리 스스로 만든 것이었다. 사실 이 골짜기에 사는 집들은 '원칙'이라는 말을 몹시 불쾌해 했다. 그것을 입에 올리는 것만으로도 당장에 큰 반발을 샀다.

예외가 좀 있기는 했지만, 골짜기에 있는 집들은 모두 땅, 집, 농기구 따위를 갖고 있었다. 그런 만큼 집들마다 독립해서 먹고살 수 있었다. 또한 사회로 볼 때 이 집들은 저마다 집안의 규칙을 갖고 있었다. 한마디로 말해, 집집마다 자기들만의 법을 시행하고 있었고, 튼튼한 생활 기반을 갖고 있었다. 그 기반은 언제든 일궈 먹을 수 있는 땅이었다. 오직 세금 징수원이나 장기 결석 학생 조사원이나 신병 모집 하사관만이 집이라는 성역을 침범할 수 있었다. 문제가 심각할 때는 경찰, 보안관, 밀렵 감시 요원이 마을 사람들의 집으로 쳐들어올 수 있었다. 하지만 누군가 심각한 범죄를 신고하거나 아니면 그런 혐의가 짙을 때만 무장한 사람들이 들이닥쳤다. 이 사람들이 무장한 까닭은 버몬트 사람들이 실제로 총과 탄약을 갖고 있었기 때문이다.

버몬트는 말할 나위도 없고 미국의 다른 시골에서도 바람직한 사회 목적을 위해 공동체를 결속시키는 훌륭한 사회집단이 없었다. 교회, 사친회, 농협, 농민 공제조합, 협동과 개량을 위한 조합 따위가 특정 분야를 담당해 특별한 구실을 하고 있었다. 하지만 이 가운데 어느 하나도 시골의 복지를 두루 다루고 있지 않았다. 이것은 상업지역이나 작은 도시에 있는 봉사 단체들이 그 지역 전반에 이르는 복지 문제를 다루는 것에도 훨씬 못 미치는 수준이었다.

개인주의와 분리주의가 사람들을 고립시켜 미국의 시골 생활은 점점 더 황폐해져 갔다. 집마다 식구 수가 줄어 더 이상 가정이 시골의 밑뿌리 구실을 하지 못한 탓도 있다. 그러는 사이에 통신판매가 퍼졌고 시골마다 영업 사원이 돌아다니면서 전화선과 전력이 공급되고, 학교가 통폐합되었고, 라디오와 텔레비전이 급격히 늘고 국민차 생산과 함께 포장도로가 시골까지 밀고 들어왔다. 이것은 마을 공동체를 도시의 시장과 상점, 유흥가로 끌어내기 위한 것이었다. 그리하여 여럿이 함께 사는 정신이라든가 이웃 사이에 서로 지켜야 할 규율 같은 것은 없어지고 일터나 학교를 오가는 움직임만 남게 되었다. 또 사람들은 쇼를 보거나 춤을 추러 돌아다니기 시작했다. 이렇게 해서 생긴 혼돈과 혼란은 그나마 시골에 남아 있던 이웃간의 정마저 파괴했다.

그래서 뚜렷한 목표도 없고 제구실도 못하고 일의 효율도 떨어져 활동이 멈춰 버린 공동체만 남게 되었다. 미국의 마을 공동체가 힘을 잃고 곳곳에서 시들고 무너져 가는 현실에 맞서서, 우리는 버몬트의 파이크스 폴스에서 싸우려고 했다. 우리 일이 성공할 가능성은 눈사태를 막으려고 몸을 던지는 등산가가 성공할 확률과 비슷했다.

우리는 스스로를 방어하거나 옳다고 내세우려고 이 글을 쓰는 것이 아니다. 오히려 공동체를 하나로 만들고 서로 돕는 마을을 만들어 보려고 온갖 애를 썼지만, 우리 골짜기나 그 둘레에 사는 그린 마운틴 사람들이 단호하고 고집스럽게 저항했다는 이야기를 하고 싶다.

사회로 보자면 공동체를 만들려는 우리의 실험은 실패했다. 그럴 수밖에 없었다. 1932년 버몬트로 이사 올 때 이렇게 되리라는 것을 우리는 알고 있었을까? 그렇다. 분명히 알고 있었다. 우리는 미국 사회의 역사를 알고 있었다. 우리는 수없이 많이 화제에 오르고 토론에 부쳐진 문제들에 대해 잘 알고 있었다. 사실 우리는 결속력이 무너진 사회에서 지역 공동체를 만들려고 애쓰면서 이 문제들을 아주 자세히 알게 되었다. 하지만 이 모든 문제들만이 아니라 그보다 더한 어려움을 알았더라도, 우리는 그대로 이 문제들에 맞섰을 것이다. 왜냐하면 어떤 일을 하는 보람은 그 일이 쉬운가 어려운가, 또는 그 일에 성공할 수 있는가 아닌가에 있는 것이 아니라, 오히려 희망과 인내, 그 일에 쏟아붓는 노력에 있기 때문이다.

삶을 넉넉하게 만드는 것은 소유와 축적이 아니라 희망과 노력이다. 우리는 이렇게 생각하기 때문에 성공할 가능성이 없을지라도, 버몬트 공동체를 일으켜 세우는 일을 다시 한번 실천할 생각이 있다. 그때는 단순히 우리 두 사람이 먹고사는 일뿐 아니라 사회가 두루 함께 잘 사는 길을 찾으려고 애써 보리라.

헬렌 니어링과 스콧 니어링은 1932년부터 1952년까지 버몬트에서 살았으며, 버몬트에 스키장이 생기고 관광객과 방문객이 늘어나자, 1952년 봄 마지막으로 사탕단풍나무에서 시럽 얻는 일을 마친 뒤, 공들여 지은 돌집과 훌륭한 밭들을 뒤로하고 메인주의 또 다른 시골로 이사를 했다. — 옮긴이 주

눈을 치우는 스콧

"너그러운 독자들이여, 이와 같이 나는 알아야 할 것들을 힘닿는 대로 다 말했으니, 이 작은 책을 이제 당신의 이해심 깊은 판단에 맡기노라. 이 책으로 당신이 무엇을 얻는다면 기쁜 일이고, 만일 그렇지 못하다면 이 책을 당신보다 지식과 경험이 모자란 다른 사람에게 전해 주시라. 당신은 이미 알고 있는 내용일지라도, 이 책이 그이들에게는 뜻밖의 도움이 될지도 모르니까."

토머스 힐, 《텃밭 일구기 The Arte of Gardening》, 16세기

조화로운 삶을 찾는 이들에게

조화로운 삶을 사는 것, 그것은 오래전부터 많은 사람들의 목표였다. 스콧과 나도 지난 반세기 동안 그 일에 참여해 왔다. 전체로 보면 우리가 그것에 기여한 것은 얼마 안 될지도 모른다. 하지만 우리는 진지한 마음으로 그 일을 시작해 쉰 해가 넘는 세월 동안 흔들림 없이, 즐거운 마음으로 이어 갔다.

이제 남편 스콧은 백 살이라는 명예로운 나이로 세상을 떠났고, 나 홀로 남아 내 삶을 마무리하며 스스로의 힘으로 살아가고 있다. 나는 메인주 해안가의 '숲속 농장'에 있는 우리 집을 계속 열어 놓고 있다. 여든 줄에 접어든 할머니도 여전히 조화로운 삶을 살 수 있다는 것을 남들에게 보여 주기 위해서다.

조화로운 삶은 마음이 맞는 부부나 단체가 시도하는 것이 가장 좋다. 무엇보다 함께 이루려는 목표를 갖고, 생활에 필요한 일들에 달려

들어 해낼 수 있는 능력과 끈기가 있어야 한다. 나처럼 나이 든 사람으로서는 혼자 해내는 게 쉽지 않다.

하지만 혼자 사는 여자도 농사를 지으며 홀로 삶을 꾸려 나갈 수 있다. 나는 혼자서 밭을 일구고, 땔감을 나르며, 집안 살림을 하고, 충만한 느낌과 목적의식을 갖고 자연 속에서 살아가고 있다. 그러면서 한때 훌륭한 동반자와 함께했던 내 인생을 마무리하고 있다.

나는 독자 여러분께 《스콧 니어링 자서전 The Making of a Radical》이라는 책을 한번 읽어 보라고 권하고 싶다. 그 책을 읽는다면 독자들은 스콧이 청년 때부터 노년에 이르기까지 모범이라 할 만한 인생을 살았다는 것에 동의할 것이다. 그이의 뛰어난 재능, 부지런함, 꺾이지 않는 이상, 청렴함, 여유로운 마음은 우리 모두가 본받아야 할 모습이었다.

우리가 세상을 떠난 뒤에도 자연 속에서 살아가는 우리 동료들이 조화로운 삶을 계속 추구할 것이다. 우리가 집을 짓고 책을 쓰면서 쏟아 부은 노력이 조금이나마 다른 사람들의 길에 도움이 되기를 바란다.

1989년 7월 2일
메인의 하버사이드에서 헬렌 니어링

조화로운 삶으로 돌아가기

지혜와 깨달음이 담긴 아름다운 말을 찾아서 읽기는 어렵지 않다. 하지만 경이로운 감동을 주는, 놀라운 목적의식을 가진 삶을 만나기는 쉽지 않다.

자본주의에 회의를 느껴 뉴욕 생활을 정리하고 버몬트주의 시골로 들어간 스콧 니어링과 헬렌 니어링은 자연 속에서 조화로운 삶을 살기 위한 몇 가지 원칙을 세운다. 두 사람이 스무 해 동안 실천한 그 조화로운 삶은 다름 아닌 '건강한 삶'이고 '신성한 삶'이다. 건강하고 신성한 삶이란 단순하고 충만한 삶, 긴장과 불안에서 벗어난 생활이다. 틀에 갇히고 강제되는 삶 대신 존중되는 삶이다. 그것이 우리가 멀어진 삶이다.

"우리는 삶으로부터 도피해 어딘가로 멀찌감치 달아나기를 꿈꾸는 것이 결코 아니었다. 그와 정반대로 삶에 더 열중할 수 있고, 삶에서 더 많은 것을 얻을 수 있는 길을 찾으려 하고 있었다. 우리는 의무를 피해 달아나려는 것이 아니었다. 오히려 더 가치 있는 의무를 찾고 있었다."(책 속에서)

　도시에서 살거나 시골에서 돌집을 짓고 사는 것이 반드시 삶의 차이를 만들어 내는 것은 아니다. 더 올바르고 더 조용하고 더 가치 있는 삶, 그리고 자신의 삶에 물음을 던지고 곰곰이 생각하고 깊이 들여다볼 시간을 갖는 것은 이미 건강한 삶이라고 스콧 니어링은 말한다. 삶을 넉넉하게 만드는 것은 소유와 축적이 아니라 꿈과 노력이라고. 어느 순간이나, 어느 날이나, 어느 달이나, 어느 해나 잘 쓰고 잘 보내는 삶 말이다.

　지난 두 해를 서귀포 법환마을의 바닷가 돌집에서 생활하면서 귤 농사를 짓고 글을 쓰는 동안 내 마음의 교과서가 되어 준《조화로운 삶》의 고침판을 낸다. 책에서 내가 밑줄 그은 수많은 문장 가운데 하나처럼, 사람에게 노동은 뜻있는 행위이며, 마음에서 우러나서 하는 일이고, 무엇을 건설하는 것이고, 따라서 매우 기쁨을 주는 일임을 날마다 경험한다. 그것은 자기 발로 이슬을 헤치며 걸어가는 일이다.

　버몬트의 시골처럼 한순간도 아름다움을 잃지 않는 사계절이 뚜렷한 땅, 결코 단조롭거나 지루할 수가 없는 곳, 파도와 별과 바람을 비롯한 모든 것이 순환하는 섬에서 장화를 신고 날마다 새로운 날을 보내며 두 사람의 경이로운 삶을 다시 머릿속에 그려 본다.

우리는 자기가 살아가는 삶이 좋은 삶일지 나쁜 삶일지, 다시 말해 삶에서 자신이 잃는 것이 무엇이고 얻는 것이 무엇인지를 고민하지만 그것은 무엇을 좋다고 여기고 무엇을 나쁘다고 말할 것인가에 달려 있다고 헬렌 니어링은 말한다.

"우리는 버몬트에 살면서 자연과 늘 만날 수 있었고, 자연의 힘을 잘 알아 그것에 순응할 수 있었으며, 여전히 손을 써서 일했고, 한 치도 빈틈없는 생활에 끌려다니지 않아도 되었다. 더럽고 시끄러운 지하철과 버스 안에서 이른 아침과 늦은 저녁 시간을 보내는 대신, 우리는 언제나 우리 땅에 있었다. 눈이 소복이 쌓여 있다면, 눈 신발이나 스키를 타고 일하러 가야 했지만, 그것은 또 다른 즐거움을 안겨 주었다."(책 속에서)

삶에 대한 물음은 그 안에 많은 물음을 담고 있다. 소비하는 것 말고 우리는 무엇을 창조하고 어떤 삶의 가치를 따르고 있는가? 그것이 아름답다고 믿으면서 어떤 신념을 가슴에 품고 있는가? 두 저자가 묻고 있듯이 순간순간, 날마다, 달마다, 해마다 어떤 시간이든 자기가 더 바람직하게 여기는 삶을 살 수 있는 좋은 기회로 삼고 있는가?

《조화로운 삶》을 처음 번역해 소개한 지 스물세 해가 지난 지금도 모든 이에게 권하고 싶은 책이다. 아니, 삶이다.

2023년 1월
류시화

아름다운 두 영혼의 삶의 기록

　이 책은 수많은 이들에게 훌륭한 삶의 모범을 보여 준 스콧 니어링과 헬렌 니어링이 미국 버몬트주의 자연 속에서 생활하며 쓴 《조화로운 삶 Living the Good Life》을 우리말로 옮긴 것이다. 물질문명에 저항하고 자연주의 사상을 가진 두 사람이 시골로 내려가 손수 돌집을 짓고 농사를 지은 이야기이다.

　헬렌 니어링이 쓴 감동의 기록 《아름다운 삶, 사랑 그리고 마무리》를 읽었을 때 나는 그 내용이 너무도 아름다워서 감히 그것에 대해 말할 수가 없다고 느꼈다. 그리고 이제 그이들의 구체적인 생활의 기록인 《조화로운 삶》을 읽으면서는 그토록 철저한 삶의 방식에 경건한 기분마저 들었다.

　여기 스콧과 헬렌이 시골로 내려가 살기 시작하면서 자기들 생활의 기준으로 삼은 몇 가지 원칙이 있다. 그것은 이렇게 시작한다.

'채식주의를 지킨다.

하루를 오전과 오후 둘로 나누어, 빵을 벌기 위한 노동은 하루에 반나절만 하고 나머지 시간은 온전히 자기 자신을 위해 쓴다.

한 해의 양식이 마련되면 더 이상 일하지 않는다.'

그렇다. 더 많은 것을 추구하느라 우리가 하루에 단 한 시간도 자기 자신을 위해 쓰지 않는다는 사실을 깨닫지 못할 까닭이 없다. 우리는 어느새 모든 것의 노예가 되었다. 흙을 밟는다거나 나무 아래 서성거려 보는 일들로부터 멀어졌다.

또 두 사람은 이런 규칙들을 정하고 살았다.

'방문객이 찾아와도 밭에 나가 일을 하면서 얘기를 나눈다.

누구든 자기가 먹은 그릇은 설거지하게 한다.

집짐승을 기르지 않는다. 집짐승을 돌보는 데 얽매여서는 결코 자유로울 수 없으며, 또한 사람과 똑같은 생명을 가진 동물을 키워 내다 파는 일은 옳지 못하기 때문이다.

은행에서 절대로 돈을 빌리지 않는다. 할 수 있다면 모든 먹을거리를 자급자족하며, 농사지을 수 없는 생필품은 농작물과 맞바꾼다.

기계에 의존하지 않으며, 할 수 있는 한 손일을 한다. 기계가 고장났을 때의 번거로움으로부터 피할 수 있을 뿐 아니라 두뇌와 정신 건강에도 좋기 때문이다.

최저생계비가 마련되면, 먹고 남는 채소나 과일은 필요한 사람에게 나눠 준다.

하루에 한 번씩은 철학, 삶과 죽음, 명상에 관심을 갖는다.'

그이들의 삶이 얼마나 올바르고 철저했는가를 보여 주는 원칙들이다. 그 밖에도 두 사람은 일 년에 한두 달은 여행을 할 것, 커피와 차를 멀리하고 간소한 식사를 하며 설탕과 소금을 삼갈 것, 그리고 깨끗한 양심과 깊은 호흡을 유지할 것을 삶의 대원칙으로 삼았다.

스콧과 헬렌은 훗날 메인주로 옮겨가 살 때까지 60여 년 동안 이 모범적인 생활을 지켰다. 여느 수도자를 넘어서는 삶이었다.

그이들은 '삶은 만족감을 얻어야 한다'는 것을 원칙의 기준으로 삼았다. 그리고 '생활에 필요한 모든 것을 땅에서 얻는다'는 건강한 철학을 끝까지 잃지 않았다.

단순하면서 충족된 삶, 그것이 그이들이 평생토록 추구한 삶이었다. 책을 번역하면서, 이 아름답고 훌륭한 영혼을 가진 두 사람과 함께 몇 달이라도 살아 볼 수 없었던 것이 내게는 못내 아쉬운 일이었다. 그러한 영혼들과는 같은 공기를 호흡하는 것만으로도 언제나 큰 기쁨을 얻게 되리라.

2000년 3월
류시화

조화로운 삶

헬렌과 스콧 니어링이 버몬트 숲속에서 산 스무 해의 기록

2000년 4월 15일 1판 1쇄 펴냄
2023년 2월 10일 고침판 1쇄 펴냄 | 2024년 8월 30일 고침판 4쇄 펴냄

글쓴이 _ 헬렌 니어링, 스콧 니어링
옮긴이 _ 류시화
편집 _ 김로미, 박은아, 이경희, 임헌
디자인 _ 이안디자인 | 제작 _ 심준엽
영업마케팅 _ 김현정, 나길훈, 양병희 | 영업관리 _ 안명선
새사업부 _ 조서연 | 경영지원실 _ 노명아, 신종호, 차수민
인쇄와 제본 _ ㈜상지사 P&B

펴낸이 _ 유문숙 | 펴낸 곳 _ ㈜도서출판 보리
출판등록 _ 1991년 8월 6일 제9-279호
주소 _ (10881) 경기도 파주시 직지길 492
전화 _ 031-955-3535 | 전송 _ 031-950-9501
누리집 _ www.boribook.com | 전자우편 _ bori@boribook.com

값 16,000원

보리는 나무 한 그루를 베어 낼 가치가 있는지 생각하며 책을 만듭니다.
ISBN 979-11-6314-280-5 03840